Contacto de emergencia

Contacto de emergencia

MARY H.K. CHOI

Título original: *Emergency Contact*

Traducción: Ariadna Molinari Tato

Diseño de portada: Lizzy Bromley
Lettering de portada: Brian Kaspr / 2018
Ilustración de portada: © Ohgigue / 2018
Fotografía de la autora: © Aaron Richter

Bajo el sello editorial DESTINO INFANTIL & JUVENIL M.R.
Avenida Presidente Masarik núm. 111,
Piso 2, Polanco V Sección, Miguel Hidalgo
C.P. 11560, Ciudad de México
www.planetadelibros.com.mx

Primera edición en formato epub: marzo de 2021
ISBN: 978-607-07-6773-9

Primera edición impresa en México: marzo de 2021
ISBN: 978-607-07-6783-8

Impreso en los talleres de Litográfica Ingramex, S.A. de C.V.
Centeno núm. 162-1, colonia Granjas Esmeralda, Ciudad de México
Impreso y hecho en México – *Printed and made in Mexico*

Para mamá

Penny

—Dime, Penny… —Penny sabía que, fuera lo que fuera, no iba a disfrutar lo que Madison Chandler estaba a punto de decirle. Madison Chandler se acercó con una sonrisa y sus maliciosos ojos entrecerrados. Penny contuvo la respiración—. ¿Por qué tu mamá es tan zorra?

La más alta de las dos chicas le dirigió una mirada furiosa a la mamá de Penny, quien estaba conversando con el padre de Madison a unos metros de distancia.

Penny sintió cómo la sangre le recorría las orejas.

Posibles reacciones cuando Madison Chandler le dice zorra a tu mamá:

1. Pegarle en la cara.
2. Pegarle en la cara al orangután pervertido de su papá.

3. No hacer nada. Llorar de rabia después en tu recámara mientras escuchas a los Smiths. Eres una pacifista con dignidad. *Namasté.*
4. Desatar las habilidades piroquinéticas que recibiste al nacer e incendiar el centro comercial con la furia de mil soles ardientes.

Penny examinó los ojos verdiazules de su oponente. ¿Por qué estaba pasando esto? ¿Y por qué en la tienda de Apple? Este debía ser un lugar seguro, un refugio. Penny estaba a nada de largarse de ese asqueroso pueblo para siempre. A nada.

—Te hice una pregunta —silbó Madison. Tenía de esos bráckets invisibles que no engañan a nadie. «Golpearla sería terapéutico»—. ¡Hola! ¿Alguien ahí? —«MUY terapéutico».

Pero, Dios, ¿a quién quería engañar? Escogería la opción número tres. Siempre era la opción número tres. A estas alturas no tenía caso ser una heroína. Mucho menos con su metro cincuenta de estatura, un gancho derecho que solo podía describirse como «tierno» y reflejos de tortuga, si acaso los tenía.

Como fuera, en solo cuatro días Penny se iría a la universidad y las opiniones de estas celebridades microrregionales dejarían de importar.

Justo mientras Madison retrocedía un paso para lanzarle miradas intimidantes desde otro ángulo, el empleado asignado a Penny se materializó con su flamante celular nuevo. «Deus ex MacStore».

Penny se aferró a la caja blanca. Brillaba llena de esperanzas. Sentía el peso del precio en sus manos. Miró hacia las laptops donde el «papi de Madi», como él mismo se había presentado (guácala), jugaba a acercarse y lanzarle miradas lascivas a su mamá, Celeste. Penny suspiró. Desde Navidad había hecho todo lo posible para que su mamá le comprara un teléfono nuevo, pero las cosas no estaban resultando como las había imaginado. En su mente, Penny había visto más fanfarrias; cuando menos, ayuda para escoger una funda.

—En serio, ¿qué es ese disfraz de geisha golfa?

Sí, sí, Madison Chandler recibió una bolsa Chanel de piel de ternera a los catorce años (era de segunda mano) y un Jeep Wrangler a los dieciséis, pero (¡guau!) había zapatos más inteligentes que ella.

Para empezar, las geishas no eran prostitutas. Error común. Error común cometido por lo general por quienes están orgullosos de su ignorancia y tienen la curiosidad intelectual de una piedra. Algunas geishas cautivaban a sus clientes con bailes y con el arte de la conversación, como en *Memorias de una geisha,* novela que Penny adoraba hasta que descubrió que la había escrito un señor blanco cualquiera. Segundo, como sabría alguien con un mínimo de capacidades de observación, un kimono en realidad ofrece cobertura bastante amplia. Estaba más del lado de un burka o quizá de un chador, pues los kimonos no tienen la parte que cubre el rostro y el cabello.

De cualquier modo, Penny deseó por enésima vez que su mamá dejara de usar ombligueras. Sobre todo con leggings. Era casi como ver una radiografía. Penny, por supuesto, vestía su atuendo tradicional de prendas negras amorfas, perfecto para ser ignorada tanto de día como de noche.

—Somos coreanas —susurró Penny. A Madison le tembló el labio por la confusión, como si le acabaran de informar que África no es un país—. Las geishas son japonesas —concluyó. Si vas a ser racista, deberías intentar ser menos ignorante, aunque eso sería contradictorio...

El señor Chandler estalló en risas por algo que dijo Celeste, quien, debe decirse, era bastante más guapa que graciosa.

—Papi —protestó Madison mientras caminaba hacia él.

«¿Papi? Qué asco».

Penny supuso que eran una de esas familias que se besaba en la boca. Se acercó también.

—Si quieres, pasa a mi oficina para que le eche un vistazo a tu portafolio —continuó el señor Chandler. Medía casi dos metros y Penny alcanzaba a verle los vellos de la nariz—. Como les digo a todos mis clientes: al que madruga, el retiro temprano le ayuda. Sobre todo con el nido vacío. —Asintió en dirección a Penny—. Caray —dijo tocándose los bolsillos con un gesto ensayado—. No tengo tarjetas, pero si quieres... —Sacó su teléfono e hizo como que escribía en él con una enorme sonrisa.

Penny le puso fin a todo.

—Mamá —Penny la tomó de la muñeca—, tenemos que irnos.

Todo lo relativo a la interacción de su mamá con el señor Chandler, con su anillo de casado y su playera polo rosa fosforescente, enfurecía a Penny. Siempre era lo mismo con Celeste y los hombres. Cualquiera creería que ella sería capaz de poner todo en pausa para prestarle atención a su única hija, una semana antes de que se fuera a la universidad; pero no, estaba demasiado ocupada agitando las pestañas falsas a pervertidos con bronceados artificiales.

En el auto, Celeste se acomodó las bubis y se puso el cinturón de seguridad. Que tu mamá fuera una MILF era un horror.

Salieron del estacionamiento mientras el silencio incómodo se volvía más espeso.

En la carretera, el gato japonés que estaba postrado sobre el tablero comenzó a traquetear. Penny lo miró. Era del tamaño de un bollo, con una cabeza flotante sostenida por resortes y caricaturescos ojos vacíos. Este gato en particular había usurpado el lugar de la Hello Kitty de plástico cuando el sol terminó de borrarle todas las facciones. Celeste insistía en adornarlo todo. Era patológico. A Penny le recordaba a las insufribles ricachonas: Madi, Rachel Dumas, Allie Reed y las otras tres sádicas de cabello brillante que usaban millones de anillos y brazaletes y cada semana tenían una nueva y centelleante funda para celular. Podías escucharlas acercarse desde el otro lado del pasillo; todas las porquerías tintineantes que colgaban de sus mochilas hacían un escándalo. La cosa era que, si Celeste estudiara en Ranier High, sería amiga de todas ellas.

Penny ansiaba tener un grupo propio. Saludaba a varias personas, pero su mejor amiga de la escuela, Angie Salazar, se había cambiado a la preparatoria Sojourner Truth el verano antes del tercer año, lo que dejó a Penny en un limbo social. Si hubiera un sótano secreto debajo del nivel de la invisibilidad absoluta, Penny habría encontrado la puerta sin problemas. Su estatus social era inexistente.

El gato seguía sacudiéndose. Si continuaba así, perdería la cabeza antes de que llegaran a la autopista. Darwinismo de cachivaches. Un frágil animalito no tenía nada que hacer en el tablero de un vehículo que se movía a altas velocidades, mucho menos de un vehículo conducido por su madre, quien no tenía nada que hacer conduciéndolo…

—¿Por qué haces eso? —Penny estalló. Quería romper la ventana con el puño y aventar al gato. Tal vez lanzarse tras el gato. Se suponía que hoy sería distinto. Penny se había permitido emocionarse durante semanas. Su mamá había pedido la tarde libre en el trabajo y a Penny le dolió ver que Celeste la abandonaba en cuanto vio a los Chandler. Aunque no admitiría su molestia. Las chicas marginadas y patéticas también tenían estándares.

—¿Qué? —Celeste miró al techo. El gesto de adolescente de su mamá la enloqueció aún más. Penny quería sacudirla hasta que se le cayeran los dientes.

—¿Por qué coqueteas todo el tiempo con todo el mundo? —Celeste era el equivalente humano de una boa de plumas; era diamantina humana—. Ya no es divertido, ¿sabes?

—¿De qué estás hablando?

—Ay, sabes muy bien de quién…

—¿Matt Chandler?

—Sí, el asqueroso y depravado «papi de Madi», quien, además, ¡está casado!

—Ya sé que está casado —resopló Celeste—. ¿Quién estaba coqueteando? Se llama ser amable. No te caería mal intentarlo, por cierto. Las muecas y gestos… ¿Sabes lo vergonzoso que…?

—¿Vergonzoso? ¿Yo? ¿Avergonzarte a ti? —exclamó Penny—. Sí, cómo no. —Se cruzó de brazos con un gesto remilgado—. Mamá, es un pervertido. Y tú, desbordando tu sonriente y ridícula…

El gato se sacudió, como asintiendo.

—¿Por qué es un pervertido? ¿Porque quería darme consejos de inversión?

Penny no podía creer lo obtusa que podía ser su madre. Todos se daban cuenta de que Matt quería darle mucho más que consejos de inversión. Dios, hasta Madison entendió qué estaba pasando.

—¿Cómo es posible que seas tan tonta?

Celeste abrió y cerró la boca. Una expresión de dolor cruzó su rostro. Hasta los rizos de su cabeza parecieron desinflarse.

Penny nunca le había dicho algo así de hiriente de forma tan explícita y directa. Se sintió mal en cuanto las palabras salieron de su boca. Si bien su madre no era tonta, la gente solía pensar que era un poco, pues… superficial. Celeste coordinaba las operaciones regionales de una agencia de organización de eventos multinacional, hablaba con *hashtags* y con frecuencia se vestía como si estuviera en el concierto de una *boy band*. Así era ella.

Penny estaba siempre a la defensiva. Los hombres del vecindario rodeaban a su madre como si fueran tiburones, siempre estaban convenientemente cerca para ayudarla a bajar productos de los estantes más altos del supermercado o para ofrecerle sus indeseables machoexplicaciones sobre una infinidad de temas. La forma en que siempre se quedaban cerca del auto de Celeste, con los ojos brillantes, como si esperaran algo, perturbaba a Penny. Tampoco ayudaba mucho que Celeste siempre estuviera feliz de recibir dichas atenciones.

Un ejemplo: el San Valentín pasado, el señor Hemphill, su anciano cartero, le dio una diminuta caja de chocolates de la tiendita. Era del tamaño de un ataúd para ratón, con cuatro bombones caducados dentro. No dejaba de mencionar la guerra de Vietnam, como si tuvieran algo en común. Era evidente que quería vestirse con la piel de ellas. Penny opinaba que él era la última persona del mundo que debería saber en dónde vivían. Celeste hizo oídos sordos.

Penny miró por la ventana. Las peleas con su madre se habían convertido en rutina. Pero ahora que Penny estaba por irse, Celeste tenía que aprender a navegar el mundo. Alejarse de los patanes irredentos era un buen primer paso. Penny estaba exhausta, exhausta de preocuparse por Celeste, de guardarle rencor. Los restaurantes de comida rápida y las gasolineras se distorsionaban frente a sus ojos. Se secó las lágrimas calientes con la manga para que su mamá no las viera.

El novio de Penny pasó a visitarla ese día en la tarde. Claro que Penny jamás lo hubiera llamado «novio» en público. Era más bien un remedio para el aislamiento total después de que Angie se mudó, aunque esa era una forma horrible de describirlo. Sobre todo porque Mark estaba, en términos objetivos, muy por encima de ella. En lo físico, cuando menos. Y eso no era todo en la vida, pero en la preparatoria bien podría serlo. La mayor parte del tiempo Penny ni siquiera podía creer que estuvieran saliendo. Cuando Mark comenzó a mostrar interés, Penny pensó que debía estar defectuoso de alguna forma o, si no, que todo era una elaborada broma. Como pareció no ser el caso, las sospechas de Penny se fueron intensificando. Penny era muy consciente de cómo se veía, idéntica que en primer grado: ojos chiquitos, nariz chata y labios gigantescos a los que, contrario a lo que su mamá le prometió, el resto de su cabeza nunca se ajustó. Mark y ella se veían raros juntos. No ayudaba que Penny hubiera aprendido que las relaciones solían ser justo lo contrario de lo que se hacían llamar. Podías tener más de cien «amigos» en redes sociales y nadie con quien hablar. Así como Angie (ese Bruto) nombró a Penny su mejor amiga antes de desaparecer por completo. Y mientras Mark se refería a Penny como «bebé», lo cual la hacía sentir súper incómoda (porque qué asco), usaba el mismo término para describir la pizza, aunque era más bien como: «Uf, bebé». Y sí, todos sabemos que sí, uf, pero ese era el problema: a los dos les gustaba más la pizza que su persona.

—¿La recibiste?

Penny deseaba con todas sus fuerzas no haberla recibido.

Sabía que parte de su tibieza hacia Mark era porque él era justo el tipo de hombre que Celeste habría elegido para ella. Tenía el cabello rubio oscuro y usaba el atuendo clásico de un modelo de Hollister; no el protagonista de los espectaculares, sino uno de varios en una foto grupal del catálogo (al frente, porque no era muy alto).

Mark también era un año menor, lo que era un problema a medias, pues tenían horas de almuerzo distintas. Su grupo de amigos entraba en la categoría de popular, pues incluía a jugadores de futbol de popularidad moderada, a pesar de que el resto de la tropa eran puros fritos. Mark fumaba muchísima marihuana y tenía cerebro de queso suizo. Un detalle un poco desafortunado. Olvidaba incluso aquellas cosas lindas que podrían haberse convertido en bromas privadas entre los dos, como el hecho de que el autocorrector de su teléfono cambiaba «carajo» por «cangrejo», así que cuando Penny le enviaba el emoji del cangrejo en vez del expletivo, él pensaba que ella quería ir a la playa.

Mark era firme.

Penny vaciló primero.

—¿Quieres algo de comer? —Abrió el refrigerador, tomó una jarra de té dulce y sirvió dos vasos. Era lo único que Celeste sabía «cocinar».

Penny recordó la primera vez que Mark le había dirigido la palabra, después de la quinta clase. El asunto era que Mark sí estaba defectuoso. Todos sabían que tenía «fiebre amarilla». Su ex era la supersexy chica vietnamita, Audrey; a su papá lo habían transferido a Alemania, pues estaba en la Fuerza Aérea. En secundaria, Mark salió un tiempo con Emily, que era mitad tailandesa.

—¿Entonces? —Mark se negaba a desviarse del objetivo—. ¿La recibiste? —Esbozó una sonrisa ganadora. Penny se llevó el té a la boca con tanta fuerza que se golpeó los dientes con el vaso—. Nena. —Después de «bebé», «nena» era la palabra que Penny detestaba más para referirse a una mujer adulta. Era tan prescriptiva... como vestirse sexy para Halloween.

Mark se sentó en un taburete al otro lado de la isla de la cocina e hizo un gesto seductor para que Penny fuera hacia él. El cabello le cayó sobre el ojo derecho.

Dios, qué guapo era.

Mark abrió los brazos; Penny caminó hacia ellos.

—Creo que tenemos que acostumbrarnos a comunicarnos así —susurró Mark; su aliento le hizo cosquillas en el oído—. Los dos odiamos hablar por teléfono y ya sabes lo que dicen de las fotos… —Hizo una pausa dramática. Penny no podía creer que iba a terminar de decirlo—, valen más que mil palabras.

«Guau».

Penny apoyó la barbilla sobre los hombros de Mark, quien tenía un ligero tufo a humedad. De cierto modo, era reconfortante. Mark solía oler como si llevara un tiempo sin lavar su ropa.

Consideró sus opciones:

Estrategias para distraer a un novio que se distrae con facilidad:

1. Terminar con él. Una relación a distancia sustentada en niveles astronómicos de indiferencia era una idea devastadora.
2. Tener sexo con él para cambiar el tema.
3. Empezar a llorar sin explicar nada.

—Sí. —Penny suspiró—. La recibí —y agregó—: Gracias. —Intentó sonar sincera.

En sentido estricto, «la» eran «las», y esas «las» eran *nudes*. Penny recordó los dos pedazos de pepperoni que constituían los pezones de su novio y se estremeció por dentro. Mark consideraba que los mensajes sexuales eran una forma adecuada y divertida de bautizar un teléfono nuevo. Penny se oponía con fervor.

Bueno, no eran desnudos completos… gracias a Dios. Mark aún tenía dieciséis años y Penny no necesitaba a la policía en la puerta de su dormitorio de la universidad para arrestarla por posesión de pornografía infantil. Pero sí que eran atrevidas. Cada una descendía un poco más que la anterior por el «camino feliz» con varios filtros distintos. Penny estaba segura de que había usado Facetune en al menos una de las fotografías, algo que no podía respetar en un hombre. Una bubi (indicios de un pezón como máximo) sería suficiente. Pero no quería hacerlo. Para nada. Lo único que quería era borrar las fotografías, hacer como si nunca hubieran existido e irse de ahí.

Al fin estaría libre. Técnicamente libre, cuando menos. El estatuto de reciprocidad de *nudes* no podía extenderse más allá de los límites de la ciudad. Como fuera, Penny debió haber considerado ir a la universidad en otro estado.

Sam

El camino de Sam al trabajo era peculiar. Una sola escalera y unos nueve metros de pasillo. Por un lado, tenía la tranquilidad de que nunca le tocaría tráfico en el camino. Por otro, sentía que siempre estaba en el trabajo. La Casa del Café, donde Sam trabajaba como gerente, era una institución en Austin. Era una pequeña casa estilo Craftsman con un techo a dos aguas, un enorme pórtico y un columpio al frente. Era (a falta de una mejor palabra) hogareña y la cafetería de la primera planta lucía pisos de madera crujiente, enormes ventanales, libreros empotrados y sofás raídos con sillas de juegos distintos.

El piso de arriba tenía cuatro habitaciones, dos baños y parecía el domicilio de uno de esos acumuladores desquiciados. Cuando Sam recién se mudó, fisgoneó alrededor de la casa en busca de tesoros escondidos que pudieran traerle una fortuna en alguna subasta. Lo que encontró no se parecía tanto a *El precio de la historia* como a uno de esos documentales en los que unos gemelos mueren aplastados por una avalancha de VHS y encuentran unos cuarenta y seis dólares en timbres postales y miles de latas vacías de sopa Campbell's, cuyas etiquetas marcaban el paso del tiempo. Todas las habitaciones, menos una, rebosaban de cajas de archivos, ropa y cualquier otra cosa que Al Petridis, dueño de La Casa, no pudiera guardar en su propio hogar. En la habitación más pequeña, la más alejada de la escalera, había un colchón en el piso.

Ahí era donde Sam dormía.

Como un huérfano, lo cual no era en el más estricto sentido, pero bien podría serlo.

Sam se quedó recostado en la cama e intentó ordenar sus ideas. Afuera estaba oscuro. Todavía. Otra noche de insomnio significaba un día más de funcionar como si estuviera bajo el agua.

Miró su iPhone liberado: 4:43 a.m. Se había acostado antes de las dos. Recordó la época en que no había forma de sacarlo de la cama antes del mediodía. Juventud, divino tesoro.

UGH.

Por lo menos tenía café, café delicioso y revitalizante, siempre confiable. Bajó la escalera.

Una hora después, el aroma de los granos recién molidos se mezclaba con el de los carbohidratos friéndose en aceite.

—Dios, Sammy. ¿Donas? —Al Petridis, el jefe y casero de Sam, miró por encima de su hombro.

Al, el gigantesco griego con brazos del tamaño de barriles, le sacaba una cabeza y pesaba setenta kilos más que Sam. Le recordaba un poco a Donkey Kong, aunque Sam no creía que fuera apropiado decirle algo así a alguien. Al siempre era el primero en catar cualquiera de las creaciones panaderas de Sam. Y el robusto mecenas, de forma indefectible, siempre lo llamaba a «probar». Aunque hubiera probado un panquecito miles de veces, decía: «¿Puedo probar un panquecito, Sammy?». Como si no supiera a la perfección cómo sería la experiencia del panquecito, como si hubiera dudas de que iba a querer comérselo completo.

Sorpresa: siempre quería comérselo completo.

A Sam no le molestaba. Al no le cobraba renta, ni un solo centavo. Nunca. Su jefe incluso le pagaba unos cuantos dólares por encima del salario mínimo. Y, por eso, Sam horneaba, cocinaba y limpiaba; hasta le habría rasurado la espalda al hombre si se lo hubiera pedido.

—¿Qué es eso? ¿Nueces? —Al picó un pastelillo recién glaseado con su rechoncho dedo índice.

A Sam le encantaba hornear y cocinar desde que era niño, recrear recetas cada vez más complicadas, haciendo los ajustes que fueran necesarios (que solían ser bastantes, pues su mamá rara vez compraba comida y él pasaba mucho tiempo solo). A los doce años descubrió que se podía hacer una copia bastante decente de comida tailandesa con crema de cacahuate y un frasco de salsa. Bueno, al menos según el paladar de un preadolescente tejano con ascendencia alemana que para entonces no había probado la comida tailandesa.

Al le había dado a Sam control absoluto sobre la cocina hacía un año, desde que el chico le entregó de forma silenciosa un pay de merengue de limón para el cumpleaños de su esposa (era su favorito) con un post-it que decía: «Para la señora Petridis». Ella había declarado que era el mejor pay de limón que había probado en su vida. Al sabía que no debía hacer mucha alharaca al respecto, pero su otra mitad insistió en que le diera a Sam algunos panfletos de escuelas de gastronomía. Para el cumpleaños de Sam, le compraron una pequeña colección de libros de cocina de pasta dura; el detalle lo conmovió tanto que no pudo hacer contacto visual con Al durante una semana. A petición de los Petridis, Sam obtuvo su permiso para manipular alimentos y ahora estaba a cargo de crear el menú semanal de sándwiches, sopas, ensaladas y postres. Despertaba a las cinco de la mañana para preparar todo, mientras que Finley, su mano derecha, el segundo al mando en La Casa, un joven moreno y larguirucho de origen mexicano, con una enorme barba de hípster y nombre escocés, llegaba a las ocho para atender la caja y limpiar las mesas.

—Esa es de pistache —le dijo Sam a Al—. Vainilla y jamaica, expreso y chocolate amargo con sal. —Sam había tomado la receta de un bloguero que decía que eran irresistibles para las mujeres y escribía con total descaro sobre las aventuras que lo comprobaban—. ¿Quieres? —Sam le acercó la charola, dándolo por hecho.

—Sí, probaré una dona. —La cara redonda de Al redujo el círculo a la mitad de un mordisco—. *¡Buemíshima, Shammy!* —dijo con la boca llena. La sombra de Al rondaba cada vez más cerca de la charola, dispuesta a probar los demás sabores. Salvo por su mamá, Al era la única persona que tenía permitido llamarle Sammy. Al ladeó la cabeza—. Oye, Sammy, ¿todo bien? —Al también era la única persona que le preguntaba con frecuencia por su estado de ánimo.

La cosa con Sam era que su cuerpo tenía una forma de delatarlo. Dos, en realidad. No era una ciencia exacta, pero sí daba indicios del estado de las cosas. Una de ellas era su cabello. Sam tenía una gran cabellera. Oscura, más larga en el frente. Su exnovia (que ahora aparecía como «Mentirosa» en su teléfono) se refería a ella como su cabello irresponsable.

Si tenía el cabello aplacado y detrás de las orejas, significaba que Sam estaba tranquilo. Si estaba relamido hacia atrás, estaba buscando pelea. Si estaba esponjado (lo cual era poco frecuente), significaba que estaba perfectamente cómodo con las personas a su alrededor. El cabello de Sam tenía tiempo sin esponjarse.

Hoy estaba acomodado detrás de las orejas, pero también un poco arreglado, con el evidente brillo del gel. Inescrutable.

Los ávidos observadores de Sam, sobre todo si lo estudiaban en su hábitat natural, podían buscar la siguiente pista sobre su humor. La felicidad de Sam parecía estar atada a su deseo de hornear. Si entrabas a La Casa y en el mostrador no encontrabas más que un bollo frío y solitario, y una anémica selección de pastelillos daneses comprados en la tienda, lo mejor era guardar tu distancia y tratarlo como a un hombre con una herida enorme en el ojo y las palabras «Hoy no, Satanás» tatuadas en la frente… con mucha cautela.

Si bien La Casa compraba el pan en Easy Tiger, los postres eran el terreno de Sam. Si el mostrador y el exhibidor de los pasteles resplandecían con pastel de café, whoopies o copas de budín de plátano caramelizado, todo recién horneado y crujiente, significaba que corrías el riesgo de que

Sam te besara si te acercabas. Además, te gustaría. Sam era muy bueno besando. Hoy había preparado una docena de pays individuales, donas y nada más... Eso podía significar cualquier cosa.

—Sí, Al, de maravilla. —Sam hundió con cautela la más grande de las O en un plato extendido con glaseado de vainilla y jamaica, y la colocó con delicadeza sobre una charola. Su sonrisa podía ser lo más desconcertante de todo. En las pocas ocasiones en las que la esbozaba, Sam podía parecer un poco desquiciado. Era como si a su cara la faltara algo de práctica. No es que hiciera muecas tampoco... Eso revelaría demasiada información. Por lo general, solo miraba al vacío como si los demás no existieran.

—Muy bien —dijo Al, mirando a Sam por última vez antes de salir. Solo para estar seguro.

Sam bañó otra dona en el glaseado. Sus manos eran huesudas, con las venas saltadas, y se movían deprisa. Sus brazos (delgados, bronceados y cubiertos de tatuajes) bien podrían haber sido los de un criminal ruso. Sam tenía muchos tatuajes; le cubrían el pecho, la espalda y las pantorrillas.

Limpió una gota del glaseado morado con la mano izquierda y continuó hundiendo las donas restantes con la derecha. Se sintió satisfecho con los resultados.

Hay quienes no considerarían que hornear o tener la capacidad de dibujar un Pikachu con espuma en un capuchino fueran cualidades muy masculinas, pero Sam no era un tipo cualquiera. No le preocupaba lo que a los típicos patanes de las fraternidades, con su frágil masculinidad y su falta de cuello, hicieran con su tiempo.

Fin entró y miró de inmediato hacia las charolas, seis de ellas, cada una con cuatro donas inmaculadas enfriándose.

—¿Qué son? ¿Edición limitada? —preguntó—. Estas madres se van a terminar en una hora.

—No. No están en el menú. Las hice para alguien —dijo Sam. Fin inhaló los dulces vapores de las donas.

—No puedes hornearles estas cosas a las chicas desde el principio, Sam. Tienes que mantener las expectativas bajas —dijo Fin. Sam esbozó una sonrisa retorcida. Fin lo estudió con cautela—. Dime, por favor, que no son... Por favor, dime que no estás saliendo con Mentirosa otra vez —dijo Fin, con las manos en alto, en posición defensiva—. Amigo, te entiendo. Está buena. Sin ofender. Pero la última vez que terminaron, no sabía si yo iba a sobrevivir. —Sam ignoró las referencias al Gran Amor de Su Vida—. En serio, Sam, estuviste mal mucho tiempo —continuó Fin—. Te salía una cantidad monstruosa de humo por las orejas, hombre.

—No son para ella —dijo Sam.

Fin colgó su mochila, se puso un delantal y miró la charola con los intentos de dona fallidos.

—¿Puedo matar estas? —Sam asintió y Fin devoró una dona glaseada deforme de una sola mordida—. Mmm —dijo al atascarse la otra mitad en la boca—. De todas formas están demasiado buenas para ella.

Penny

Había llegado el gran día. Penny consideró la posibilidad de sentirse triste. Debía ser agridulce, ¿no? Irse de casa para ir a la universidad era todo un acontecimiento. Parpadeó para humedecerse los ojos. Nada. La universidad le parecía irreal, como sentir un estornudo que no llega, o esa comezón que está debajo de la piel, fuera de su alcance. Incluso el proceso de admisión pareció como si le sucediera a alguien más. Era inimaginable que llenar el formato y escribir el ensayo fuera a tener alguna consecuencia. Solo había mandado una solicitud (la Universidad de Texas en Austin) y la habían aceptado. Todos los alumnos que tuvieran diez por ciento de rendimiento superior al de los bachilleratos tejanos entraban.

El nuevo teléfono de Penny sonó junto a la cama. Era Mark.

Buena suerte, nena!

Escríbeme cuando llegues!

Penny se recostó bocarriba y sonrió. Pensó en qué responder. La pantalla bajo sus pulgares era sumamente brillante. Dios, ¡qué bello era su teléfono! Rosado, con una funda negra de silicón que tenía grabadas las palabras WHATEVER, WHATEVER, WHATEVER, era, por mucho, más lindo que cualquier otra cosa que hubiera tenido antes. Limpió una mancha de la pantalla con su camiseta. Era un objeto demasiado bello como para profanarlo con *nudes*, sobre todo con una resolución de 2436 x 1125 pixeles a 458ppi. Penny respondió con un emoji sonriente.

Bajó las escaleras. Aunque las paredes de Penny estaban casi desnudas, el resto de las superficies de la casa de Celeste (como su auto y su escritorio en el trabajo) estaban cubiertas de recuerdos.

Según Penny, su mamá no se comportaba como una mamá, mucho menos como una mamá asiática. No era solo que se vistiera como bloguera de moda o que fuera más joven que las demás mamás. Celeste no revisaba las tareas de Penny ni insistía en que tomara clases de piano. Sí, tal vez la idea que tenía Penny de las mamás asiáticas venía de las películas, pero no había pasado mucho tiempo con personas asiáticas en su infancia. Ni qué decir de coreanos en particular. Penny tenía un nombre coreano, pero era falso; era «Penny» (ni siquiera Penélope) escrito en caracteres coreanos de forma fonética y no significaba nada.

Cuando tenía tres años visitaron a sus abuelos en Seúl. Pero era demasiado pequeña como para recordar algo después de que volvieron. Celeste, sin embargo, sí tenía un rincón coreano en su casa, una especie de altar. Incluía una bandera coreana miniatura y un póster enmarcado de los Juegos Olímpicos de 1988 con la mascota, una caricatura de tigre. También había una pequeña fotografía enmicada de la estrella de pop Rain en un traje blanco antes de cumplir su servicio militar obligatorio. La primera vez que Angie, la amiga de Penny, fue de visita le preguntó si era una foto de su hermano.

En el resto de la casa había esferas de nieve por doquier, Torres Eiffel de distintos tamaños y reproducciones enmarcadas de obras de arte clásico: dos versiones de *La Noche estrellada* de Van Gogh (una de ellas en una toalla de cocina), los lirios de Monet y varias bailarinas difuminadas de Degas. Penny le llamaba a la colección «arte de refrigerador». Era el tipo de cosas que habías visto tantas veces que podías imaginarte a los trabajadores de la fábrica en China torciendo la boca por tener que imprimirlas por enésima vez.

El único recuerdo que Penny atesoraba era una fotografía enmarcada de sus padres. La había envuelto con mucho cuidado en una playera y la había metido en su mochila para llevarla consigo a la universidad. Era la única fotografía que tenía de ellos, quizá la única que existía, por eso Penny la valoraba tanto. Era la fuente de la mitad del material almacenado en su carpeta de «papá». Otra información incluía:

1. Su papá y su mamá se conocieron, de entre todos los lugares del mundo, en un boliche, cuando estaban en citas con otras personas.
2. Su papá tenía un trasero lindo (palabras de Celeste) porque jugó beisbol en la preparatoria.

3. Eran inseparables hasta que, por supuesto, dejaron de serlo.
4. ¡También era coreano!
5. Se llamaba Daniel Lee y, hasta donde Penny sabía, vivía en Oregón o en Oklahoma. Podría ser Ohio. Como fuera, vivía en un estado cuyo nombre empezaba con «O».
6. En esos tres estados combinados, había trescientos quince hombres llamados Daniel Lee. Algunos sin duda eran blancos y, tal vez, afroamericanos.

En la fotografía, los padres de Penny están en la playa en Port Aransas. Son unos niños. Celeste no había cambiado con los años (en Oriente, el tiempo miente), salvo porque entonces su cara era más redonda, y sus labios y mejillas más carnosos. Están sentados sobre una toalla de playa negra y amarilla de Batman. Daniel Lee lleva un sombrero vaquero, pero no trae camisa. Celeste lleva puesta una gorra que dice PORN STAR, un bikini rojo brillante, las piernas cruzadas y sonríe por debajo de unos enormes lentes oscuros mientras sostiene un ICEE. Celeste jura que el ICEE era un antojo del embarazo, pues la mora azul siempre le provoca náuseas. A Penny le resulta tan hilarante como injusto que su mamá tuviera un vientre tan plano estando embarazada. Dicho eso, también fue bastante injusto que su papá saliera huyendo dos meses después del nacimiento.

—Era la persona más graciosa que hubiera conocido —dijo Celeste cuando Penny desenvolvió el regalo en su octavo cumpleaños—. Hacía las mejores preguntas.

Penny hacía muchas preguntas para su proyecto de genealogía. Quería saberlo todo (en especial lo que tenía que ver con ella misma): si él preguntaba por Penny, si tenía otra familia con hermanos y hermanas con los que Penny pudiera jugar, cuándo podría verlo. Pero Penny notaba que Celeste odiaba hablar de él. Se retrajo y se fue a su habitación porque le dolía la cabeza. Penny escondió las preguntas en un rincón de su cerebro y nunca volvió a mencionar el tema. Guardó la fotografía en un cajón.

Abajo, Celeste estaba sollozando, como hizo la noche anterior antes de que Penny se fuera a la cama. Penny sospechaba que el llanto de su madre tenía algo performático. Como los YouTubers que lloriquean durante esos videos confesionales sumamente editados, Celeste berreaba en las semifinales de los concursos de canto de la televisión y en cualquier película en la que saliera algún animal. Penny preferiría comerse un kilo de cabello a tener que revelar sus emociones. Sin mencionar que no estaba segura de que, una vez que comenzara, fuera capaz de parar.

—¿Mamá?

Celeste levantó la mirada de los pañuelos apretujados entre sus manos. Tenía los ojos hinchados, como si de verdad hubiera llorado toda la noche.

—Hola, corazón. —Sonrió antes de descomponerse otra vez—. Por favor, ¿puedo ir? Te puedo comprar el almuerzo. ¿Ayudarte a decorar?

—Puedo comprarme el almuerzo sola —dijo Penny—. Además, tendrías que seguirme en tu auto y volver hasta acá sola. Yo tendría que subirme a mi auto y asegurarme de que llegaras bien. Un círculo vicioso.

Celeste pasó saliva.

—¿Sabes? No creí que fuera a dolerme tanto. —Parecía estar sorprendida de verdad. Los estrechos hombros de

Celeste temblaron como los de un perro chihuahua alterado. Penny suspiró y la abrazó. La iba a extrañar.

«Ay, mierda. ¿Voy a llorar?».

Apretó los ojos con fuerza en busca de alguna emoción recíproca contenida.

«No».

—Estoy orgullosa de ti —dijo Celeste y se separó de ella con una sonrisa valiente.

Penny la miró. Celeste parecía diminuta. Endeble. Bajo la luz de la tarde, con jeans y una playera deslavada con las palabras ANTES MUERTA QUE SENCILLA estampadas, Celeste parecía una estudiante de primer año igual que Penny.

Era triste que las cosas entre ellas estuvieran tan mal. Cuando Penny estaba en primaria, eran uña y mugre. En la época en la que lo más emocionante que podía ocurrirle era desayunar un moka de caramelo de Starbucks, Penny se sentía la más afortunada de que su mejor amiga fuera su mamá. No tenía hora de ir a la cama, podía usar maquillaje, ponerse la ropa de su mamá y teñirse el cabello de cualquier color; la vida era una fiesta, una pijamada interminable. En secundaria, Penny comenzó a ver las cosas de forma distinta. Ya no le escribía a su madre mil veces al día para que le aprobara algún atuendo o le diera consejos. Celeste y Penny se convirtieron en una comedia de opuestos. Celeste estaba orgullosa de su hija educada y estudiosa; le enseñó a falsificar su firma en los documentos de la escuela y le dio una tarjeta de crédito para «emergencias de moda». Celeste animó a Penny a conseguir un permiso de conducir a los quince años, no porque lo necesitara, sino porque Celeste creía que poder llevar gente a todas partes aumentaría la popularidad de Penny. Mientras Celeste más se esforzaba, Penny más se distanciaba. Y más que agradecimiento, ella sentía un resentimiento particular hacia su mamá, porque en algún momento Celeste decidió que su hija podía criarse sola.

Penny caminó hasta la cochera, seguida por su mamá. Giró para abrazarla con un solo brazo. Se imaginó siendo parte de un equipo de control animal que intentaba amarrar a una cobra en un departamento de una sola habitación y mantuvo los ojos fijos en Celeste todo el tiempo. Entonces (sin hacer movimientos bruscos) abrió la puerta del auto con la mano que tenía libre y se escabulló en el asiento.

Con el cinturón de seguridad abrochado, Penny salió con cuidado de la cochera y se dirigió hacia la libertad. Una parte de ella estaba aterrada de ir sola a la universidad. En la versión de las historias de Instagram, su papá llevaría las cajas con sus cosas en una camioneta enorme. Discutirían sobre qué música escuchar en el camino y él le daría el cable auxiliar para demostrarle cuánto la iba a extrañar. Mientras ella se alejaría, él contendría las lágrimas, le daría cincuenta dólares y mascullaría algo sobre el poco tráfico que habría en el camino. Así, Penny sabría en el fondo cuánto la quería su papá.

—¡Te adoro, corazón! —aulló Celeste, arrancando a Penny de sus pensamientos.

Penny bajó la ventana.

—Y yo a ti, mami. Te llamo luego. Te lo prometo.

Sintió una punzada esta vez. Tenía en la nariz esa sensación como de cloro que viene justo antes de que te eches a llorar. Miró por el retrovisor para ver a su mamá, quien de por sí era pequeña, pero que se iba encogiendo más y más mientras agitaba los brazos.

Una hora y media después, Penny se estacionó en la entrada curva de Kincaid.

—Dios —susurró, aferrándose al volante y levantando la mirada hacia el edificio.

Kincaid era una de las residencias más antiguas en UT y era horrenda. Penny se preguntó si la fealdad podía sentirse desde adentro. Con ocho pisos pintados en capas alternantes de azul y color salmón, parecía más un hotel de Miami de los setenta que una residencia estudiantil. Ochenta unidades de mal gusto que eran la parte más vulgar de toda la universidad. Esos espeluznantes tonos le recordaban a Penny las batas con animales y dinosaurios que las enfermeras pediátricas solían usar. Era esa misma alegría la que los hacía tan deprimentes.

Hordas de padres ansiosos y alumnos desorientados se arremolinaban en las camionetas y cargaban cajas de plástico, cestas para la ropa sucia y lámparas de piso. Justo cuando Penny bajó la ventana para estudiar los alrededores, una morena pecosa metió la cabeza al auto hasta que quedaron nariz con nariz. Tenía unos ojos saltones que brillaban con deseos de ayudar, pero rayaban en lo amenazador.

—¿Nombre? —chirrió la chica. Penny percibió su aliento a frituras.

—Lee —contestó—. Penny.

—Mmm… ¿Lee? —Pasó el dedo por su portapapeles y luego le dio un golpecito—. Ah —dijo con voz triunfal—. Aquí estás, linda.

Uf. «Linda». La chica tenía diecinueve años, cuando mucho.

Los ojos de la chica se posaron en el labial rojo de Penny. Ella lo había encontrado en un compartimento en su mochila con una nota pidiéndole que sonriera más. Celeste tenía la costumbre de esconder cosméticos o recortes de artículos sobre los efectos del pensamiento positivo entre las cosas de Penny. Eran regalos furtivos que más bien parecían críticas.

—¿Linda? —respondió Penny—. ¿Te puedes hacer un poco para atrás? ¿Tienes tu cara casi sobre la mía? —lo dijo con el mismo tono con el que imaginó que la chica lo diría, alzando la voz para que cada oración sonara como una pregunta.

No permitiría que Miss Papas Fritas de Texas la sometiera a base de «linduras».

La chica reculó de inmediato.

—Ay, Dios mío. —Sus blanquísimos dientes centelleaban—. ¿Tantos papás literalmente no me oyen? ¿Llevo horas gritando? —Examinó el labial de Penny una vez más—. Momento. Ese mate me tiene loca. ¿Qué es?

—¿No es fabuloso? —respondió Penny, entusiasta, tomando el tubo de su mochila—. ¿Tan guapa que atrapa? —Leyó la etiqueta. Dios, sentía como si leer los nombres de los cosméticos fuera un retroceso, de varias décadas, en los derechos de las mujeres.

—¡Ay! ¡Lo sabía! ¿Me encantan los kits de Staxx? ¿Sabes que se agotaron en todas las tiendas? ¿Por qué los rojos buenos siempre se acaban tan rápido?

—¿Verdad? —exclamó Penny, que no tenía idea de lo que estaba diciendo—. ¿Lo peor? —La chica hizo un gesto dramático como para señalar que estaba de acuerdo.

—Bien, estás en el 4F —dijo, tamborileando sobre el portapapeles con sus uñas barnizadas—. Los elevadores están al fondo. Puedes descargar en cualquier lugar con letrero azul. Peeeeeeeerooooo… —Puso un pase enmicado sobre el tablero del auto—. Esto te deja estacionarte el resto del día. Devuélvelo en la recepción cuando termines.

—¿Gracias? —dijo Penny—. ¿Me salvaste la vida?

La chica resplandeció.

—¿Ya sé?

A Penny le dolía la cara de fingir alegría. Le resultaba increíble que la adicción de Celeste al maquillaje de moda y una idiota sin noción del espacio personal pudieran conseguirle privilegios de estacionamiento. Algo de parloteo y risas fingidas por los chistes malos de su vecino al final del pasillo le consiguieron ayuda para trasladar sus cosas. Las normas de la amabilidad eran una estafa. Penny sería más popular que Celeste en cuestión de días. Cierto, tendría que someterse a una lobotomía para sobrevivir, pero tal vez los beneficios serían mayores que el costo.

Cuando Penny abrió la puerta de golpe notó lo siguiente: su habitación olía a aromatizante con notas de alfombra húmeda. Era devastadoramente pequeña como para compartirla con otra persona. Además, ya estaba ocupada por una chica de cabello oscuro sentada sobre la cama junto a la ventana, una chica que no era su compañera de habitación. Penny y Jude Lange habían hablado por Skype dos veces durante el verano, y la mujer con lentes oscuros y un sombrero de Coachella que estaba frente a ella no era Jude Lange. La chica no se molestó en quitarle los ojos de encima a su teléfono.

—¿Hola? —Penny comenzó a arrastrar sus cosas a la habitación.

La chica siguió tecleando sin hacer sonido alguno.

Penny se aclaró la garganta.

Al fin, la chica se quitó los lentes extragrandes con piedras incrustadas para mirar a Penny. Tenía cejas de persona famosa y un chaleco de gamuza con borlas de treinta centímetros.

—¿Dónde está Jude? —preguntó la chica con un tono que parecía sugerir que pensaba que Penny trabajaba ahí.

—Eh, no sé.

La chica hizo una mueca y volvió a su teléfono.

Penny le lanzó una mirada fulminante y volvió a desear que su hostilidad pudiera incinerar a la gente.

Cómo reaccionar frente a una invasora que podría estar loca y que seguramente tiene una navaja debajo del sombrero:

1. Pelear con ella.
2. Comenzar a gritar y jalarte el cabello para hacerle saber que estás más loca que ella y que no debería meterse contigo.
3. Presentarte y averiguar más información.
4. Ignorarla.

Para variar, Penny eligió la ruta más sencilla. Sacó el neceser de su maleta y fue directo al baño. Era del tamaño de un clóset. Podías lavarte el cabello sentada en el escusado solo estirando la cabeza un poco hacia la regadera. Penny puso el estuche sobre el tanque del retrete; decidió que esa posición lo dejaba vulnerable a salpicaduras de pipí, así que mejor lo puso a un lado del lavabo.

De otra bolsa de provisiones sacó un rollo de papel de baño, una cortina de baño esterilizada, un vaso para cepillos de dientes sin fondo para no acumular agua, un tapete de baño nuevo y toallas. Penny acomodó todo de manera lógica. El papel quedó en la dirección correcta (por encima, obviamente; solo los asesinos seriales lo ponían por debajo).

Cuando terminó, volvió a salir a la habitación y escogió la opción número tres.

—Penélope Lee, Penny —dijo, tendiéndole la mano a la otra chica.

Ella se puso de pie y examinó la mano de Penny con sospecha, hasta que Penny se vio obligada a bajarla. Los ojos de Penny estaban a la altura de su pecho (la opción número uno habría sido pésima idea).

—Mallory Sloane Kidder —dijo ella, sin dejar de escribir en su teléfono—. Aunque estoy en proceso de cambiarme el nombre a Mallory Sloan. Cuestiones profesionales. —Mallory tenía un delineado de gato simétrico, caderas anchas y largas uñas metálicas. Penny no tenía idea de a qué se refería con «cuestiones profesionales»—. Actriz —dijo Mallory Sloane (antes Kidder) con tono enérgico. Volvió a sentarse y cruzó las piernas. Sus uñas hacían una violenta rutina de tap mientras escribía—. He hecho teatro independiente.

Penny se preguntó sobre las delimitaciones del «teatro independiente». Lo más probable es que tuviera poco que ver con el aspecto financiero de alguna producción. Con un poco de imaginación, cualquier representación improvisada en una esquina de César Chávez y Chicón podría calificar como teatro independiente.

—Eh, genial —dijo Penny.

Mallory levantó un dedo para indicarle que debía esperar.

—Es Jude —dijo, tecleando en el teléfono—. Tu compañera de habitación.

—Bien.

—Es mi mejor amiga, ¿sabes? —*Tap, tap, tapiti, tap*—. Desde que teníamos seis años.

Penny hizo una mueca rápida para que la gigante no le pateara el trasero.

—¿Todo bien?

Mallory levantó el dedo de nuevo. Penny se preguntó cuánta fuerza necesitaría para rompérselo en tres partes.

—Quiere que la veamos en un café en Guadalupe. —Debía haber alguna regla que prohibiera ir a una segunda ubicación con una desconocida. Hasta donde Penny sabía, su nueva compañera de cuarto y esta tipa odiosa podían ser «mejores amigas» de una comunidad en línea dedicada a descuartizar chicas asiáticas para convertirlas en salchichas. Típico. Penny llevaba diez minutos en la universidad y ya era el mal tercio—. Vamos. —Mallory comenzó a recolectar sus cosas y miró a Penny como si fuera tonta—. Mira, venden donas.

Penny tomó su mochila.

Mallory Sloane Kidder podría ser una imbécil, pero tenía un punto inapelable.

Sam

Jude le sonrió a Sam.

Sam le sonrió a Jude.

La sonrisa de Jude era mejor que la de Sam.

Sam recordó la primera vez que Jude le había sonreído. Había sido en Navidad, hacía diez años, y Sam no fue muy amable al abrir la puerta. Suficiente tenía con que lo hubieran obligado a usar unos pantalones que le daban comezón y se le arrugaban en las ingles, pero además Brandi Rose lo había obligado a usar corbata.

—Ponte una corbata —dijo. Así, sin más. Tenía tubos en la cabeza y olía al perfume en frasco con forma de lágrima que había aparecido por arte de magia en el baño—. Rápido. —Le golpeó el brazo al pasar por el corredor ridículamente estrecho.

Sam la estudió mientras ella arrastraba los pies hacia

la cocina e intentó verla como la vería otro hombre: como una mujer. Se veía demacrada. Las venas reventadas de su nariz estaban cubiertas con un denso polvo que la hacía ver mayor.

—¿Cuál corbata? —gritó en respuesta. En ningún momento de sus once años de vida alguien había considerado comprarle una corbata.

Brandi Rose sacó, de mala gana, una de entre las cosas de su papá, que estaban guardadas en bolsas de Walgreens en el clóset del pasillo, y se la lanzó. Era verde con café y notas musicales en el fondo.

—¿Al menos sabes anudarla? —gritó mientras encendía la aspiradora.

—Claro —gritó Sam en respuesta.

Lo buscó en YouTube.

La mamá de Sam solía pasar sus días libres del trabajo (en el hotel) encerrada en su habitación, muerta para el mundo exterior. Pero aquellas últimas semanas habían sido distintas: pasaba los días horneando, limpiando y comprando decoraciones navideñas que no podían costear. Su energía nerviosa puso en alerta a Sam, más allá de lo reconfortante que había sido ver los kolaches de ciruela y de durazno organizados en las bandejas. También había estrellas con especias (*Zimsterne* en alemán) que llenaban el aire de olor a canela y le recordaban a Sam épocas felices. Como aquella Navidad que pasaron en familia con un horrendo árbol de plástico, debajo del cual había algunos de los vinilos de su papá envueltos en periódico para Sam.

Llevaban años sin celebrar las fiestas y se notaba, gracias al malhumor de Brandi y al temblor de sus manos; al menos estaba sobria, para variar.

Sam se aflojó la corbata y abrió la puerta. Brandi Rose no era una gran comunicadora; más allá del comentario sobre la corbata y las instrucciones para verse bien, Sam no tenía idea de qué había planeado. No esperaba invitados. Mucho menos una niña. Muchísimo menos una sonriente rubia de siete años con un vestido de terciopelo azul y cola de caballo. La niña tenía el mismo rostro que el hombre adusto de cabello castaño que estaba a su lado. Tenía ojos oscuros, fríos como un agujero. Detrás de ellos venía el nuevo novio de Brandi Rose, el señor Lange. Tenía en las manos una bolsa satinada de la que se asomaba una botella de champaña. Su sonrisa se desvaneció por un segundo al ver que quien estaba del otro lado de la puerta era Sam.

—Feliz Navidad, pequeño —bramó el señor Lange.

—Hola —dijo Sam.

El señor Lange tenía sesenta y nueve años. Así fue como se presentó la primera vez que conoció a Sam, sonriendo y levantando las cejas al mencionar el número «sesenta y nueve». Era el prometido de Brandi Rose desde hacía un mes. Sam lo vio solo una vez durante su brevísimo cortejo. Fueron a comer filetes en Texas Land & Cattle y el viejo rabo verde no dejaba de tocarle la rodilla a su mamá. Sam se preguntó si sus manos se sentirían como ramas y hojas secas, sobre todo considerando que el señor Lange tenía vellos blancos en los nudillos que parecían alambres.

—Tu mamá tiene mucha chispa —le dijo a Sam, acariciándole el muslo a su madre una vez más. Se habían conocido en la recepción del Marriott, donde Brandi Rose trabajaba y el señor Lange solía alojarse—. Chapada a la antigua, también. —Le levantó la mano para que Sam la viera: una esmeralda con forma de lágrima que brillaba en su dedo anular; era su piedra del zodiaco. Brandi Rose soltó una risita: un sonido extraño y hueco que aterró a Sam.

—Él es Drew, mi hijo —dijo el señor Lange, dándole una palmadita al otro hombre en la espalda—. Y mi nieta Jude.

Sam asintió.

—Ah —farfulló Brandi Rose, tras aparecer detrás de su hijo. Su voz sonaba como ahogada, más aguda de lo normal—. Dijiste que ibas a recogernos… —Era claro que tampoco esperaba invitados.

—Tú no eres Sam —interrumpió la niña. Al parecer, él y su madre estaban frente a tres generaciones de genios. Los hombres vestían trajes. Sam jaló su corbata de nuevo.

—Es mi culpa —dijo Drew, tendiéndole una mano a Brandi Rose a manera de saludo—. Yo insistí. —Ella tomó la mano. Sam, de forma instintiva, dio un paso hacia Drew para darle algo de espacio a su mamá—. Estábamos almorzando en el Driskill —explicó Drew, dejando claro de forma sutil que Sam y su madre no habían sido invitados al elegante restaurante en el hotel—. Como puedes imaginar, la idea de que una completa desconocida se fuera a casar con mi padre no me sentó muy bien. Quería saber cómo estaban las cosas con su nueva mujer —dijo en un tono amigable que enmascaraba lo que en realidad pensaba: que Brandi Rose era una trepadora interesada.

—Ah —dijo Brandi Rose de nuevo.

Sam luchó contra el impulso de azotar la puerta.

—Eres demasiado chico para ser mi tío —susurró Jude.

Es extraño cómo funcionan los recuerdos. Sam no podía recordar un solo detalle del Día de Acción de Gracias de dos años atrás, ni lo que había hecho el Año Nuevo pasado, pero recordaba de inicio a fin el día en que conoció a Jude.

La niña pequeña era incapaz de quedarse callada. El señor Lange y Brandi Rose vaciaron la botella de champaña en cuestión de segundos; Drew sentó a Jude en la habitación de Sam con un plato de galletas mientras «los adultos hablaban».

La familia de Jude se pudría en dinero. A los siete años, Jude tenía su propio iPad y su propio teléfono, además de una bolsa de «juegos de viaje». Y por más que Sam quería ignorarla, no dejaba de parlotear.

—¿Sabes jugar backgammon? —Puso las piezas sobre la cama.

Sam puso música en su porquería de audífonos y le dio la espalda. Entonces los gritos comenzaron en serio. Esa es la cosa con las casas rodantes, las paredes son más delgadas que una hoja de papel. Jude abrió los ojos como platos.

Sam suspiró. Conectó los audífonos al iPad de Jude y se los puso en los oídos a ella. Le mostró unos cuantos videos. Los hits eran corgis brincando en un trampolín y pandas bebé moviéndose con música electrónica de fondo. Había un video editado de una cacatúa que tocaba el piano con las patas. Cuando Jude encontró un instructivo para preparar panquecitos que parecían jeans deslavados, Sam fue a asegurarse de que su mamá estuviera bien.

Por la rendija de la puerta alcanzó a ver a Brandi Rose junto a la tarja de la cocina, tomando un vaso con jugo de naranja que debía ser al menos mitad vodka. Los dos hombres estaban fuera de la vista, pero no fuera del alcance de sus oídos. Sam y Jude pasaron la siguiente hora viendo videos. Hacia el final de la tarde, Sam sospechaba que habían llegado a algún tipo de acuerdo. Esperaba que hubieran cancelado la boda, que la intempestiva propuesta del señor Lange no hubiese sido más que un desvarío de un anciano senil, que el imbécil de su hijo los hubiera salvado a todos. No tuvieron tanta suerte. La feliz pareja se casó unas semanas después y disfrutó de una luna de miel de cinco días en un crucero por la Riviera Maya. A pesar de las felices nupcias y la infinidad de promesas, el marido de Brandi Rose jamás los sacó de la casa rodante; jamás pasó una noche con ella.

Cuando llegó el momento de que los Lange se fueran, el papá de Jude pasó por ella, sacó su cartera y tomó cuatro billetes de veinte dólares que lanzó a la cama de Sam sin verlo a los ojos ni una vez.

Cerró la puerta sin decir una sola palabra.

—¡Tío Sam! —trinó Jude.

Cinco años de ortodoncia intensiva y un artilugio llamado «máscara de tracción inversa extraoral» habían corregido los aspectos más equinos de la apariencia de Jude.

—Hey, Jude —dijo. Verla de nuevo era inquietante. Habían tomado un café hacía un mes, cuando ella estaba en Austin para su orientación, pero Sam no creyó por un instante de las siguientes seis semanas que Jude de verdad dejaría California para estudiar a seis cuadras de él.

Jude ya medía un metro setenta y cinco, frente al metro ochenta de Sam (bueno, metro setenta y nueve y un poquito más). Pero, mientras que Sam era un enclenque, Jude era sólida. Irradiaba salud gracias a su look clásico de la

Costa Oeste. Sam estaba seguro de que ella podría cargarlo sin mucho problema. Sentía al mismo tiempo un instinto protector mamífero (como creía que debía sentirse la gente con familias normales) y una profunda incomodidad por tenerla cerca.

—¡Sííí! —gritó Jude, envolviéndolo en un abrazo—. ¡Mi tío Sam! —Había comenzado a llamarlo así en la retahíla de mensajes que anunciaban su inminente llegada. Le parecía graciosísimo, pues era evidente que Sam no era muy patriota. Tampoco era su tío ya. La trágica unión de Brandi Rose y el señor Lange duró menos de dos años. Un mes antes de que él se viera obligado a pagarle pensión, le propuso matrimonio a una mesera de veinticinco años del Cracker Barrel en Buda. Él era alguien con clase de cabo a rabo.

La presión de los brazos bronceados de Jude a su alrededor era agradable, un alivio. Habían pasado varios meses desde que alguien había abrazado a Sam con afecto y sin complicaciones adicionales, y su exsobrina era como un enorme golden retriever que te bañaba de amor en cuanto ponía los ojos sobre ti.

—¿Tienes hambre? —preguntó, escabulléndose del abrazo—. ¿Cómo estuvo tu vuelo? ¿Vinieron tus papás? ¿Qué se siente empezar la universidad? —Pausa—. ¿Te encantan las preguntas? —Sam se acomodó el cabello de la forma más torpe que pudo y le dio un trago a su café para tener algo que hacer con las manos.

—La cafeína es una excelente droga —dijo ella, mirando la taza. Sam rio—. Primera pregunta: me muero de hambre —dijo Jude—. El vuelo estuvo bien. Mis papás no lograron ponerse de acuerdo sobre quién me traería, así que decidimos que no viniera nadie. Se están separando.

—Lo siento.

Sam solo había visto a la mamá de Jude una vez (estaba bronceada y había llegado a la cena vistiendo ropa de yoga) y él jamás logró acercarse a su papá.

—Está bien —dijo Jude con una sonrisa torcida—. Eran infelices. Por cierto, te mandan saludos.

—Claro que no —dijo Sam.

Jude se rio.

—Bueno, mi mamá manda saludos —admitió—. Pero mi papá sí preguntó por ti. Quería saber si tienes planes de volver a la escuela.

Sam se encogió de hombros.

—Ya veremos —dijo. Sam iba a volver a la escuela, pero no a UT.

—Bueno —Jude lo tomó del brazo—. Por lo menos él no vendrá a visitarnos. Podrá haber nacido en Dallas, pero sigue pensando que Austin es una ciudad de drogadictos y hippies de familia bien. —Sam esbozó una sonrisa seca—. Ah —continuó Jude—. No sé qué se siente empezar la universidad, me encantan las preguntas y el primer punto en mi agenda era venir a saludarte. —Esbozó otra de esas sonrisas radiantes y le agitó los brazos en la cara—. ¡HOOOLAAAAA! —Era como una caricatura.

—Hola de nuevo —dijo Sam y tomó una bandeja de panecillos—. Hice esto para ti.

—¡Uff! ¿Para mí?

—Donas y pays de cereza —dijo.

—Espera, ¿tú los hiciste?

Sam asintió.

—Caray. Me la pasaré aquí todo el tiempo —dijo Jude—. No puedo creer que sepas hornear.

—Bueno, esto está frito —dijo él. Sam se preguntó qué significaba «todo el tiempo».

—Mejor aún —Jude tomó su teléfono—. Les diré a mis amigas que vengan.

Sam asintió.

Jude era buena para eso: para expresarse y, a veces, expresarse de más. Los habían obligado a pasar tiempo juntos en algunos eventos familiares y Sam llegó a disfrutar de su constante flujo conversacional. Era un bienvenido descanso del encono. Aun después de la separación, Jude nunca le permitió perder el contacto. Y vaya que Sam había intentado perderlo. Jude recordaba su cumpleaños y enviaba mensajes bobos en los días festivos, con actualizaciones no solicitadas sobre su vida. Su afabilidad era implacable. Sam, por su parte, no tenía idea de cuándo era el cumpleaños de Jude, pues había borrado todas sus cuentas en redes sociales.

—¿Quieres un café o algo? —le preguntó.

—Café helado, por favor.

—¿Leche y azúcar? —Una cosa más que no sabía sobre ella.

—De a montón —dijo Jude, radiante.

—¡Amigaaa!

Una chica alta de cabello castaño, vestida como si fuera a un festival en el desierto, entró galopando por la puerta, seguida por alguien que tenía un cierto parecido con la niña de la película japonesa *La maldición*.

—¡Amigaaa! —gritó Jude en respuesta, abrazando a la chica más alta mientras las borlas de su blusa se sacudían.

—¡¡Maldita, por fin!! —gritó la chica de cabello oscuro. Sus extremidades largas y huesudas le recordaban a Sam a dos cangrejos aferrándose el uno al otro.

La chica asiática le sonrió un instante; luego, se arrepintió. Él respondió con una mueca incómoda.

Jude se zafó de los brazos bronceados y se abalanzó sobre la otra chica.

—¡Holaaaa! —canturreó con la cara hundida en el cabello de la otra, casi levantándola—. ¡Penny! —La chica le dio dos palmaditas en la espalda a su sobrina *(tap, tap)* y le lanzó una mirada como pidiendo ayuda—. Ella es mi mejor amiga, Mallory —dijo Jude—, y mi compañera de habitación, Penny.

—Conque tú eres el tío Sam —dijo Mallory, tendiéndole la mano. Tenía un apretón de manos firme, de esos que siempre terminan por convertirse en una competencia—. Soy Mallory Sloane —dijo Mallory Sloane.

—Mucho gusto —dijo Sam, negándose a entrar en la competencia de apretones de mano. Ella se mordió el labio con gesto seductor. Sam sonrió y se apresuró a saludar a la otra chica. Ella pareció saludar con la mano a alguien que estaba detrás de Sam—. ¿Cómo puedo ayudarles hoy, señoritas?

—¿Puedes hacerme un flat white? —preguntó Mallory, quien no se quitó los lentes oscuros al entrar al café.

Sam detestaba la taxonomía arbitraria de las bebidas cafeinadas pretenciosas y la había aprendido a regañadientes hacía mucho.

—Claro —dijo y molió unos cuantos granos para un shot corto.

—¿Sabes qué es? —lo retó ella.

—Síp —dijo Sam—. Latte con una proporción modificada de leche y expreso. Con microespuma.

—Lo intentaste, Mal —dijo Jude.

—¿Tú qué quieres...? —preguntó Sam—. ¿Penny? —Sam siguió los ojos de Penny hacia sus zapatos, que resultaban ser los mismos que él tenía puestos, unas cuantas tallas más pequeños—. Buen gusto —dijo, señalado los pies de Penny con los ojos.

Penny abrió la boca en forma de «O», pero no emitió sonido alguno.

Los sorteos de las residencias estudiantiles solían producir los grupos más curiosos. El compañero de Sam durante su primer año, Kirin Mehta, era sonámbulo y orinaba en una orilla de la sala de estar mientras sonambuleaba todos los fines de semana. Sam esperó que estas dos chicas (la muda y la bomba sexual) congeniaran, por el bien de Jude.

—Déjame adivinar —le dijo a Penny—. ¿Un capuchino seco, mitad cafeinado, mitad descafeinado, con unas gotas de caramelo? —Penny se aclaró la garganta y asintió—. ¿Quién lo diría? —le preguntó, casi seguro de que eso no era lo que Penny quería.

Sam estudió a Penny por el rabillo del ojo. El cabello enmarañado le daba un aire de locura. Parecía un dibujo hecho a lápiz.

—De hecho, ¿me podrías dar un café helado? —Al fin alzó la voz.

—Claro que podría —acentuó Sam.

—Ay, ¿tío Sam?

Al voltear se encontró con Mallory, inclinándose hacia él, con los codos sobre la barra. Sus bubis no-pequeñas estaban tan alzadas que casi le tocaban la barbilla. Se bajó los lentes oscuros con una garra plateada. Evidentemente había pasado demasiado tiempo sin que alguien le pusiera atención a Mallory.

—¿Qué pasa?

—¿Es cierto que sabes hornear? —preguntó ella, y Sam asintió—. Tal vez un día puedas hornearme algo —dijo, inclinando la cabeza de forma sugerente.

Sam ladeó la cabeza, imitándola.

—Nada de «tal vez», Mallory —dijo—. Si comes del plato de Jude en este momento, ya te habré horneado algo. Provecho.

—Eres muy gracioso —dijo Mallory con una risita boba. Fue tras su amiga, pavoneándose.

Sam meneó la cabeza. No había forma de que se fuera a meter con una chica de primer año. Ni hablar de meterse con una amiga de Jude. Ni siquiera él era tan tonto.

Penny

Las tres chicas se sentaron en un sofá con tapiz floral. Jude se sentó en medio. Colocaron sus bebidas en la mesa. Penny notó que el fémur de Jude medía casi el doble que el suyo.

—Entonces. —Mallory se inclinó hacia el frente para dirigirse a Penny—. Jude mencionó que tú también eres hija única.

—Ajá.

—Yo tengo dos hermanas menores —continuó Mallory. Sorbió su café—. Y Jude nunca ha tenido que compartir nada en su vida, mucho menos su habitación.

Jude le dio un codazo en las costillas a su amiga y tomó otra dona.

—Lo que Mal intenta decir con mucha sutileza es que soy una cerda. —Jude mordió la dona y se llenó de migajas como para probar el argumento—. Mira, estoy demasiado ocupada viviendo la vida como para considerar algo tan soso como limpiar. Además, todo el mundo sabe que los genios somos un desastre.

Mallory continuó.

—Es solo que noté que tú eres bastante ordenada —dijo—. Esto va a ser muy interesante. Yo vivo en Twombly, pero puedes esperar que esté con ustedes todo el tiempo.

«Ah, Twombly. La residencia de los ricos, famosos e insoportables».

Penny se preguntó por qué Jude no podía visitar a Mallory en Twombly. Tenían un estudio de pilates en el sótano y una sala de proyecciones donde podían ver películas que aún se proyectaban en los cines.

Sam fue hacia donde estaban y puso una taza de expreso sobre la mesa.

—¿No te puedes quedar más tiempo con nosotras? —le preguntó Jude.

—Después —dijo él—. Ya vuelvo.

Las chicas lo miraron alejarse.

—Uff —dijo Penny, tras darse cuenta de lo que debió haberle parecido evidente desde el principio—. No son solo los zapatos —murmuró.

—¿Qué? —preguntó Mallory en voz demasiado alta.

Penny se apretujó con las otras dos.

—Tu tío y yo traemos el mismo atuendo.

Jude y Mallory torcieron el cuello. Era cierto: los dos tenían camisetas negras con mangas de tres cuartos, cinturones negros con hebillas plateadas pulidas, jeans negros ajustados y agujereados en las rodillas, y Converse negros altos.

—Ay, Dios —dijo Jude—. Cuando éramos niños era todo un *skater*. No sabía que se había pasado al lado oscuro.

Mallory resopló.

—¿Recuerdas que en sexto de primaria tenías una cartera con cadena y esos horribles caquis gigantescos? —preguntó Mallory—. Dios, estabas obsesionada con el tío Sam. Fíjate cómo Jude va a empezar a vestirse como si estuviera de luto.

Sam acomodaba tazas sucias en una bandeja. Tenía un remolino en la cabeza, un rebelde rizo que se levantaba por encima del resto de su genial cabello. Seguro lo odiaba. A Penny le encantaba que eso pasara, que un pequeño detalle se rebelara del resto del paquete. Quería tocarlo. Miró hacia otro lado antes de que alguien notara que lo veía con tanta atención.

Mallory mordió una de las donas.

—Agh —dijo, sacando la lengua como un bebé—. Odio los pistaches. —Se sacó el bocado ofensivo de la boca con las uñas y puso el bolo húmedo en la mesa.

Penny gritó para sus adentros.

—¿Para qué tomaste una que, claramente, tiene pistaches? —preguntó Jude—. Literal, tiene pedazos de pistache visibles. ¡Es verde, Mal!

Jude levantó la ofensiva masa con las manos y buscó dónde depositarla.

Penny gritó para sus adentros aún más fuerte.

En un santiamén, Penny tomó un paquete de toallitas húmedas de su mochila y le dio una a Jude. Luego, le echó desinfectante en las manos, pues no podía tirarle cloro en el cerebro. Ser mejores amigas era una cosa; eso era una perversión. ¿Quién toca la comida a medio masticar de alguien más? ¿Y quién escupe su comida a medio masticar en público, para empezar?

—Gracias —dijo Jude, poniendo el bulto de dona en la toallita—. ¿Cómo está el pay?

—Bueno. —Penny deglutió el resto y tomó otra mitad de dona antes de que Mallory dañara las que quedaban.

—Mierda. —Jude se enderezó de golpe. Un escandaloso caudal de relleno rojo cayó sobre su blusa blanca.

Con la mano que tenía libre, Penny le ofreció otra toallita húmeda y un quitamanchas portátil.

—¿En serio? —Mallory le quitó a Penny el kit de emergencia de entre las piernas antes de que pudiera decir algo—. ¡Es como un carro de payasos! ¿También vas a sacar una escalera y una camioneta?

Penny quería preguntarle quién demonios pondría una camioneta adentro de un carro, pero la distrajo el terror de qué podía haber empacado o no en su bolsa.

—Dios mío, es como una de esas preparacionistas. —Mallory escarbó en la bolsa—. Curitas, ChapStick, tampones… Había oído hablar de las mamás adolescentes, pero tú eres más como una abuela adolescente. Déjame adivinar, tienes paquetitos de Splenda y cupones también. Qué adorable.

—Superadorable —repitió Jude, pasándose el quitamanchas por la blusa.

Penny detestaba la palabra «adorable». Lo banalizaba todo.

Mallory siguió distribuyendo el contenido de la bolsa de chunches de emergencia de Penny como si fueran instrumentos quirúrgicos. Desinfectante, tapones de oídos, memoria USB, aspirinas, cotonetes, seguritos metálicos, costurero, lápiz miniatura…

—Uuuuuh y un condón. —Mallory sostuvo el cuadrado metálico entre el pulgar y el índice.

Basta.

Penny le arrebató el condón y la bolsa, y comenzó a recolectar sus cosas de la mesa.

—Mal —la reprendió Jude mientras le ayudaba a Penny a juntar todos los objetos—. No seas cabrona.

—¿No puedo ser inquisitiva? —objetó Mallory—. Además, solo dije cosas buenas. —Se recargó en el asiento con una especie de satisfacción altanera y miró a Penny—. Eres tan organizada. Seguro eres una prodigio de las matemáticas o algo así. Mmm... déjame adivinar: ¿una niña asiática que se saltó diez grados? ¿Eres en realidad una niña de doce años en primer año de la universidad? —Penny le lanzó una mirada fulminante—. Vamos, puedes contarme.

Cómo responder un ataque racista velado que al mismo tiempo es una especie de cumplido:

1. Abofetear hasta el alma a la racista con la otra mitad de la dona de pistache.
2. Con toda tranquilidad, decirle que sí eres una genio y una bruja cuyos hechizos tenían el poder de dejar calvos a tus enemigos, sobre todo a los imbéciles y racistas.
3. Gritarle a Jude. Vetar a Mallory de la habitación. Abofetear a todo el mundo.

—Ay, ya, Penny —dijo Mallory después de un rato—. Solo te estaba molestando.

—¿Sabes qué? —Penny volteó para verla de frente—. Solo estoy siendo amable contigo por educación —dijo—.

No tienes derecho a ser una perra sin motivo ni tampoco tienes derecho a ser racista. Mucho menos con ese racismo trillado y flojo.

Penny sintió la familiar punzada y la humedad en los ojos. No solía llorar por cosas tristes, solo por las que la hacían enojar. Era una forma divertida y fácil de perder todas las discusiones. Inhaló profundo y exhaló despacio.

—¿Racista? —dijo Mallory—. ¿A quién rayos le estás diciendo racista? Eso es lo más ofensivo que puedes decirle a alguien…

—Por Dios, Mal —dijo Jude—. Ya estuvo.

—Seré muchas cosas —resopló Mallory—, pero racista, no.

—Eso es exactamente lo que dicen todos los racistas del mundo —escupió Penny. Torció tanto la boca que se pudo haber roto la mandíbula.

Las tres terminaron sus cafés. Penny se preguntó si todas sus experiencias universitarias serían así de divertidas. Era justo como la preparatoria, pero peor porque te seguía hasta el dormitorio. Genial.

Mallory al fin rompió el silencio.

—Mi novio se compró una camioneta nueva. —El comentario fue recibido con más silencio—. Ese fue mi intento de cambiar de tema —dijo Mallory después de unos segundos.

Penny cedió.

—¿Qué tipo de camioneta?

—Una Nissan.

—El novio de Mallory es Benjamin Westerly —dijo Jude con un tono reverencial.

—¿Quién diablos es Benjamin Westerly?

—Es la gran cosa en Australia —dijo Mallory.

—No tengo idea de qué significa eso —dijo Penny.

Jude ahogó una carcajada.

—Ben tiene una banda —explicó Mallory—. Es una estrella para las más de cien mil personas que lo veneran. Sus fans son muy apasionados. Además, tiene veintiún años. Australia es superliberal. Tuvieron una primera ministra.

Para Penny, los australianos eran como ingleses genéricos y un poco extraños. Dicho eso, Penny no conocía a ningún australiano. Pero sí le resultaba sospechoso que, mientras que todas las especies mamíferas del resto del planeta tenían placenta, los australianos aún tenían marsupiales. Rayos. Tal vez Penny también era racista.

—Genial —dijo después de unos momentos.

—¿De qué me perdí? —Sam volvió al grupo. Puso otro expreso junto al que había dejado sobre la mesa. Penny miró las tazas gemelas—. Templado —le explicó Sam, tras por fin sentarse junto a ella. —A Penny le encantaba esa palabra. Era la forma más perfecta de describir la temperatura. Era como «pelusa»; casi puedes sentir la textura en tu sudadera. Sam se estiró para tomar el azúcar—. Perdón que me atraviese.

Penny contuvo la respiración y se hizo hacia atrás para no terminar embarrada en su mejilla como una pervertida. Alcanzó a ver parte del tatuaje que se asomaba por debajo de la manga de su camiseta. Era una mano o un par de manos. Sin lugar a dudas estaba entre las imágenes más eróticas que Penny había visto en su vida.

—Todo estuvo delicioso —ronroneó Mallory.

El sillón de Sam era un poco más alto que el sofá. Cruzó las piernas con un elegante gesto. Su rodilla derecha rozó la rodilla izquierda de Penny, quien estuvo a punto de desmayarse. Al verlo con la diminuta taza de expreso entre las manos, Penny se preguntó por un instante si era gay. No que fuera asunto suyo.

—Y, ¿qué clases vas a tomar, J?

—¿Ahora soy «J»? —preguntó Jude. Era evidente que el nuevo apodo la complacía.

Sam rio.

—Lo quería probar.

Se sobó el bíceps y reveló la sombra de otro tatuaje debajo de la otra manga. Era algún tipo de animal. Penny sintió que la rodilla que acababa de tocarle se le calentaba. Se sonrojó. Se preguntó qué sería el tatuaje. Quizá la cabeza de un caballo; una pieza de ajedrez, tal vez.

Si fuera a tatuarse una pieza de ajedrez, Penny escogería un alfil. Eran discretos y efectivos. Sigilosos. Mallory y Jude se tatuarían reinas. Dado el caso, también su mamá.

«Tío Sam».

Sam podría haber sido miembro de una banda. Una banda increíble y melancólica. Penny creía que los cigarros eran asquerosos, pero se imaginó que Sam fumaba y que se veía genial haciéndolo.

Dios, no dudaría ni un segundo en fumarse la cajetilla entera si él se la ofreciera. Serían una pareja apantallante: vestidos igual y recargados contra una pared, fumando y viéndose geniales.

«Tan geniales como el glaucoma y el cáncer del pulmón».

Penny nunca había fumado en su vida. Si llegaban a fumar juntos, lo más probable sería que le diera un ataque de tos que duraría una eternidad y que terminaría con una retumbante flatulencia.

«Por Dios, contrólate».

En serio, ¿qué le estaba pasando? Además, tenía novio. Intentó evocar el rostro de Mark, pero solo logró vislumbrar el contorno de su nariz y su cabello. Tenía novio: Mark, el niño blanco que se había hecho trenzas en quinto de primaria y usaba la misma sudadera azul todo el invierno sin lavarla.

Sam era distinto. Fino. Melancólico y anguloso. Un retrato de Egon Schiele. Schiele, si la memoria no le fallaba a Penny, fue aprendiz de Gustav Klimt y era propenso a dibujarse desnudo.

«Desnudo».

—Entonces —dijo Sam, recargándose en su asiento y cruzándose de brazos—, ¿qué onda? ¿Qué va a estudiar cada una?

Era probable que Schiele no dijera: «¿Qué onda?».

—Ciencias de la comunicación —dijo Mallory, acomodándose el cabello—. Quiero ser actriz.

—Mercadotecnia —dijo Jude—. Era la menos aburrida de las carreras que papá estaba dispuesto a pagar…

Sam alzó la barbilla y le pasó la papa caliente a Penny. Penny odiaba esa pregunta; su respuesta siempre parecía pretenciosa.

—¿Qué estudiaste tú? —reviró Penny.

—Cine —dijo Sam.

—Ah, el programa de cine de UT es excelente —dijo ella, una octava encima de su registro usual—. Es la cuna del *mumblecore*, los hermanos Duplass, Luke y Owen Wilson, Wes Anderson… —No podía contener la verborrea.

—Wes Anderson estudió filosofía —interrumpió Sam. Penny se sonrojó más. «Alguien máteme». Sam la desarmó con una sonrisa—. No sé por qué sé eso —dijo.

—¿Por qué cine? —chirrió Penny. Sabía que, hasta cierto punto, lo que eligieras en la universidad no importaba en el mundo real. La gente rara vez terminaba dedicándose a lo que había estudiado. Pero sí era una buena ventana a la autopercepción; decía todo sobre cómo se veía la gente a sí misma.

—Quería ser documentalista —dijo. Penny se preguntó por el uso del copretérito—. Hay tantas historias increíbles en el mundo sucediendo a nuestro alrededor todo el tiempo. Me gusta esa cita de Hitchcock sobre que en una película el director es Dios, mientras que en los documentales Dios es el director. Siempre me ha gustado.

Apiló sus tazas de expreso.

Penny sabía que le estaban saliendo emojis de corazón de los ojos. Estaba embobada, flechada y cualquier otro «ada» existente. Nunca había escuchado a alguien de su edad hablar así sobre lo que quería hacer. No es que Sam tuviera su misma edad. Penny se tragó el resto de sus preguntas: si se sentía como un fantasma, entrometiéndose en la vida de la gente, escarbando en su existencia en busca de ideas; si se sentía solo mientras observaba a los demás, al igual que ella.

—Dios, qué emo —apuntó Mallory, con la mirada fija en su teléfono.

Sam se rio.

—Dejé la escuela, de cualquier forma. No podía pagarla.

—Pues yo creo que la universidad es una estafa. —Mallory se encogió de hombros—. Yo solo estoy aquí como acompañante de Jude y para callarle la boca a mi mamá. Nos iría mejor si inventáramos una app o algo así.

Los cuatro se quedaron en silencio, contemplando la deprimente realidad.

—Pero no inventen una app que invente apps —intervino Penny—. El mercado laboral ya está bastante complicado como para que tus robots les quiten los trabajos a los robots.

Sam se rio.

Sam tenía cara de asco permanente, hasta que se reía. Penny nunca había deseado algo tanto como deseaba hacerlo reír de nuevo.

—Dios, la singularidad de las apps es lo peor que puedo imaginarme —dijo él tras un momento.

Penny estaba fascinada: o Sam leía ciencia ficción o sabía lo suficiente sobre ciencia ficción como para conocer el nombre del momento en el que las computadoras se volverían más inteligentes que los humanos y comenzaran a desplazarlos.

—Las redes sociales serían un desastre —dijo Penny con una sonrisa—. ¿Quién le haría *catfishing* a quien hace *catfishing?*

—¿Sueñan los teléfonos Android con ovejas eléctricas? —preguntó él.

Los dos gruñeron con disgusto, pero un chiste de papá con una referencia a Philip K. era el punto débil de Penny. Dick estaba justo en el terreno de Penny. Los chistes de papá eran sus favoritos. (No se necesitaba ser Freud para entender qué pasaba ahí). La sensualidad de Sam era excesiva como para hacer contacto visual; Penny sintió un agradable cosquilleo en las mejillas.

—En fin —dijo Mallory, impaciente.

Penny se aclaró la garganta.

Sam se tronó los nudillos de forma hiperatractiva y un poco intimidante. Con los brazos frente al pecho, Penny alcanzó a ver más esbozos de un tatuaje en su cuello. Qué maravilla que «cuello» rime con «bello», porque vaya que el suyo lo era.

Mallory dijo alguna tontería sobre la empatía y el valor del espíritu de lo humano. Penny no estaba poniendo atención.

Sam había logrado encontrar la Playera Perfecta con el Cuello Perfecto, que se estiraba lo adecuado para crear el seductor efecto del ligero asomo de los tatuajes.

Penny volvió a pensar en Mark. Mark, que usaba playeras polo cuando salían y solo leía libros de autoayuda como *Los siete hábitos de la gente altamente efectiva*, *¿Quién se ha llevado mi queso?* y el siempre confiable *La semana laboral de cuatro horas*.

El buen Mark.

El simplón Mark.

Mark, cuyas llamadas había enviado a buzón de voz dos veces ese día.

Sam intentó aplanarse el remolino en la cabeza sin pensarlo; Penny vislumbró un destello blanco en su axila.

Hasta sus axilas eran sexys.

—¿Quieres cenar con nosotras? —le preguntó Jude.

—No puedo —dijo Sam y se puso de pie de pronto—. Trabajo.

Jude asintió; su decepción era evidente.

—¿La próxima?

—Claro —dijo Sam, sin poner mucha atención, mientras comenzaba a alejarse.

—Maldición —susurró Mallory, comiéndose a Sam con los ojos. «Maldición», pensó Penny—. No sabía que el tío Sam era todo un intelectual —exhaló Mallory, abanicándose con la mano de forma exagerada.

—Qué asco. Ya. —Jude le golpeó la pierna a su mejor amiga—. Es, literal, el hermano de mi papá.

—Era su hermanastro y lo fue como por cinco minutos —la corrigió Mallory—. Y no es tan grande.

—Tiene veintiún años —dijo Jude.

—Hay primos hermanos que se casan —dijo Mallory.

—Guau… —dijo Jude y negó con la cabeza.

—¿Qué? —replicó Mallory—. En serio, ¿cuál es el problema? Es muy sexy. Oscuro, pero sexy. Y tú. —Dirigió su atención a Penny—. Toda esa incomodidad y torpeza para luego sacar todas tus habilidades de coqueteo…

—Sí, parecieron llevarse bien —dijo Jude. Los dos pares de ojos examinaron a Penny con un interés renovado.

—Se llama ser sociable —objetó Penny. Volteó a ver a Mallory—. Puedo ser amigable con los desconocidos, siempre y cuando no esculquen entre mis cosas.

—Ja —dijo Mallory—. Como sea. ¿Cuál es su tipo?

—Mal —dijo Jude en tono de advertencia.

—¿Qué? —Mallory parpadeó con un gesto de falsa inocencia.

—Mallory, tienes prohibido lanzártele a mi tío —dijo Jude.

—¿Prohibido? —dijo Mallory—. ¿Y si él se me lanza a mí? Los tíos me adoran.

—No. —Jude miró a su amiga de frente—. Lo digo en serio. Sabes que no necesito más dramas familiares. Invoco el código de la amistad.

—¿Drama familiar? —contestó Mallory—. A estas alturas, Sam es tan tu familiar como mío.

—Ya sabes cuáles son las reglas. El código de la amistad no necesita tener sentido —dijo Jude y agitó la mano para descartar la propuesta. Su boca era una estrecha línea recta. Penny conocía esa expresión, esa que aparece cuando necesitas reunir todas tus fuerzas para mantenerte firme y no llorar.

—Uff —dijo Mallory—. Jude Louisa Lange, ¿tienes sentimientos de índole sexual por tu extío político?

—¡Ya! —estalló Jude.

—Es la única explicación —contrarrestó Mallory.

—Guácala. No. No es eso… —Jude se terminó el resto del café—. Amigas y familia es una combinación que siempre termina en cosas incómodas y complicadas. Así que… ¿por favor?

—Ay, nena —dijo Mallory, envolviendo a su amiga en un abrazo—. Está bien. Código de la amistad invocado. No puedes culparme por querer ser tu mejor amiga y tu tía.

Jude se rio.

Penny miró a ambas chicas. O a Jude sí le gustaba Sam y no quería admitirlo, o en verdad sucedía algo con su familia. De otro modo, no entendía por qué Mallory estaba dispuesta a desistir. Penny guardó la información en una nueva carpeta en su cabeza.

—Además —continuó Jude—, creo que él tuvo un verano difícil también.

—¿Por qué? —preguntó Mallory.

—Bueno, no es como que me lo haya dicho, y espiarlo es casi imposible, pero… —Jude abrió Instagram en su teléfono—. Mira… —Encontró el perfil de una tal MzLolaXO y comenzó a navegar—. Creo que tiene problemas de chicas… —dijo.

Penny se preguntó por qué se llamaban «problemas de chicas» cuando un hombre tenía drama en su vida sentimental, mientras que «problemas de mujeres» significaba que una mujer estaba menstruando.

—Wuuuu, es supersexy —dijo Mallory.

MzLolaXO era sexy.

De hecho, el físico de Lola constituía violencia psicológica. Era bella según cualquier criterio científico o matemático. Tenía el tipo de atractivo que hacía que los hombres cursis usaran palabras como «exquisita» o «despampanante» para describirla. Hombres que también se referían a las mujeres como «seres» y, sin lugar a dudas, «féminas». Lola era larga y delgada, una de esas efigies que «olvidaba» comer o, en todo caso, le daba unas cuantas mordidas a comida con valor estético, como un macarrón de Ladurée o una rebanada de kiwi.

Pero también era la forma en que vestía (de paso), como si su falda de mezclilla deshilachada estuviera ahí para proteger las sensibilidades de su puritana audiencia. Era famosa en Instagram como solían serlo las chicas como ella: así porque sí, como si estuvieran hechas para detonar las inseguridades de otras mujeres a diestra y siniestra. En pocas palabras, era el complemento estilístico perfecto para Sam. Con razón había rechazado la invitación a la cena, seguro tenía mucho mejores cosas que hacer que salir con ellas.

Jude continuó pasando las fotos, un aterrador carrusel de Lola haciendo cosas y viéndose bien mientras las hacía.

—¿Quién se toma tantas selfies? —dijo Mallory, arrugando la nariz—. Solo una narcisista.

Penny estaba dispuesta a apostar dinero a que Mallory tenía más selfies. Admiraron a Lola estirándose en una ombliguera, debajo de la cual se asomaban los tatuajes de dagas que tenía en las costillas.

—¿Ven? —dijo Jude—. Sam aparece, literal, cada cinco fotografías desde aquí… —pasó el dedo hacia arriba—, hasta aquí.

—Son años —dijo Mallory, impresionada.

—Eso es lo que estoy diciendo—dijo Jude—. Tenía esta relación perfecta y ahora no la tiene. Para ser honesta, estuve hablando con la doctora Greene sobre esto y ella cree que está deprimido.

—La doctora Greene es la terapeuta de Jude —dijo Mallory.

Si eso era cierto, la depresión le sentaba bien a Sam.

—Así que no lo confundas, Mallory —concluyó—. Está vulnerable.

Penny pensó en el tipo de mujeres que amaban los hombres vulnerables o incomprendidos. Solían ser las que se casaban con asesinos seriales que tenían cadenas perpetuas.

—Bueno —cedió Mal—. Como sea, tengo novio.

—Gracias —dijo Jude—. Tú tampoco. —Le asintió a Penny con una enorme sonrisa—. Por favor, no salgas con mi tío.

—Pff —se burló Mallory.

Jude se estiró, le acomodó un mechón de cabello enredado detrás de la oreja a Penny y le dio una dulce palmadita en la mejilla.

Sam

La sensación de saber que tu única computadora está al borde de la muerte a pesar de que ni de chiste tienes dinero para reemplazarla solo puede describirse como horror. Horror y terror. «Torror».

Sam tamborileó con impotencia sobre el *trackpad* unas cuantas veces y tecleó con fuerza. La rueda de actualizaciones de la muerte persistía.

«Mierda».

Con calma, cerró la laptop cubierta de estampas y consideró por un momento hacerse bolita y berrear el resto del día.

La vetusta máquina (su fiel corcel desde el segundo año de preparatoria) ni siquiera seguía calificando como laptop; tenía que estar conectada a la corriente todo el tiempo. Además, los colores se desbordaban y se mezclaban en la pantalla; sin importar en qué página o programa estuviera, siempre sentía como si estuviera bajo los efectos de algún alucinógeno.

Pero, si una computadora se quedaba parada en medio de la autopista de la información, lo único que quedaba por hacer era llevarla a un callejón oscuro y dispararle.

Sam inhaló profundamente y contó hasta diez con un ritmo entrecortado.

Según sus cálculos, no tenía suficiente dinero en su cuenta para retirarlo. Un cajero automático no se tomaba siquiera la molestia de atenderte si no tenías un mínimo de veinte dólares. Sam tenía diecisiete. Menos los dos de la comisión del cajero.

La paradoja era desmoralizante. Necesitaba la laptop para tomar un curso de cine en línea en la Universidad Comunitaria de Álamo y así aprender lo que no podía aprender de YouTube: cómo bloquear una toma como Roger Deakins, el mejor cinematógrafo del mundo o cómo iluminar al estilo de Gordon Willis, el director de fotografía de *El Padrino*. Bueno, sabía que no iba a aprender eso en un curso de dieciséis semanas, pero desembolsar cuatrocientos setenta y seis dólares por la clase y el acceso al material era mucho más barato que rentar una cámara y el resto del equipo durante cuatro meses. Pero ahora no podía descargar nada de lo que tenía que ver.

Sam dobló los dedos del pie derecho. La suela de su tenis negro se abría justo donde se encontraba con la tela. Tomó la cinta aislante de su mochila, cortó un pedazo y tapó el hoyo. La cinta eléctrica resolvía casi todos los problemas, menos las tarjetas madre quemadas. Tal vez dejaría de salir al mundo para siempre. Transitaría descalzo entre su habitación y La Casa una y otra vez, un Sísifo de la educación por correspondencia.

Miró el reloj sobre la puerta: 2:45 p.m., la gloriosa calma entre el frenesí de la comida y el café de las cuatro. El único cliente del café era un tipo bajito con una barba puntiaguda y demasiado bien cuidada que trabajaba en su resplandeciente MacBook Air de trece pulgadas con soporte portátil y teclado adicional. Por un momento, Sam consideró asaltarlo, aunque robarle a alguien en el lugar donde trabajas y además vives fuera la idea más estúpida de la historia.

Con absoluta apatía, desechó sobre la mesa más cercana su ejemplar del periódico alternativo preferido por las juventudes de la ciudad: el *Austin Chronicle*. Desde que se había mudado al piso de arriba, su mundo se había vuelto diminuto. Se preguntaba si aún tenía los anticuerpos necesarios como para aventurarse a salir. Podría contraer alguna enfermedad del viejo mundo que creíamos desaparecida, como polio o viruela. ¿Había gente que todavía se enfermaba de viruela? Tenía que leer un libro de vez en cuando. ¿No era eso lo que hacía la gente en rehabilitación? ¿Buscarse un hobby? Dios, qué dramática palabra: «Rehabilitación».

Sam habría matado por una cerveza en ese momento. Carajo, podría acabarse un six pack en cuestión de minutos. Pensó en el sabor a malta de una Shiner Bock, la cerveza favorita de su madre y la primera que él probó (a los seis años), y en que tenía meses que no sentía una botella fría en los labios.

En cambio, le dio un largo trago a un vaso de agua y se dispuso a limpiar. Tenía que ocupar las manos en algo mientras la cabeza le daba vueltas. Acomodó cojines, recogió mesas, limpió la barra, recicló los periódicos, giró las manijas de las cafeteras, vació los filtros, enjuagó todo con agua hirviendo. La sensación de tensión y resequedad en los nudillos lo reconfortó.

Sam imaginó sus ásperas manos entrelazadas con las de Lorraine. La Mentirosa Lorraine. Su ex. Tenía unas manos hermosas. «Manos de modelo», decían sus amigas. Dedos largos y articulados con uñas delgadas. Pero lo que Sam veneraba eran sus pies: dedos regordetes y chatos que escondía por decreto, negándose a usar sandalias en el verano, lo que los hacía aun más deseables. Eran unos pies graciosísimos, llenos de personalidad, pies que podían levantar plumas del piso cuando creían que nadie los veía.

El resto del cuerpo de Lorraine había sido siempre demasiado genial para él, tan huraño como la fotografía en blanco y negro de una francesa del siglo pasado. Sam supo desde el momento en que la vio que tenía que invitarla a salir. Tenía que hacerlo.

Él tenía diecisiete; ella, diecinueve. Ella era la DJ en un pequeño club sin marquesina llamado Bajofondo. Tenía cabello rosa pálido hasta los hombros, con las puntas teñidas de azul ultramarino. Unos enormes círculos negros le rodeaban los brillantes ojos color almendra. Tenía una sensualidad innegable. Sexy. Sam odiaba esa palabra como algunas personas odian «sobaco» o «cuajar», pero no había otra forma de describirla. El Gran Amor de Su Vida era, ni más ni menos, sexy. Y aterradora.

Sam no era precisamente una inocente palomilla cuando se conocieron. Desde que tenía once años, se juntaba con un grupo de gañanes a los que les parecía divertidísimo que aquel niño pequeño no tuviera hora de llegada y pudiera beber tanto alcohol como ellos. El «Pequeño Sam» tenía una lengua vivaz y las mujeres lo adoraban; era carnada para selfie con mujeres ebrias.

No había bar al que el niño no pudiera entrar (conocía a todo el mundo; bueno, su papá conocía a todo el mundo y él era una copia idéntica de su viejo), pero, por precoz que fuera, jamás se había enamorado. Eso fue hasta que vio a Lorraine en aquel pedestal, con sus audífonos verde limón, ignorándolo. Sam quedó frito. Horneado, fileteado y en bolsa para llevar.

Esperó una hora para hablar con ella. Y otra. Otras dos pasaron.

A las tres de la mañana, cuando encendieron las luces, se acercó a ella y le asintió.

—¿A dónde vamos después?

—Comida —dijo ella y le lanzó su bolsa.

Fueron en auto a una cafetería, donde ella devoró un plato gigantesco de migas. Sam pidió un café. Cuando terminaron y comenzaron a caminar hacia la calle, ella se lanzó sin advertencia a sus brazos, lo envolvió con las piernas y lo besó. Sam estaba extasiado: extasiado porque estuviera sucediendo y extasiado por haber crecido seis centímetros en el verano y poder levantarla. Su aliento sabía a pimientos y a cigarros. Su confianza en sí misma era desconcertante. Brandi Rose solía decir que uno no debería casarse con alguien de quien no quisiera divorciarse; Sam por fin comprendió a qué se refería. Lorraine era el equivalente emocional de una bala de punta hueca: la herida de salida era una carnicería.

Sam rellenó la leche de almendra, juntó todos los productos horneados en una sola charola y cambió los trapos para limpiar la barra. Los nuevos olían bien, como a cloro. Se los puso debajo de la nariz. La sobriedad conllevaba un nuevo nivel de aburrimiento eterno. Encontrar placer en las tareas pequeñas y repetitivas era el momento más brillante de su día. Cierto, la euforia centelleante e intoxicante ya no estaba, como tampoco estarían los paseos por la ciudad con la mujer más enigmática y tóxica que jamás había conocido. No habría más revolcones enloquecidos ni pánico compulsivo. Pero, al menos, habría trapos limpios. Admiró los cuadros de algodón doblados a la perfección; volteó uno para que la franja azul se alineara con las demás.

En ese preciso instante, como si su pequeña victoria le provocara escozor, Mentirosa le escribió.

Llámame.

Mierda.

Las manos siempre le sudaban cuando se activaba su instinto de «pelea o huida». Bajo la luz correcta, podía apreciarse la humedad en sus palmas. Alguna vez hizo un video para documentar su aparición.

Siempre se sentía enfermo y emocionado por partes iguales cuando ella aparecía después de un tiempo. La última vez que hablaron había sido hacía veintisiete días. Un día más y se habría deshecho del vicio para siempre. Al menos eso decían los libros sobre las adicciones a las drogas. Pensaba que había dado vuelta a la página. De hecho, había comenzado a correr. Bueno, le había dado la vuelta a la manzana dos veces con sus zapatos destrozados. Pero había reducido su consumo a tres cigarros diarios, que para él era como terminar medio maratón.

Pensó en la presión de los labios de Lorraine sobre los suyos, en el aroma a limón de su cabello. Cerró los ojos y recordó su último encuentro y las pésimas ideas que le siguieron. Invadió su pequeña vida nueva y desapareció en medio de una nube de devastación. Otra vez.

Después del último incidente, envió tres mensajes que no recibieron respuesta antes de saciarse de humillación. Envió el primero porque se convenció de que no era el tipo de hombre que se acostaba con alguien y desaparecía después. Envió los otros dos porque su estúpido cerebro estaba aturdido y funcionaba con una especie de retraso nervioso. Y ahora: ¡bum! Mentirosa en la línea uno para Sam.

Siempre hacía lo mismo. Era como si supiera el momento exacto en que él era capaz de despertar sin querer morirse y no lo pudiera aceptar.

Sam miró fijamente el mensaje.

Llámame.

Tres horas más de trabajo antes de que pudiera encerrarse a sufrir en la oscuridad de su habitación.

¿Qué diablos significaba «Llámame»?

Solo una sádica enviaría un mensaje así.

Una sádica y torturadora. Bien podría haberle dicho: «Arráncate una mano».

Sam sabía que estaba del lado correcto de la historia. Que en el registro quede asentado que fue ella quien lo engañó. Él era el amante desdeñado, el cornudo, el humillado, la víctima.

¡Al carajo con tus «Llámame»!

Pero claro que se sentía tentado.

Sam suspiró. Quizá, si llamaba, ella le diría dónde había enterrado su corazón y sus pelotas.

Todos los segundos de todos los días en todo el mundo había gente engañando a sus parejas. Pero Sam no podía creer que le hubiera ocurrido a él, que lo hubiera hecho Lorraine, su Lorraine.

Dios.

Había enterrado el recuerdo de la ruptura real tan profundo que logró borrarlo de su memoria. Sam se recargó en la barra y buscó el archivo original, de hacía ciento tres días.

Esa fatídica mañana en la que ella le dijo que quería ir a desayunar al lugar de tacos antes de ir a trabajar, aquel lugar de tacos mediocres en Manor donde cobraban extra por el pico de gallo.

Sam se preguntó si sería de mal gusto pedir una michelada para acompañar sus huevos. Necesitaba algo para contrarrestar la locura de la noche anterior. Se habían abalanzado sobre los martinis tras una semana de pelear por dinero y el imposible horario de trabajo de Lorraine. Y aunque los dos sabían que salir estaba destinado al fracaso (agravado por el deseo de Sam de ir a casa de su mamá), no les importó.

Lorraine tenía el cabello amarrado en un chongo esa mañana. Parecía estar admirablemente refrescada. Sam se sintió agradecido porque, sin importar cuánta disfuncionalidad lo rodeara, siempre podía contar con su novia. Estiró el brazo por debajo de la mesa para tocarle la rodilla cuando sirvieron los totopos. Se había metido unos cuantos en la boca antes de que ella le contara de un tal Paul del trabajo.

No significó nada.

Aunque se veía venir desde hacía tiempo.

Había pasado más de una vez.

Sam reaccionó gritando con volumen suficiente como para que todos los padres que desayunaban con sus hijos pequeños le lanzaran dagas con los ojos.

Lorraine se quedó sentada, impávida.

—¿Lo amas? ¿Me amas? ¿Fue por algo que hice? ¿Qué diablos te pasa? ¿Se sintió bien? ¿Fue mejor que yo?

Se negó a decirle el apellido de Paul, ni dónde vivía.

—No lo amo —dijo.

—¿Por qué, entonces? —le espetó Sam. Sollozaba, inconsolable.

Lorraine, por su parte, rara vez lloraba y se mostraba fría cada vez que él lo hacía. Su expresión se endurecía, como si la efusión de emociones de Sam le drenara el deseo de sentir cualquier cosa.

En retrospectiva, a Sam le alegró que no hubiera ocurrido en la taquería buena; habría quedado arruinada por siempre. Cualquier lugar que cobrara setenta y cinco centavos por condimentos podía arder en las llamas del infierno. Era una cuestión de principios.

—Esto —susurró Lorraine con los dientes apretados—. Este es el problema. ¿Por qué tiene que ser así? Uno de los dos siempre está en crisis. Paul fue… una distracción. Tenía que salir de esto, de nosotros.

—No —dijo él. Como si eso fuera a hacer el momento menos real. Sam meneó la cabeza; su mente estaba atorada en la etapa de negación del duelo—. No. Nos amamos. Siempre vamos a amarnos. Eres parte de mí. —Estudió su rostro sin entender lo que ocurría. Le parecía una locura creer que ella fuera una persona distinta a él. El brazo de ella bien podía ser el brazo de él. Que su brazo tuviera la capacidad de abandonar al resto de su cuerpo no tenía sentido. Sintió que algo en su pecho se destrozaba.

—Somos adictos el uno al otro —dijo ella—. No es saludable. Y no te confundas. Paul es aburrido, pero tiene estabilidad.

«Estabilidad». Sam sabía qué significaba eso. Estabilidad significaba dinero. Paul debía ser rico. Rico de la misma manera que ella. Rico como él nunca había sido y nunca sería. Sam intentó tomarla del brazo justo cuando ella se puso de pie, vaciló un momento y salió del lugar.

Después de esa mañana, él se mudó a La Casa y pasaron meses sin hablar o verse. Sam se aseguró de que así fuera. Evitaba los lugares que solían frecuentar, no le dijo a nadie dónde vivía y trabajaba tantas horas como Al le pudiera ofrecer. Fue en un viaje a Walgreens en busca de pasta de dientes que la oyó decir su nombre desde el otro lado del pasillo. Sam no podía creer lo cómodo que aún se sentía estando con ella mientras conversaban en el estacionamiento. Hablaron de nimiedades y nadie mencionó a Paul. Cuando ella sugirió ir a Polvo's por margaritas, le pareció una gran idea. Una jarra de Ritas de la casa después, le pareció una idea todavía mejor tomar la avenida de los recuerdos hasta el apartamento de Lorraine. No había bebido una sola gota desde entonces. Veintisiete días. Cada uno de ellos una victoria en sí misma.

Cuando ella desapareció de nuevo se convirtió en «Mentirosa» en su teléfono. Intentó olvidar.

Pero, con un solo mensaje, una sola orden, sintió que la rendija de un diminuto portal se abría en su corazón.

Tenía una piel tan hermosa. En particular sus clavículas, ¡ay, Dios!, y sus codos. Le encantaba acariciarle el borde de los huesos en cualquier parte del cuerpo con las puntas de los dedos.

«No», se dijo.

Quería reconfigurar su cerebro. ¿Por qué no podía controlar cuando pensaba en ella? ¿Por qué no podía controlar cuando ella pensaba en él?

La primera vez que terminaron, Sam vio *Eterno resplandor de una mente sin recuerdos* una y otra vez. Dejó de dormir. Una mañana, Fin, al sentir que lo necesitaba, se acercó y lo abrazó. Los dos se quedaron ahí parados diez minutos mientras Sam lloraba tan fuerte que le dio hipo.

No. Nunca más.

Borró el mensaje.

Pasó las siguientes dos horas limpiando de manera compulsiva. Jude escribió otra vez; Sam casi tuvo un infarto, creyendo que había sido Lorraine. Era otra invitación a cenar, misma que rechazó una vez más, escudándose en su trabajo. Se sentía culpable y enfadado por partes iguales. Consideró decirle a Jude que estaría ocupado durante el futuro próximo, pero decidió que no valía la pena. La espalda baja comenzó a dolerle; Sam se preguntó si los clientes percibían la locura en sus ojos.

Cuando terminó su turno, estaba deshecho. Hizo el corte de caja y bostezó. Podía oír que Fin jalaba la basura en la parte trasera. Fin, sin excepción, dejaba que la puerta se azotara, lo que enervaba a Sam, pero estaba demasiado cansado como para quejarse. Lo único bueno de levantarse antes del maldito amanecer era que terminaba a las ocho y a veces estaba en la cama antes de las ocho y cuarto, aun cuando lo único que hacía entre las sábanas era parpadear y no beber.

Ese mismo año, Al había instalado un sistema de seguridad impenetrable que consistía en una cámara falsa sobre la puerta y un portón automático que ya no era automático. Sam salió a cerrarlo. Necesitaba usar ambas manos y todo el peso de su cuerpo.

—¡Métele espalda, flaco! —gritó Fin por encima del hombro.

Sam se rio.

—Tu mamá —respondió él.

Fin soltó una carcajada y abrió una cerveza.

«¿Tu mamá?». Vaya que estaba cansado.

El apodo de Sam en la preparatoria era Sida, porque los adolescentes son unos imbéciles y porque siempre se veía demacrado. Odiaba su cuerpo cóncavo con venas visibles y los músculos fibrosos que se le marcaban por debajo de la piel cuando se movía. Sin embargo, en cierto punto de su vida, las chicas comenzaron a verle algo más que la delgadez; entonces dejó de importarle.

Sin embargo, aún había momentos en los que deseaba ser una enorme bola de músculos que pudiera cerrar el estúpido portón al primer intento.

—Sam —gritó una voz de entre las sombras. Sam saltó y emitió un agudo «iiiiijjjj» del que se arrepintió de inmediato. Supo al instante quién le hablaba. Y no había duda de que había escuchado aquel «iiiiijjjj» desafortunado y lleno de miedo—. Te escribí —dijo Lorraine.

Sam notó una aspereza en su tono.

Estaba sorprendido de que Lorraine (también conocida como Mentirosa) solo hubiera tardado una tarde en aparecerse. La paciencia no era lo suyo, pero una visita después de haber desaparecido era bastante atrevido, aun para ella.

—¿Qué quieres, Lorraine? —disparó Sam.

—Tenemos que hablar —contestó ella.

«Qué original», pensó Sam.

—¿Qué podríamos discutir que no hayamos discutido ya? —Terminó de cerrar—. Digo, si acaso, tu silencio durante el último mes sugiere que ya no queda nada en la agenda. —Deseó haberse podido oler las axilas de forma sutil para averiguar si olía mal o no. ¿Por qué siempre se encontraba con ella cuando estaba menos preparado? Por supuesto, ella estaba vestida para ir al trabajo, con un saco. Mentirosa era la peor—. En serio, Lorraine —continuó—. Lo dejaste muy claro. Somos historia, historia antigua, Paleozoica, el Antropoceno... No, espera, eso es hoy... —Se metió la mano sudorosa a los bolsillos.

—Deja de hablar —dijo ella. Él hizo una mueca de disgusto—. Por favor.

Lorraine dio un paso hacia la luz. Estaba pálida, más pálida de lo normal, lo que ya implicaba los niveles de palidez del fantasma de un niño que nunca jugó bajó el sol.

Sam caminó hacia los escalones del pórtico y se sentó. Lorraine lo siguió. El atardecer pintaba el cielo de rosa mientras ellos miraban hacia la calle.

—¿Qué pasa? —Sus manos ansiaban buscar los cigarros que no quería fumar frente a ella.

—Sam —le dijo—. Tengo un retraso.

«No me digas», pensó él durante la fracción de segundo que le tomó entender lo que le estaba diciendo.

Inhaló profundo y se pasó las manos por el cabello. Las tenía entumecidas.

Por supuesto que era eso. Tenía sentido. De hecho, era la única noticia que podría haberle dado. ¿Cuándo habían salido las cosas como él las había deseado? Por ejemplo, que Lorraine volviera a su vida después de un periodo de autoexploración para decirle que seguía amándolo.

Diablos.

Un retraso.

Ahora sí habían metido la pata.

El temible flujo de adrenalina fue tan inmediato que Sam no pudo hacer más que aplaudir, una sola vez, una especie de reacción reptiliana inscrita en su cerebro que le indicaba que el único reflejo posible era comportarse como la caricatura de un entrenador de futbol americano de preparatoria en tiempos de crisis.

—Bien —dijo con tono decidido—. ¿De cuánto?

«Ojos claros, corazones llenos».

—No lo sé —respondió ella.

—¿Qué? —graznó Sam—. ¿No se supone que ustedes, ya sabes, llevan la cuenta? —Sam sabía que el aparato reproductor femenino era un universo misterioso, pero esto le parecía excesivo. Luego recordó a las mamás adolescentes de la televisión que tenían bebés no planeados en el baño—. ¿Te hiciste una prueba de embarazo?

Lorraine le hizo una mueca de hastío.

—Sí, Sam.

—¿Y?

—Positiva.

«Mierdamierdamierda».

—¿Cuántas?

—Cuatro —dijo ella—. No, tres.

Sam no era ginecólogo ni nada parecido, pero le pareció que tres era una cantidad ridícula de veces para orinar en un palito antes de poder declarar que tenían un embarazo no deseado entre manos. Para ser más preciso, Sam no podía creer que Lorraine no se hubiera hecho veinte pruebas más, además de ir al doctor a hacerse estudios de sangre para estar segura. Segura segura.

«Mierdamierdamierda».

—Bien —dijo él, poniéndole las manos sobre los hombros—. Tienes que hacerte muchas más. Yo te llevo. Vamos ahora mismo.

Casi le golpeó la espalda con su desbordante energía nerviosa.

—Sam, me estás asustando.

—No, no te asustes —protestó Sam. Sonrió con todos los dientes—. Todo va a estar bien. Deberías ir al doctor, con un especialista, para sacarnos de dudas. Para estar tranquilos.

—¿Un especialista? —dijo Lorraine—. Suenas como un loco.

Sam se limpió las manos sobre los muslos.

—¿Y tu doctor de siempre? ¿No vas con aquel doctor tan sofisticado?

—No puedo ir con el doctor Wisham —dijo Lorraine con una expresión irónica—. Es mi pediatra.

«¿Por qué sigue yendo con el pediatra?».

—¿Por qué sigues yendo con el pediatra? No importa. —Se recuperó—. Yo lo pago. —Sam se preguntó cuánto pagarían por donar plasma y cuánto plasma podría donar un hombre desnutrido antes de caer muerto. Tal vez podría donar uno de sus dedos a una universidad.

Sam carraspeó. Se sobó la barbilla. Habían sido cuidadosos de usar un condón la mayoría de las veces. La mayoría de las veces.

—Tengo una cita en Planned Parenthood el jueves —dijo Lorraine. Era viernes. Faltaba demasiado para el jueves—. No puedo faltar al trabajo —explicó.

—Seguro que entenderían si…

—No puedo —lo interrumpió—. Es importante. Soy la única persona de bajo nivel en el equipo y estoy a cargo de la producción de diez activaciones de un cliente. No puedo hacer que cualquiera me cubra solo porque tengo… «una preocupación». —Lorraine hizo una mueca. A Sam le pareció que la palabrería que precedió a «una preocupación» fue mucho más ofensiva, pero se mordió la lengua—. No es como si mi trabajo fuera servir comida rápida. —Lo miró con los ojos llenos de culpa—. Sin ofender.

En primer lugar, manejar una proveedora de café artesanal no era servir comida rápida. En segundo lugar…

—Trabajas en publicidad —dijo Sam—. No estás salvando vidas. Sin ofender. —Mierda. Tacto. Tenía que relajarse. Inhaló profundo una vez más. Lorraine le lanzó una mirada furiosa—. Lo siento —dijo—. Sigo procesándolo. La próxima semana, ¿necesitas que vaya contigo?

Sam consideró la logística. Podría pedirle prestado su auto a Fin.

—No —dijo ella.

Seguro que Paul la llevaría. Cada vez que Sam pensaba en el ricachón sin rostro de Paul, sentía que la ira se le acumulaba en la boca del estómago como ámpulas.

—¿Cuánto tiempo tienes de retraso?

—¿Tres semanas?

Jesús.

Tres semanas era una eternidad en lo que respectaba a menstruaciones retrasadas. O eso le parecía, según lo que sabía sobre menstruaciones, que no era mucho.

Se quedaron en silencio. Sam tomó sus cigarros. Se imaginó entonces unos diminutos pulmones rosados tosiendo. Los guardó.

—Quería tomarme la pastilla del día siguiente —dijo ella—. Pero no lo hice y…

Sam pensó en lo descuidados que habían sido.

—¿Por qué no me dijiste que estabas preocupada?

El estómago se le revolvió a Sam al considerar la posibilidad de que Mentirosa tuviera que lidiar sola con el problema.

—Lo pensé.

—Esperaste tres semanas para escribirme.

—Supuse que solo tenía un ligero retraso.

—Pues ahora tienes como un gran retraso —concluyó Sam.

—Estoy preocupada —dijo Lorraine, sin atreverse a mirarlo a los ojos.

Guau. ¿Iba a llorar? Independientemente de lo espantosa que era la circunstancia en la que estaban, ¿sería ese el momento en que Sam al fin vería a Lorraine llorar?

—Bueno —Sam la abrazó; ella lo dejó hacerlo. Lo hizo sentir fuerte y capaz—. Lo vamos a resolver.

—¿Cómo?

—Solo debes saber que cuentas conmigo. Te apoyo. Digo, es mío, ¿cierto?

Ella lo empujó. Con fuerza.

—¿En serio?

—Pues, caray, Lorr. ¡Puede ser de Paul! —La rabia ardiente y justiciera lo inundó.

—¡No he estado con Paul desde antes de haber estado contigo! —gritó ella.

Sam no pudo contener la sonrisa.

«Ja. En tu cara, Paul».

Sam estudió a Lorraine. Mierda. Estaba rebasado. Sin embargo, no podía evitar concentrarse en que ella estaba enojada con él y en la estúpida emoción que le causaba saber que era capaz de hacerla enojar así. Probablemente era la situación más estúpida para recibir a un bebé. Una minipersona regordeta e inocente atrapada entre dos idiotas y egoístas buenos para nada. Sam sentía que la ansiedad le golpeaba el pecho.

—Si estás embarazada —dijo despacio—, ¿qué quieres hacer?

Pensó en la palabra con A.

«A-B-O-R-T-O».

«A-BOR-TO».

«A-BORSCHT».

«La sopa roja de betabel con grumos».

«Borscht. Borscht. Borscht».

—No sé si podría terminarlo —dijo Lorraine. TERMINARLO. La mente de Sam divagó hacia el foco rojo del ojo del Terminator al final de la película, cuando el cyborg se negaba a morir—. No soy una niña, Sam —le dijo—. No soy una quinceañera embarazada. Tengo veintitrés años. Edad suficiente como para saber qué estoy haciendo. Mi mamá me tuvo a los veinticuatro… No puedo.

Sam la miró fijamente. La absorbió. Cabello rubio. Manos pequeñas. Blusa azul. Pantalones negros.

Era una respuesta razonable.

Parecía ser justo el tipo de cosa que uno sabría sobre sí mismo. Pero Sam ya no sabía nada de nada.

Penny

Cuando Penny estaba en tercero de secundaria le ocurrieron dos eventos de suma importancia. El primero: leyó *Maus*, la novela gráfica de Art Spiegelman. El segundo: entendió que no sería popular hasta que fuera adulta y que eso estaba bien porque la vida era una gran estafa.

Penny le debía esa gota de sabiduría a la fiesta de cumpleaños de Amber Friedman. Amber Friedman era una chica de su clase de francés, famosa por levantarse diario antes de las seis de la mañana para alisarse el cabello rizado solo para rizarlo de nuevo de forma un poco distinta. Todo el mundo creía que tenía mucho dinero, pues su papá era periodista musical y escribía para *Rolling Stone*. Y, si bien la vida de la hija de una MILF era difícil para Penny, tener un papá con más seguidores en Instagram que Dios también era una aberración. La sombra del papá de Amber era bastante grande. No ayudaba el hecho de que su hija no fuera muy agraciada. No es que fuera fea. Solo tenía una de esas caras en las que todas las facciones están amontonadas en el centro, como una habitación demasiado grande con muebles demasiado pequeños.

Estaba también el detalle de su personalidad. A Amber le encantaba entrometerse y terminar las oraciones de los demás (incluso las de sus maestras), y estornudaba con un *achú* agudísimo al menos seis veces seguidas. A Penny le parecía que eran ganas de llamar el tipo de atención equivocado.

En fin, a Penny no la habían invitado directamente al evento. La mamá de Penny y la de Amber se conocían de una clase de comida etíope que tomaron años antes y se encontraron en el mercado.

—Pero, Pen, Amber va a estar superdecepcionada —dijo Celeste y añadió—, les compré kits de uñas de Sephora a las dos. —Le mostró dos bolsas negras y brillantes.

En ese entonces, Penny era más susceptible a los sobornos. Se subió en su bicicleta y supuso que cuando menos habría comida, pastel y gente suficiente como para poder escapar sin llamar demasiado la atención.

Cuando llegó, seis pares de ojos se posaron sobre ella desde la sala de la diminuta casa estilo ranchero. Olía como si alguien se hubiera tomado la molestia de mezclar orina de gato con detergente en una tina, y Penny no pudo evitar pensar que, si puedes oler algo, es porque estás inhalando las partículas de ese algo. Penny obligó a su rostro a no revelar lo que pensaba mientras saludaba a Melissa y Christy de la escuela y a dos chicas que Amber conocía del templo. Unos enormes globos plateados que deletreaban AMBER colgaban del techo, salvo por la «B» que flotaba a la mitad de la sala y no dejaba de pegársele a Amber en el cabello.

Durante las dos horas siguientes hicieron pizzas personalizadas que la mamá de Amber metió al hombro y comieron helado de postre. Tras la aparición de unos contenedores de plástico transparentes llenos de cuentas y chaquiras para hacer aretes, Penny descubrió los límites de su tolerancia al aburrimiento. Se disculpó para ir al baño, buscó con el oído alguna otra persona en la casa y comenzó a recorrer el área en silencio. La habitación de Amber contenía no menos de cinco carteles de Audrey Hepburn en blanco y negro, y, sobre su cama con dosel, un gato anaranjado se relamía. Se detuvo para mirar a Penny antes de decidir que la intrusa no merecía su atención o preocupación. Cuando Penny asomó la cabeza a la que supuso que era la oficina del papá de Amber, encontró El Dorado. Mike Friedman, crítico musical, tenía todas las novelas gráficas jamás escritas. Todas. TODAS. Pilas sobre pilas. Desde *Spiderman* hasta *Superman*, pasando por enormes antologías con pastas duras brillantes, acomodados en orden temático.

Penny no podía creerlo. A solo unos metros de la conversación más inane del mundo («¿No es como bien raro, como, ya sabes, que algunas personas le digan "suchi" y no sushi?») e ingredientes ridículos para la pizza como piña (asco mil), tenía millones de horas de entretenimiento frente a ella. Lo tenía todo. Desde *La cosa del pantano* a *V de venganza* y *Persépolis*, de *We3* a los *Runaways*.

El estudio del señor Friedman olía a libros nuevos: a barniz y pasta de celulosa. Junto a un estante lleno de ejemplares sobre un lindo y rechoncho personaje llamado *Bone*, Penny encontró *Maus*.

Penny había querido leer *Maus* desde que descubrió que fue el primer cómic en ganar un Premio Pulitzer y, al ver que el señor Friedman tenía dos ejemplares (en pasta dura y en pasta blanda), hizo lo que cualquier otro niño habría hecho. Se metió la copia de pasta blanda en los pantalones, la cubrió con la sudadera, fingió tener malestar estomacal y salió disparada hacia su casa.

Fue uno de los momentos más vergonzosos de su vida, sin mencionar el karma asociado a que una persona no judía le hubiera robado un libro sobre el Holocausto a un judío.

Pero ese libro le cambió la vida.

Penny sabía que *Maus* sería formativo. No porque planeara convertirse en criminal profesional, sino porque se sentía destinada a crear algo que hiciera sentir a alguien más lo que ella sintió al leerlo.

Penny creía con todo su ser que había momentos (ocasiones cruciales) que definían a las personas para siempre, que hay pistas y señales, y lo mejor es prestarles atención.

Le sorprendía que un cómic con gatos y ratones de caricatura pudiera haberla engañado y hacerla aprender tanto sobre la Segunda Guerra Mundial. Y no solo aprender, sino hacer que le importara. Aprendió sobre Auschwitz y sobre cómo les decían a los prisioneros que los llevarían a las regaderas, pero, en cambio, tras cortarles el cabello y amontonarlo, los enviaban a la cámara de gas. A los niños también. En la clase de historia del año anterior, tuvo un examen sobre las fechas y los eventos más relevantes de la guerra, y casi obtuvo una calificación perfecta. Pero fue hasta que leyó *Maus* y vivió los hechos a través de los ojos de un padre y su hijo, ambos ratones, que vio más allá de los datos duros. Esa noche, Penny leyó *Maus* dos veces y lloró. En ese momento supo que tenía que convertirse en escritora.

Y eso hizo que lo que ocurrió el lunes siguiente en la escuela valiera la pena. Amber les contó a todos en la clase de Francés que Penny se había ido de pronto porque tenía diarrea. Después de eso, Penny quedó exenta de tener que fingir ser amable con la gente en la escuela por el resto de su vida. Penny podría no ser popular, pero Amber también lo era. A menos de que fueras superpopular o una-rayita-por-debajo-de-superpopular, todos los demás peldaños en la escalera social eran intercambiables, pues eras una perdedora. Lo que separaba a Penny de Amber era que todos se daban cuenta de la desesperación de Amber. Para Penny eso era mucho más patético que solo ser invisible. Penny dejó de esforzarse. En cambio, comenzó a prepararse para el futuro, a vivir entre libros hasta que comenzara la parte emocionante de su vida. Las cosas importarían entonces. De hecho, todo sería distinto.

Solo habían transcurrido diez minutos de la clase de Escritura de Ficción de las 8 a.m. de los jueves y Penny ya sabía que sería su favorita. Le sorprendió que la clase estuviera llena, a pesar del agónico horario. El salón era pequeño; no se comparaba con Historia de Estados Unidos ni Lengua 301, impartidas en enormes aulas magnas con asientos en forma de anfiteatro y una pantalla que colgaba del techo para que la gente en la galería pudiera ver al profesor. Este salón acogía a unas veinte personas en pupitres con paletas, como en la preparatoria.

J. A. Hanson era joven para ser profesora. Tenía veintiocho años. A los veintidós escribió *Mesías*, la novela aclamada por la crítica, una clásica historia posapocalíptica que la hizo acreedora a un Premio Hugo. La heroína era una chica adolescente y el final le voló la cabeza a Penny. Lo que le voló la cabeza al resto del mundo fue que J. A. fuera mujer. Las reseñas y los comentarios en internet aseguraban que J. A. Hanson era hombre, sobre todo porque en esos días no había fotografías de ella en circulación y porque nadie sabía qué significaban las iniciales J. A.

Penny descubrió la ciencia ficción poco después de leer *Maus*. Comenzó a escribir sus propios cuentos como pasatiempo y, aunque su preparatoria tenía una revista literaria, Penny no hubiera soñado jamás con enviar nada.

No ayudaba que en la clase de Literatura Inglesa Avanzada de segundo año hubieran leído *La lotería* de Shirley Jackson, que era (en pocas palabras) *Los juegos del hambre*, pero escrita en los años cuarenta y con un final inesperado.

Habían pasado una semana de la clase creando historias con finales impredecibles. La de Penny estaba escrita desde la perspectiva de un chico suizo de dieciséis años en el año 2345, quien despertaba sabiendo con precisión cuándo moriría. El chico consideraba cuáles serían sus últimas acciones y decidía hacer lo que siempre hacía: jugar ajedrez con su mejor amigo, Gordy. Las rutinas pequeñas y repetitivas lo alegraban. La sorpresa era que no moría; despertaba todas las mañanas pensando lo mismo, en un hospital psiquiátrico, donde no tenía otra opción más que hacer lo que los doctores habían programado que hiciera.

A Penny le gustaba su cuento, pero la maestra Lansing le puso un ocho, con la explicación de que «habría esperado leer más de la perspectiva exótica de Penny». Ella no podía creerlo. Como si no hubiera exotismo suficiente en Zúrich, 2345. Sabía que su maestra se refería a que Penny era asiática, aunque hubiera nacido en Seguin, Texas, a no más de veinte minutos de distancia. Penny juró no volver a dejar que nadie leyera su trabajo hasta que estuviera frente a alguien a quien respetara lo suficiente.

Con el paso de los años Penny devoró los clásicos: *Ready Player One*, *Dune* y *El juego de Ender*. Pero no fue sino hasta que descubrió *Mesías* (irónicamente, gracias al peor tipo del universo) que entendió que la ciencia ficción no tenía porque ser tan... infantil. La obra de J. A. era como *El juego de Ender*, pero, mientras que Ender era inteligente y siempre terminaba engañado por ser un niño, la heroína de J. A., Scan, entendía su propio valor.

Una protagonista mujer hacía que las historias fueran más inspiradoras y menos voyeristas. Era muy divertido poder escribir sobre quién podrías ser. Desde ese momento Penny enfocó sus historias en mujeres y niñas. Ni siquiera había un truco especial para hacerlo. Escribías justo como escribirías a un personaje hombre, pero hacías que su tolerancia al dolor fuera mayor y, ya que las mujeres tienen que soportar cosas peores en el mundo y son más empáticas, todo se vuelve más riesgoso de inmediato. Además, en la ciencia ficción tú pones las reglas y puedes hacerlas añicos al final, siempre y cuando lo hagas de forma satisfactoria. El que Penny pudiera tomar clase con una autora publicada compensaba por completo el asunto de la vivienda universitaria compartida.

J. A. Hanson tenía un carisma innegable. Era afroamericana, llevaba el cabello al natural, teñido de platino y recogido en lo alto de la cabeza como una nube. Usaba, además, unos anteojos blancos de pasta gruesa. J. A. hacía que lo nerd fuera glamuroso, y no de la forma en la que algunas farsantes en Twitch juegan videojuegos en ropa interior para gustarles a los hombres.

—¿Puede un escritor chino escribir sobre el linchamiento de esclavos?

Un tema bastante intenso para las 8:11 a.m., pero J. A. lo dejó caer en el salón de forma tan casual que Penny no estaba segura de haberla escuchado bien. Creó dentro del salón un ambiente íntimo y burbujeante, como si todos estuvieran sentados alrededor de una mesa, una mesa que (sin previo aviso) ardió en llamas.

Penny sentía en el corazón que la respuesta era un sí rotundo. Pero tampoco sabía cómo se sentía al ser una mujer asiática diciéndoselo a una mujer negra.

Penny echó un vistazo por encima el hombro para ver si alguien más iba a levantar la voz.

—Naturalmente —dijo el otro chico asiático del grupo—. Leí sobre eso en el *Times* también.

El chico tenía cabello como de miembro de una *boy band* y un extraño acento británico que producía oraciones como «Leí sobre eso en el *Times* también».

—¿Por qué? —la sonrisa de J. A. dejó entrever sus caninos. A Penny le recordó a Sherlock Holmes tras decir: «¡Comienza el juego!».

—Pues, no es blanco —dijo él—. Eso ayuda.

—¿Ayuda? ¿No es la prerrogativa del autor, sin importar su identidad, caracterizar a quien quiera? —dijo una chica de etnicidad indescifrable.

—Eso también —respondió el muchacho chino-británico—. Solo que no sea una forma de hacer turismo de la miseria o caricaturas racistas; siempre y cuando tengas... talento, no hay problema.

—Entonces, mientras tengas habilidades y buenas intenciones, ¿tienes permiso? —preguntó J. A.

—Argumentar lo contrario es una de esas tonterías «políticamente correctas» —dijo otro tipo que hizo comillas con los dedos al decir «políticamente correctas».

—No, no lo es —intervino una pelirroja—. Son las Kardashian con trenzas. No puedes robarte las partes de moda de una cultura y glamurizarlas, sin tomar en cuenta las partes horribles, como el que un policía te pueda matar en cualquier momento.

J. A. parecía satisfecha con el rumbo que tomaba la conversación. Penny sintió que los estaba evaluando, tomando notas de cada uno, y se sintió mal por no estar participando.

—Miren, yo odio escribir —dijo J. A. cuando el barullo inicial comenzó a apagarse—. Y soy la clase de escritora que odia cada vez que escribe. Pero no se equivoquen, es algo que podemos hacer. Sobre todo con la ficción. Así es como yo lo veo. —Se sentó sobre su escritorio y cruzó las piernas en flor de loto—: si hubiera un apocalipsis, zombis, el sol explotara, lo que ustedes quieran, el escritor de ficción estaría unos mil lugares por debajo de instructor de spinning en la lista de prioridad de profesiones —el salón entero rio—. Es un privilegio y parte de reconocer ese privilegio consiste en usarlo de forma honrosa. Creen personajes diversos porque pueden. En especial los que no sean fáciles de escribir. Si un personaje los asusta, es un personaje que vale la pena explorar. Pero si le dan vida a un personaje y les resulta demasiado fácil... Digamos que alguno de ustedes escribe desde la perspectiva de un hombre negro en este país sin ser un hombre negro... esa persona debe pensar en las fuentes de su inspiración. ¿Está escribiendo estereotipos? ¿Repitiendo lugares comunes? ¿Fetichizando la otredad? ¿De quién son las ideas que está reproduciendo? Piensen a fondo cómo transmiten algunas perspectivas en vez de otras. Piensen en cuánto poder tienen en las manos —sus ojos se detuvieron en los de Penny—. Se trata de encontrar la verdad en la ficción —dijo—. Sé que suena contradictorio, pero la historia les hará saber si están cerca.

En el cerebro de Penny se dispararon fuegos artificiales. J. A. había dicho que los escritores eran poderosos, lo que significaba que Penny era poderosa.

Le tomó un momento darse cuenta de que tenía la boca abierta. Si *Maus* fue la primera escala en su camino a convertirse en escritora, la taquicardia que sintió en la clase de J. A. fue la segunda. Tal vez fue la segunda y la tercera. Acababan de darle una invitación a una sociedad secreta. Le reacomodó las ideas con tal fuerza que sintió una repentina necesidad de ir al baño.

Penny llevaba años escribiendo todo el tiempo. Jamás había dejado de hacerlo, aunque nunca le enseñara los resultados a nadie. Historias, listas de ideas, extraños pedazos de diálogo que le venían a la mente mientras ignoraba lo que sucedía a su alrededor. Sabía que era una escritora decente. Pero quería más, quería ser buena de verdad. Y quería que J. A. Hanson reconociera lo buena que era.

Sam

Sam despertó sobresaltado. Era sábado (había pasado más de una semana) y todos sus problemas seguían en el mismo lugar. Seguía separado de Mentirosa. Seguía enamorado de Mentirosa. Mentirosa estaba embarazada. Era la una de la tarde. Era su día de descanso y se había dormido hacía solo dos horas. Ugh.

La noche anterior, después de incontables mensajes y llamadas sin respuesta, Mentirosa al fin se dignó a ir a La Casa después del trabajo. Bajo la mirada vigilante de Sam, tomó galones de agua y fue una y otra vez al baño para orinar sobre seis palitos más. Fue a la vez íntimo e impersonal.

Recuento del retraso de la menstruación: cuatro semanas y contando.

—Gracias por comprar las más baratas —gritó Lorraine desde el baño. Tenía la puerta entreabierta y, a pesar de que alguna vez fueron una de esas parejas en las que mientras uno se baña la otra hace pipí, Sam desvió la mirada. Oyó que Lorraine jalaba la cadena—. Siempre me empapo las manos con estas cosas —dijo.

Sam se preguntó cuántas pruebas de embarazo se había hecho a lo largo de los años, pero sabía que lo mejor era no preguntar en voz alta. Le había tomado días de insistencia lograr que viniera. Había faltado a su cita en Planned Parenthood y no había agendado una nueva hasta el momento.

Lorraine se lavó las manos y alineó los palitos a un lado del lavabo.

—¿Ves? Las buenas dicen «embarazada» o «no embarazada» —dijo—. Son digitales o algo así.

Sam no sabía que había pruebas de embarazo buenas o malas. Creía haber despilfarrado en dos paquetes de 3 x 2. Supuso que tener seis implicaba muchas mejores probabilidades de saber con certeza.

Esperaron y observaron. Leerlas resultó ser bastante complicado. De las seis, cinco marcaron positivo con unos desvanecidos signos de más. La última no funcionó. La pequeña ventana blanca permaneció vacía, sin signo de menos. Nada.

—Pues estás embarazada —dijo Sam.

—Supongo —respondió Lorraine.

—¿Cómo te sientes? —preguntó él.

—Enojada —respondió ella.

Sam asintió con expresión triste.

—¿Qué tan absurdo es todo esto?

Lorraine se talló los ojos con el dorso de la mano y gruñó.

—¿En verdad quieres saber cómo me siento? —dijo después de unos momentos—. Quiero destruir cosas.

—Ven conmigo —dijo Sam. Sam pasó detrás de la barra, tomó su mochila de debajo de la caja registradora y la llevó por la cocina hacia la puerta trasera.

Era una noche sin viento.

Sam abrió la mochila y le entregó su laptop a Lorraine.

Ella la tomó y lo miró con expresión inquisitiva.

—Dijiste que querías destruir cosas. —Señaló el estacionamiento con la cabeza—. Está respaldada —dijo— y descompuesta. Termina con su…

Antes de que Sam pudiera decir «sufrimiento», Lorraine tomó la computadora y la azotó contra el suelo, cerca de sus pies.

Nada sucedió. La laptop se quedó ahí, pesada e inmóvil.

La tomó de nuevo; la abrió y la lanzó tan lejos como pudo.

—Mierdaaaaaa —le gritó a la noche. La laptop se deslizó unos metros por el suelo. Caminaron hasta donde estaba—. Tu turno —le dijo a Sam, agachándose para recogerla y dársela.

Sam sostuvo la computadora sobre su cabeza con ambas manos y la lanzó al suelo, donde terminó por romperse. La lanzaron una y otra vez (comenzaron incluso a sudar) hasta que la pantalla quedó deshecha y las dos mitades se separaron por las bisagras. Lorraine le tomó una fotografía, la publicó en Instagram y etiquetó a Sam.

Después, sin decir palabra alguna, tiraron el cadáver destrozado de la computadora en una bolsa de basura junto con las pruebas de embarazo y la lanzaron al basurero.

—¿Compraste una nueva? —le preguntó ella cuando entraron al auto. Sam negó con la cabeza y bostezó. De cualquier modo, tendría que dejar la escuela y conseguir un segundo trabajo para mantener a su hijo o hija. Además, los trabajos para los que estaba calificado no solían requerir computadoras—. Ven mañana —dijo ella, jalándolo para abrazarlo. Su expresión era inescrutable.

A las dos y media de la tarde del día siguiente, Sam tomó un autobús rumbo al apartamento de Lorraine. Tecleó el código que conocía de memoria. Cuando la puerta se abrió con un estruendo, sintió un tremendo alivio al darse cuenta de que no todo en el mundo estaba de cabeza.

Lorraine abrió la puerta, sin maquillaje, con el cabello envuelto en una toalla, descalza y con un vestido de flores azules y rosas. Fue como un golpe en el estómago: su Lorraine privada, su Lorraine favorita, la Lorraine que era cuando estaban solo ellos dos.

—¿Por qué no tocaste el timbre? —preguntó ella, irritada. Lo había hecho esperar junto a la puerta, cerrándola casi por completo para que Sam no pudiera asomarse. Reapareció con una MacBook Air y un cable enredado—. Ten —dijo, dándosela. El delgado aparato le pareció a Sam un objeto por demás vulnerable, más cara y aerodinámica que cualquier computadora que hubiera tenido antes. Se preguntó si había algo ahí adentro que no debía ver o, mejor aún, si había algo ahí adentro que Lorraine había dejado para que él lo encontrara—. La formateé —dijo ella—. Pero tiene Final Cut Pro. Photoshop también, si lo necesitas.

No era lo que Sam esperaba. No creía que terminarían en la cama si él la visitaba, pero esto se sentía casi como un gesto caritativo. Lo peor de todo era que no estaba en condiciones de negarse a recibirla.

—Son solo unas semanas —masculló.

—Compré una mejor —dijo ella—. Quédatela todo el tiempo que quieras.

Ese era el otro lado oculto de Lorraine. Si bien le encantaba sacarle tragos gratis a la porquería de amigos que tenía y no le molestaba compartir una rebanada de pizza barata, la mayor parte del tiempo no era más que una actuación. El estilo de vida de Lorraine estaba subsidiado por sus padres. Se mudó de Twombly después de su primer año y sus padres siguieron pagándole la renta incluso después de que consiguió trabajo. Toda su ropa venía de Neiman Marcus, cortesía de su mamá y la ayuda de un comprador personal. La primera vez que pasó la noche con ella y se duchó en su casa, Sam vio la etiqueta con el precio en la botella de champú: treinta y ocho dólares. La puso a un lado y se lavó el cabello con el jabón.

Seguirle el paso cuando estaban saliendo había sido imposible, y Sam no tenía idea de qué esperaba de él como padre de su bebé. No solo no tenía lugar para acomodar una cuna en su habitación, ni siquiera tenía auto. La idea de caminar nueve kilómetros de ida y nueve de vuelta con un portabebé ajustado al torso hacía que los testículos se le subieran a la garganta.

Cuando salió del apartamento de Lorraine se dirigió a casa por la Calle Seis, para ver si en algún lugar estaban contratando. Habría sido fácil llamar a su viejo amigo Gunner y pedirle algún trabajo detrás de una barra, pero Sam no quería explicar su ausencia ni su repentina necesidad de dinero.

Sintió el sudor que le caía por las piernas cubiertas de mezclilla. Le habría encantado usar bermudas y sandalias, parecerse a uno de esos babosos despreocupados que vagaban por las calles con audífonos de marca solo para presumir, pero no podía hacerlo. Los dedos de los pies de hombre eran una aberración.

Estaba cansado. La laptop de Lorraine le golpeaba la espalda baja a cada paso que daba.

La computadora debía costar más que su vida entera, lo que tenía cierto sentido, pues era mucho más capaz de lo que él jamás sería. Lo más que había logrado ganar en la vida habían sido once dólares por hora. Intentó disfrutar de la tarde y de las propiedades meditativas de la caminata; fracasó.

En cambio, se puso a pensar en el precio de los pañales.

Alguna vez Mentirosa lo mandó a la tienda a comprar tampones. Se quedó perplejo al enterarse de lo caros que eran. Los pañales debían costar más o menos lo mismo. La única diferencia era que la menstruación era una semana al mes, así que podían racionarse, mientras que un bebé necesita pañales todo el tiempo durante años.

Caray, tenía que relajarse. Sam dejó que su mente divagara, se alejara y lo mirara desde afuera para ubicarlo dentro del planeta Tierra y asegurarle a su cerebro que todo estaría bien.

Su cerebro tenía otros planes.

Entonces, si Lorraine sí estaba embarazada, también podría significar que…

PODÍA TENER HERPES. Y ESO QUERRÍA DECIR QUE, AUN SI NO ESTUVIERA EMBARAZADA, SAM PODRÍA TENER HERPES PORQUE NO HABÍA DUDA ALGUNA DE QUE PAUL TENÍA HERPES.

«Gracias, cerebro».

Pasó junto al viejo Marriott, donde su mamá solía trabajar. Nunca dejó de parecerle gracioso que su mamá hubiera pasado siquiera un minuto en la industria hotelera. Brandi Rose Sidelow-Lange era todo un personaje. Tenía lo que en las películas antiguas habrían llamado «agallas». Sam había heredado la boca floja de su madre y, como una serpiente que se muerde la cola, lo único que hacía era atormentarla.

Aunque Sam nunca lo presenció, Brandi Rose alguna vez había sido una persona distinta. Mucho menos furiosa. Prueba de ello era una fotografía que tenía en la sala. El marco era azul con blanco y tenía un girasol en la esquina inferior. La fotografía mostraba a su mamá a los dieciséis años, sonriendo, con una banda del Concurso Princesa Élite de Texas sobre el hombro. Su cabello era castaño brillante. Tenía puesto un vestido azul marino que le llegaba a las rodillas. Brandi saludaba con la mano. Era una foto hermosa, pero la hacía aun más hermosa la felicidad que mostraba su madre. Sin embargo, solía estar colocada en la sala como una trampa. Cualquiera que la mencionara recibía la misma respuesta.

—Pues la banda no es de primer lugar —señalaba, mientras los hielos de su Long Island Ice Tea chocaban entre sí—. Me ganó Bitsy Sinclair. Su papi tenía nueve concesionarias de aquí a El Paso. —En la visión del mundo de Brandi Rose, los ricos siempre ganaban todo—. El segundo lugar es solo el primero de los perdedores —continuaba—. Como sea, solo lo hice por la beca. Para lo mucho que me sirvió.

La respuesta de su madre a la feliz inclusión de Sam era siempre más de lo mismo. Peroratas sobre cómo su vida se derrumbó y ella había tenido que hacerse cargo de todo. Las acusaciones entonces se enfocaban en su padre, lo que siempre la llevaba de vuelta a su insatisfacción con Sam. El rechazo dolía desde cualquier ángulo. Sam era idéntico a su padre. A pesar de que los mecanismos evolutivos dictan que los bebés se parecen a sus padres para que estos no los abandonen, Caden Becker resultó inmune a los encantos de su *doppelgänger* miniatura.

Por más que le rompiera el corazón admitirlo, Sam sabía que su papá era un perdedor. Sí, era guapo, alto, bronceado, con un dejo de maldad en los ojos y la misma facilidad para convivir con desconocidos y el mismo físico espigado de Sam, pero hasta ahí llegaban las similitudes.

La última vez que Sam vio a su papá, el mayor de los Becker caminaba a tropezones frente al Tequila Six. Se veía alarmantemente bien conservado después de sus interminables años de fiesta. Según los rumores, su padre y el otrora bajista de su banda habían rentado un apartamento en una de las casas destartaladas en la zona de Mo-Pac, la preferida de los hombres divorciados de Austin. Pero a Sam le pareció que su padre se veía como un indigente. Llevaba puesta una sudadera agujereada de Thunder-Cloud Subs y parecía farfullarle algo a un par de chicas de una fraternidad, quienes prefirieron cruzar la calle a tener que enfrentarlo. Sam se apresuró a caminar en dirección contraria. No había considerado la inevitabilidad de encontrarse con su viejo si conseguía un segundo trabajo en un bar. Sabía que era incapaz de negarle dinero a su papá si le pedía un préstamo que no tenía intenciones de pagar. Si acaso, Sam pensaba que eso era mejor que lo que ocurría con su mamá, que simplemente le robaba.

Pensar en sus padres le sentó mal; cuando parpadeó, sintió que el horizonte se acercaba a zancadas. Inhaló profundamente. Debió haber comido algo antes de salir. Si no, al menos debió haber dormido un poco en vez de haberse pasado la noche entera debatiendo si debía o no casarse con Lorraine.

El matrimonio, de cualquier forma, era una estupidez: nada más que un contrato absurdo que garantizaba que todas las partes terminaran decepcionadas. Al menos, así había sido para su mamá. Antes de todas aquellas discusiones vacuas sobre piscinas y zonas con buenas escuelas con el señor Lange, Brandi Rose sabía que no debía esperar nada del mundo. Las oleadas de premios de consolación no ayudaban; le recordaban a Sam una misión humanitaria, pero en vez de cajas llenas de comida y dinero que caían del cielo en paracaídas (algo que en verdad necesitaban), en su puerta aparecían pantallas de sesenta pulgadas o un reproductor de Blu-ray sin ninguno de los carísimos discos que ellos no tenían dinero para comprar. Hubo ropa de diseñador, dos cajas rotuladas ARMANI con un abrigo blanco de cachemir y suéteres. Para su cumpleaños catorce, Sam recibió un juego de pijamas de seda de Calvin Klein al que solo le faltaba una pipa para completar su disfraz de Hugh Hefner para Halloween.

Luego llegaron las devastadoras conversaciones por teléfono a puerta cerrada. Brandi Rose se quitó el anillo de bodas con la esmeralda. Fue en esos días que dejó de comunicarse con su hijo, como si aquello hubiera sido su culpa. Un muro de rabia centellante se erigió entre ellos.

Sam se jaló la camiseta. Dios, qué calor. La única sombra disponible estaba frente a los bares, y no quería acercarse lo suficiente como para percibir el penetrante aroma de los trapos sucios y el dulce olor a madera del whiskey. Se mareó. No quería dejar la escuela y convertirse en un bueno para nada como su papá. Había sido mala idea. No tenía nada que hacer cerca de un bar, mucho menos trabajando en uno. Cualquiera que fuera la combinación de ingredientes que hacía de sus padres tan devotos bebedores, la receta no se había saltado una generación.

Miró a la distancia. Le faltaban kilómetros. La visión se le nubló de forma violenta; las rodillas comenzaron a flaquearle. Sam se había desmayado una vez en su vida, en la clase de Educación Física de quinto grado. Cayó como costal en los brazos de la entrenadora Tremont y alcanzó a oírla hablar de sus huesos de pollo, pero no pudo alzar la cabeza. Fue humillante.

Los brazos, a la altura de los codos, comenzaron a pesarle. Cuando cerró los puños para probar si podía seguir adelante, el esfuerzo lo dejó maltrecho. Se le taparon los oídos; dejó de escuchar por completo en intervalos. Sam analizó sus alrededores, inseguro. Tantos desconocidos. El corazón le martillaba en el pecho. Un dolor agudo le atravesó el torso; el aliento se le trabó en la garganta. Se imaginó a sí mismo como un muñeco vudú apuñalado por un enorme alfiler. Tenía que haber un lugar donde pudiera sentarse. Autos. Bancos. Bares. Restaurantes. Food trucks.

¿Se puede tener un infarto a los veintiún años?

Claro.

A los bebés les dan infartos.

Bebés.

¿Podía su bebé nonato tener una afección cardiaca genética? Sí. ¿Tendría Sam que esperar al autobús a las tres de la mañana mientras la cosita se le moría en los brazos? Era casi una certeza.

«No es una cosita», se recordó.

El dolor en el pecho era insoportable. Tenía que llamar a alguien. Pero ¿a quién? La lista de Sam era patética; comenzaba y terminaba con Al y Fin. La lista de personas a las que no llamaría bajo ninguna circunstancia era más impresionante: Lorraine, su mamá, Gunner y todas las demás personas del mundo.

Se separó de los merodeadores que cazaban su siguiente cerveza; trastabilló hasta la acera más cercana y colapsó.

Había más personas en la acera, y la pelirroja con lentes con la que estuvo a punto de chocar lo miró furiosa y se hizo a un lado como si él fuera un vago leproso. Se llevó una mano al bolsillo para llamar al 911, pero sus jeans (sus estúpidos jeans de hípster) estaban demasiado apretados. Vio estrellitas y se derrumbó.

Penny

En cuestiones de transpiración, Penny tenía un problema. No olía mal ni nada por el estilo. Era solo que, de marzo a casi octubre, estaba en un estado constante de humedad. Podía sentir el charco de humedad acumulándose debajo de su sostén, y el bigote de sudor no paraba de crecer, sin importar cuántas veces o con cuánta furia lo limpiara.

No ayudaba el hecho de que estaba comiendo al aire libre a treinta y ocho grados en el centro de la ciudad, donde los pocos lugares con sombra estaban ocupados por los más voraces y acaparadores en las calles. Penny observó a la multitud. Era cierto que el infierno eran los otros.

Fuera de su auto, Penny no tenía refugio alguno. No podía relajarse cuando Jude salía o estaba con Mallory; sabía que el monstruo de dos cabezas de las «mejores amigas desde los seis años» aparecería en el instante en que Penny comenzara a sentirse cómoda. Penny no era adicta a la heroína en secreto, ni era una masturbadora compulsiva, pero no aprendió a valorar la privacidad hasta que comenzó a compartir habitación con una mujer que podía ir al baño con la puerta abierta, desnuda y comiendo pretzels bañados en humus. Penny tenía que alejarse. Subió a su Honda y se dirigió al centro; pagó cinco dólares para estacionarse y sentarse en una banca llena de astillas bajo el sol abrasador y comer un decepcionante taco coreano de siete dólares y una *horchatalatta* de seis. Se preguntó si el resto de su adultez incipiente sería así: evitar a sus compañeras, sentirse estafada por la mala comida fusión y la peculiar soledad derivada de sentirse sofocada por personas con las que no quería estar.

Penny se puso de pie para tirar el grasiento plato de papel en la basura. Había una cantidad inapropiada de bares en cada lado de la calle, el Rodeo Drive de los bebedores diurnos. La comida fue un desastre, pero la observación antropológica era maravillosa.

Un chico flacucho se separó de la multitud y estuvo a punto de caer. Penny buscó su teléfono, pero tardó demasiado. Nunca lograba sacarlo a tiempo para tomar buenas fotografías. El sudor le recorrió la espalda y se filtró por el elástico de su ropa interior. El chico trastabilló hasta la acera y se plantó debajo de un árbol. Jalaba aire como un pez fuera del agua y tenía el rostro de un blanco casi traslúcido. Heroína, tal vez. Penny se sobó el codo, donde pensó que estaría su vena de la heroína; luego se picó el antebrazo, dejándose unos círculos rojos marcados. Debió haberse puesto protector solar. Vio al chico, agazapado junto al árbol, jalarse las mangas de la playera negra hacia los hombros. Caray, era lo suficientemente flaco como para ser un drogadicto y tenía los brazos llenos de tatuajes.

El chico se echó el cabello hacia atrás y reveló su cara. Sin embargo, no era un chico. Era el tío de Jude. El tío Sam. El sexy tío Sam. El sexy tío Sam que parecía estar en plena sobredosis de opiáceos justo frente a ella. ¡Tenía que hacer algo! Dios, no estaba en condiciones para ser altruista. Se amarró el cabello a toda prisa y sacó una menta de su bolsa de emergencias.

«Prioridades, Penny. Salva al hombre moribundo. A nadie le importa tu aliento».

Miró de nuevo a Sam para ver si se había movido. Debía estar a las puertas de la muerte cerebral mientras ella perdía el tiempo en nimiedades.

«¿Qué hago? ¿Qué hago?».

Cómo salvar a un hombre al borde la muerte:

1. Llamar al Martillo Tejano. ¿Qué? ¿Cómo es que su único recurso disponible fuera un anuncio de los noventa de un abogado de accidentes?
2. Ignorarlo. ¡No es tu tío! Pero era el tío de Jude. Y a Penny le caía bien Jude, aunque hablara demasiado.
3. Ir a ver si seguía vivo.

Penny cruzó la calle corriendo hacia el cuerpo inerte y se asomó a verle la cara.

Esperó no tirarle sudor encima.

Parecía estar muerto.

Y, por cierto, el tatuaje de su bíceps no era una pieza de ajedrez, sino la cabeza de un caballo con los ojos cubiertos con un trozo de tela. ¿Qué significaba?

«Concéntrate, Penny. Mierda».

—¿Sam? —Le dio una suave patadita en los talones. Aún traían puestos los mismos zapatos.

Sam

Era una cara conocida, pero que no lograba ubicar. La miró e intentó concentrarse.

«¿Amiga o enemiga? ¿Amiga o enemiga? ¿Te debo dinero? ¿Eres amiga de Lorraine? Por favor, no seas amiga de Lorraine».

Volvió a cerrar los ojos, avergonzado. Su voz era dulce, agradable.

—¿Sam, estás vivo? Soy Penny. —Sonaba como si estuviera lejos. Sam sintió otra patada en el pie y gruñó—. Soy amiga de Jude —dijo la cara brillante con los labios rojos brillantes.

—¿Quién es Jude? —preguntó con voz ronca.

—Tu prima.

—Sobrina —la corrigió.

—¿Te estás muriendo?

Sam asintió. Intentó sacarse el teléfono del bolsillo sin desmayarse.

—¿Jude viene? —No quería que lo viera así. Detestaba la idea de que alguien lo viera así.

—No.

«Gracias a Dios».

La letra de una canción de Biggie le carcomía el cerebro. Algo sobre latidos del corazón y pisadas de Pie Grande.

—Sam, ¿qué pasa? Te ves fatal.

La sordera iba y venía.

Su corazón estaba a punto de estallar.

Pumpumpumpum.

«Me estoy muriendo. Muerto».

«Muertomuertomuerto».

—Creo que estoy teniendo un infarto —Cerró los ojos.

—Mierda, mierda, mierda —dijo—. Mierda. —Y luego—: ¿Hola? ¿911? —A Sam le pareció curioso que todo el mundo comenzara sus llamadas con la línea de emergencia repitiendo el número, como si pudieran haberse equivocado—. Mi amigo está enfermo. No lo sé. Sí, estoy con él. —Sam sintió una oleada de náuseas. Esperaba no tener que vomitar en público—. Sam… eh…

—Becker —le dijo.

—Becker —repitió ella—. Veintiuno, creo. —Sam asintió—. No —dijo Penny—. No lo sé. Pero creo que no… —Sam sintió las manos frías de Penny sobre su brazo. Abrió los ojos—. ¿Sam, estás drogado?

«Ojalá».

Negó con la cabeza.

—No, está drogado. Eh… falta de aliento, sudor frío…

—Dolor punzante en el pecho —dijo él.

—Dolor punzante en el pecho —repitió ella.

—Como una aguja para tejer —dijo él.

—Como una aguja para tejer —repitió ella—. Ajá... —La escuchó decir, seguido de—: Sí, supongo que la aguja le está atravesando el pecho. «Exacto». Sam asintió de nuevo—. Bien, gracias. Adiós.

Sam pensó en cómo la gente en la televisión nunca se despedía. Luego se preguntó por qué solo se le ocurrían tonterías cuando estaba a punto de morir.

Sintió que Penny se sentaba a su lado.

—Sam, despierta.

—Estoy despierto —susurró.

Lo miraba fijamente.

—¿Estás seguro de que no te drogaste?

Le lanzó una mirada furiosa antes de darse cuenta (en el momento más inapropiado de todos) de que era bastante linda al mirarla a los ojos. Demasiado linda como para deprimirse por que lo estuviera viendo morir en plena calle.

—Seguro —dijo.

Penny le limpió la frente con la manga de su playera, que ya estaba húmeda. Él alcanzó a ver un poco de su sostén y desvió la mirada.

—Perdón —dijo Penny—. No sé por qué hice eso. Se supone que debo hacer que hables hasta que lleguen.

Los engranes en la cabeza de Sam comenzaron a girar con más velocidad.

—Espera. Mierda. ¿Llamaste a una ambulancia?

Penny asintió.

—¿Aguja para tejer? —le recordó. Como si cien por ciento de los incidentes relacionados con las agujas de tejido (metafóricas o literales) ameritaran los servicios de un vehículo de emergencia.

—¡Que no venga! —le ordenó. El corazón le palpitó con más fuerza—. ¡Que no venga! —repitió—. ¡No puedo pagar una ambulancia!

Penny lo miró un instante, tomó su teléfono y se alejó. Volvió un siglo después.

—Llamé para que no vengan. —Se acuclilló frente a él y le puso las manos sobre los hombros—. Aunque tu respuesta es incorrecta. —A pesar de su estupor, Sam se erizó al escuchar sus palabras. «¿Incorrecta?». ¿Era «incorrecto» no tener dinero?—. Espera, ¿puedes hacer esto? —Penny sacó la lengua. Sam hizo lo mismo—. ¿Cómo era eso de los infartos y la lengua? —gritó desesperada, como si Sam estuviera ocultándole algún tipo de información vital para el diagnóstico—. Mierda, creo que eso es para los derrames.

Tomó su teléfono y lo buscó, sin resultados.

Sam volvió a meter la lengua a la boca.

—Bien —dijo ella e inhaló profundo—. No te mueras, ¿okey?

Sam asintió.

—Prométemelo —dijo Penny.

Sam asintió de nuevo.

—¿Sabes qué? Intenta respirar más lento: un Misisipi... dos Misisipi... repítelo en tu cabeza.

Sam se concentró en su respiración.

—¿Comiste algo hoy?

Negó con la cabeza.

Un vaso de unicel apareció frente a su cara. El popote olía a canela y estaba pintado con un labial rojo.

—No está muy buena —le dijo ella.

Le dio un sorbo.

Horchata. Fría. Dulce. Y Penny tenía razón: era un poco asquerosa.

—¿Bebiste mucho café hoy?

Sam asintió. Lo mismo que bebía todos los días.

—¿El dolor va de un lado al otro?

Negó con la cabeza. Ella continuó leyendo su teléfono.

—¿Entumecimiento?

Negó de nuevo.

—¿Sam?

Sam asintió.

Era cierto; él era Sam.

—Vamos a caminar.

Negó con la cabeza.

Sintió que ella le tomaba el brazo y se lo ponía sobre los hombros. Estaba empapada, y el lugar en el que su sudoroso brazo se encontró con el cuello de ella estaba resbaloso. Recargó el peso sobre las piernas para que él (un hombre adulto) no tuviera que ser cargado por una dama otra vez.

—Te llevaré a un lugar donde alguien te pueda examinar, ¿está bien? Estoy estacionada muy muy cerca. Camina conmigo, por favor.

—Está bien —dijo él.

Quince minutos después, estaban frente a la unidad de emergencias de MedSpring.

El aire acondicionado estaba en su máxima capacidad, y, a pesar de estar tranquilo, Sam estaba empapado en sudor. Lo que más quería era volver a casa y tomar una siesta.

Penny iba callada. En su visión periférica, Sam alcanzaba a ver que estaba agitada. Agarraba el volante con tanta fuerza que tenía los nudillos blancos. No podía creer que la compañera muda y tétrica de Jude le hubiera salvado la vida. Se preguntó si tendría que regalarle una araña disecada o algo por el estilo en agradecimiento.

—Aquí estaré —dijo ella, con la mirada fija al frente.

Sam no quería explicarle que no podía pagar ambulancias, hospitales ni las clínicas de emergencia más baratas en los centros comerciales.

—Estoy bien —dijo.

—No, no lo estás.

—No tengo seguro —admitió.

—Ya veo.

—Te juro que ya estoy bien —dijo tras un momento—. No sé qué fue eso. Tal vez un golpe de calor.

—¿Has tenido golpes de calor antes? —preguntó ella. Sam negó con la cabeza—. ¿Sabías que, si has tenido golpe de calor una vez, tu cerebro recuerda cómo hacerlo y es más fácil que te ocurra una segunda vez? ¿Sabías que puede ser hasta más fácil que te dé otra vez? —Sam negó con la cabeza y recordó los chistes que había hecho Penny sobre las apps que hacen apps. Al parecer, era una grandísima nerd—. Entonces… —dijo Penny. Sus ojos eran oscuros y brillantes, y sus mejillas estaban pintadas de rosa—. Espera, ¿tuviste un ataque de pánico?

—¿Qué? No. No me dan ataques de pánico. Nunca he tenido uno. —Dios, una búsqueda en internet y ya se cree doctora.

—Tuviste un estúpido ataque de pánico —dijo ella y desvió la mirada—. El sudor, la sensación como de infarto… ¡ay, Dios mío! —Golpeó el volante con la palma de la mano—. Es obvio. Y no comiste. Cafeína. ¡Qué tonta!

—Okey. Espera. —Sam alzó las manos—. ¿Por qué estás tan enojada? —Sam se estiró para tocarle el dorso de la mano, pero ella la retiró de un jalón, exhalando con fuerza.

—Lo siento —dijo, con los hombros caídos—. Es la adrenalina. La ira es mi reacción habitual al miedo.

—Qué habilidad tan elegante —dijo Sam.

«¿Elegante?».

—Lo sé —dijo Penny—. A todo el mundo le encanta. Ughh —gruñó, tallándose la cara y embarrándose el labial en la barbilla.

Sam asintió.

No sabía qué hacer con el labial. Tal vez se podría salir con la suya si no decía nada hasta llegar a casa.

Penny le dio una botella de agua. Él la tomó, agradecido. Luego, Penny agarró su mochila de camuflaje negro y gris del asiento trasero y se la puso en el regazo; comenzó a escarbar en su interior. Le pasó una pequeña bolsa de nueces de la India que provenía de una bolsa azul más grande con más tentempiés empacados.

—Eh… algunas veces los ataques de pánico son causados por la cafeína o por falta de azúcar en la sangre —dijo Penny a manera de explicación.

Tenía que decírselo.

—Tienes labial por todos lados —le dijo, señalándole la barbilla.

Penny inclinó el retrovisor y suspiró de nuevo.

De otro compartimento de la mochila, esta vez una bolsa negra con cierre, sacó un paquete delgado de toallitas húmedas. Del interior salió volando un cable verde que le cayó en el regazo.

—ED —dijo ella mientras guardaba el cable de nuevo.

—¿ED?

—Esenciales diarios —dijo ella—. Cosas que llevo siempre. Bolsa de emergencia.

—¿Bolsa de emergencia como para un apocalipsis?

—Correcto —contestó ella. «Ahí está eso de correcto/incorrecto otra vez»—. Pero yo llevo esto conmigo todos los días. Por lo general, los que se preparan para el apocalipsis son hombres blancos con armas y linternas, lo que me parece una tontería porque tenemos teléfonos con linterna… —Penny se detuvo de golpe.

Sam siempre se había preguntado por qué las mujeres tenían bolsas tan grandes. Supuso que era por el maquillaje, no porque llevaran estuches llenos de raciones posapocalípticas y alambres de distintas longitudes.

—Los refrigerios son importantes —dijo—. Y no hay tal cosa como un exceso de alambres para cerrar bolsas.

—¿Te estás burlando de mí? —preguntó ella.

—No —sacudió la cabeza con vehemencia y tomó otro puñado de nueces de la India—. Para nada. Respeto puro. Tus ED me acaban de salvar el pellejo.

Penny tenía una pequeña cicatriz encima de la ceja izquierda y Sam quería preguntarle cómo se la había hecho. Tal vez le habían ocurrido unos cuantos sucesos extravagantes; eso explicaría gran parte de su personalidad.

—¿Todo sonaba como si estuvieras bajo el agua? —le preguntó después de una pausa. Se había limpiado los labios, y Sam pensó que se veían mejor sin tanta plasta encima.

—¿Debajo del agua?

—Cuando te estabas desmayando.

—Sí, como ahogado.

—Sí, a mí también me pasa.

—Mi novia está embarazada —dijo Sam de pronto, sorprendiéndose incluso a sí mismo. Penny ladeó la cabeza—. Bueno, mi ex.

—Pff... —exclamó.

—Sí. Pero todavía la amo.

—Uff.

—Me puso el cuerno.

Las confesiones no paraban. Quería mostrarle su gratitud por el aventón y el tentempié, y por no hacerlo sentir como si fuera un loco, cuando era evidente que sí lo era. La cosa era que no hubo momento en que sus cuerdas vocales obedecieran y dijeran «gracias».

—Guau —dijo ella.

Los dedos de Penny se acercaron a los de él. Sam pensó por un instante que le tomaría la mano; en cambio, se hizo de unas cuantas nueces de la India y extremó precauciones para no tocarlo.

—El primero es el peor. Por mucho —dijo Penny, masticando.

Sam no supo si hablaba de ataques de pánico o embarazos no deseados. No es como que importara.

Penny

En el trayecto de vuelta, miró a Sam de reojo varias veces. Tenía los ojos cerrados. Penny no podía creer que le hubiera contado de su novia, MzLolaXO. ¡Ni que MzLolaXO estuviera embarazada! Jude enloquecería cuando se enterara. Penny podía imaginar lo que la terapeuta Greene diría en su sesión semanal por Skype. Penny no lograba procesar lo extrañas que eran esas sesiones. La última había sido sobre el respeto a los límites de los demás mientras Penny (¡literal!) estaba en la habitación, intentando hacer su tarea.

El débil pecho de Sam se inflaba y desinflaba. Penny sopesó si podría cargarlo de ser necesario.

—Llévame a La Casa… —dijo Sam—. Por favor —añadió al darse cuenta de su tono.

Penny luchó contra el impulso de tomarle la temperatura. Quizá se trataba de algo más que un ataque de pánico. Estaba tan vulnerable. Sabía que tenía que mantener los ojos al frente, pero la forma en que su manzana de Adán subía y bajaba era hipnótica. Era como si estuviera batallando por sacar algo. Penny sentía ganas de tocarla, solo una vez... o lamerla. Ay, Dios. ¿Qué le pasaba?

—No sé dónde vives —dijo, fingiendo un tono tranquilo y cambiando de carril. Tal vez podría ver dónde dormía Sam.

—No a mi casa, a La Casa, donde trabajo —dijo él.

—¿Estás seguro?

—No tengo comida en donde vivo —explicó, con los ojos todavía cerrados.

Penny disfrutaba poder examinarlo sin supervisión.

—¿Cómo irás a tu casa después?

—Ya lo resolveré —dijo él.

Penny quería presionarlo. No había forma de que pudiera conducir. Además, no estaba segura de si el predicamento de MzLolaXO implicaba que lo ayudaría o no.

Sam abrió los ojos. Penny se paralizó.

—¿Por qué ya no quieres ser documentalista? —preguntó de forma abrupta.

—¿Qué?

—Nada.

Moría por preguntárselo desde el primer día. Quería saber qué lo había hecho abandonar las películas para dedicarse a hornear, o a ser barista, o a lo que fuera que estuviera haciendo. La curiosidad le burbujeaba en la cabeza, pero se contuvo. Penny sabía que tenía la costumbre de brincar de tema en tema sin advertencia alguna. Su mamá le llamaba «hablar Pennylés» y nadie más que Penny tenía dominio del idioma.

Era solo que Penny no conocía muchos documentales, fuera de aquel sobre el hombre que caminaba por la cuerda floja, el tipo del sushi y el de Sea World; mucho menos conocía a algún documentalista. Apostaría a que Sam sería bueno. La verdad, entre el ataque de pánico y la exnovia embarazada, si Sam hiciera una película sobre su propia vida, Penny haría fila para verla en el cine.

Sam

Cuando se estacionaron frente a La Casa, Sam sintió que hacía semanas que había salido. No podía esperar para arrancarse la ropa y dejarse caer sobre la cama.

—Gracias —dijo y se desabrochó el cinturón de seguridad. Consideró acercarse y abrazarla, aunque abrazar no era lo suyo. Sin embargo, cuando se volteó para despedirse, ella le lanzó una mirada recelosa, como diciéndole que, si la abrazaba, estallaría en llamas.

—¿Vives lejos? —Sus cejas estaban apretujadas y la cicatriz estaba blanca de nuevo, como si estuviera enojada con él.

—No —respondió Sam.

—¿Quieres que le diga a Jude que te traiga algo?

—No hace falta —dijo Sam, intentando sonreír—. De hecho, ¿te molestaría no decirle que nos encontramos?

Penny ladeó la cabeza.

—¿Quieres que no le diga que te vi? ¿O que no le diga todo lo que ocurrió después?

—Las dos —afirmó—. No quiero que se preocupe.

Lo que menos necesitaba era que Jude descubriera que su vida era un drama, una de esas típicas vidas de casa rodante.

—Eh —dijo ella, con el ceño fruncido—. Claro. —Volvió a hacer aquella expresión de «respuesta incorrecta».

—Solo necesito descansar un poco —dijo él. Penny asintió—. Gracias otra vez —agregó Sam y abrió la puerta del auto—. Por todo. —Bajó del auto e intentó recobrar el equilibrio.

—¡Espera! —Sam escuchó que la puerta se abría. Penny agitaba el teléfono desde su asiento—. ¿Cuál es tu número? —le preguntó. Tenía la cara roja y brillante—. Para que tú tengas el mío. Para emergencias.

Sam se lo dictó.

El teléfono le vibró en el bolsillo.

—Lo tengo —dijo.

—Bien. —Penny se estiró y cerró la puerta de un azotón—. ¿Me escribes cuando llegues a casa?

—Sí, mamá. Te escribo cuando llegue —contestó. Ella frunció el ceño; él sonrió y antes de que Penny se diera la vuelta, agregó—: Perdón. Prometo escribir. Comeré algo y luego directo a casa y a la cama. Y te llamaré, porque ahora eres mi contacto de emergencia oficial.

—¡Espera! —gritó Penny de nuevo por la ventana. Sam volvió a voltear—. ¿Qué no todo el concepto de un contacto de emergencia implica que estás demasiado muerto como para llamarlo tú? —Sam se rio. Buen punto—. ¡No olvides llamar! —gritó antes de alejarse.

Sam tomó su teléfono. El mensaje decía:

Soy Penny.

Sonrió. Subió las escaleras y procedió a quedarse dormido con la ropa puesta durante las siguientes diez horas.

Cuando Sam despertó, la cabeza le punzaba. Puso la boca debajo de la llave del baño y bebió hasta sentir que estaba a punto de vomitar. Revisó su teléfono; eran casi las dos de la mañana.

No había llamadas de Lorraine, ni mensajes. De hecho, lo último que había recibido era: «Soy Penny».

Mierda.

Penny.

Penny, a quien le había prometido comunicarse hacía diez horas. Se sintió fatal.

Pero era demasiado tarde para escribirle a alguien. ¿O no? De lo poco que la conocía, parecía ser el tipo de persona que esperaría despierta su mensaje. Estaba avergonzado por su episodio de pánico (seguía renuente a llamarlo «ataque»), pero era mucho peor hacerla preocuparse.

Ugh. ¿Por qué era tan inútil?

Guardó su número como Penny Emergencia y le escribió una sola palabra:

Casa

La burbuja de texto de Penny apareció de inmediato con los pequeños puntos suspensivos. Luego desapareció.

Luego apareció de nuevo, solo para desaparecer otra vez.

Al fin respondió:

Okey.

Sam se preguntó si estaría enojada con él.

Le escribió de nuevo.

Perdón, me quedé dormido

Ella escribió:

Dormir es genial. SUPERFAN.
Poco más difícil de hacer cuando tu
contacto de emergencia está muerto
así que...

Mierda. Sí estaba enojada. De cualquier forma, Sam sonrió. ¿Él también era su contacto de emergencia entonces? Tal vez nadie sabía cómo funcionaban los contactos de emergencia.

Prdn
D vrd
Grx!
Soy un pendejo
Ugh

Buenas noches.

Buenas

Sam le envió el emoji con el ceño fruncido. El que parece estar muy arrepentido y no tiene cejas.

No era su estilo, pero la situación lo ameritaba.

Penny

Penny estaba bañándose cuando Sam volvió a escribir.

BUENOS DÍAS

Así. Mayúsculas. Sin puntuación.

Se leía tan brillante, tan sonriente que hasta la burbuja de texto parecía estar feliz de verla. Tan feliz que Penny tuvo que revisar los detalles de la conversación para asegurarse de que fuera el mismo Sam del día anterior. Guardó el número como «Sam Casa». Maldito. No podía creer que se hubiera dormido antes de escribirle. Fue irresponsable y desconsiderado. No quería parecer quisquillosa ni insistente, pero un mensaje no era demasiado pedir.

Como si pudiera leerle la mente, la burbuja de texto habló de nuevo.

ES TU CONTACTO DE EMERGENCIA
PRDN EN SERIO

Y luego:

YA DEJO DE GRITAR
Me siento FATAL
Espero q no t hayas desvelado mucho
X mi culpa
No t voy a pedir q me perdones
Pero espero q sí

Guau.

Fascinante. La retahíla de mensajes le puso a bailar el corazón. Ni siquiera era un baile lindo, sino más como un zarandeo descoordinado, como esos muñecos de aire afuera de las concesionarias de autos. Recordó la axila sexy. Y el remolino. Y los tatuajes que no terminaba de comprender. Solía molestarle que la gente abreviara las palabras en los mensajes, que escribiera «q» en vez de «que» o «grx» en lugar de «gracias», pero decirle esas cosas a la gente era quizá la razón por la que los únicos mensajes que recibía eran de su mamá… y de Mark. Rayos, Mark. Tenía que llamarle.

Penny intentó responder «hola». Tenía las manos llenas de crema y su estúpido teléfono no registraba sus dedos como humanos. Entonces, Sam escribió de nuevo…

T desperté?

Y luego:

Ojalá no t haya despertdo
AY NO!!! T DESPRTÉ X
NO QUERER DESPRTARTE?!?

Penny cerró los ojos y se llevó el teléfono al pecho como protagonista de una de esas estúpidas películas románticas.

Se limpió las manos con una toalla y respondió.

Por favor, deja de gritarme.

(hola) <- nótese el volumen apropiado

Penny sonrió. Tecleó:

Espero que te sientas mejor.

Y luego:

No me despertaste.

Entró en silencio a la habitación y se vistió. Su teléfono volvió a encenderse.

Pudiste dormir algo?
No puedo creer lo que te hice

Penny sonrió. Notó que Sam se había dado cuenta de su disgusto por las abreviaciones. Mierda. Era increíble. Penny pensó en Lola, la embarazada, y en el Código de la Amistad de su compañera de habitación. Jude dormía profundamente a un par de metros. Uno de sus párpados saltó al notar la perturbación en la Fuerza. Penny sabía que Jude se preocuparía si descubría los problemas en los que estaba Sam, pero a ella no le correspondía contar los secretos de nadie.

Penny escribió:

Sí.

Bien
Que tengas lindo día

Tú también.

Penny puso el teléfono bocabajo sobre la cama y se permitió un pequeño desvanecimiento juvenil. Además, en lo que respectaba a Penny y Sam, no había nada que decir. No había sucedido nada. Solo porque Jude disfrutara gritar sobre su vida a los cuatro vientos y hacer públicas sus sesiones de terapia, no significaba que los demás tuvieran que ser así. Algunas personas lidiaban con el mundo en secreto y aislamiento hasta que un pequeño tumor aparecía en su corazón con una guarnición de ataques de pánico. Cada quien.

Sam

Sam no era tonto, por lo menos no cuando se trataba de la industria fracturada conocida como el Complejo Industrial de la Educación Superior en Estados Unidos. No creía que tomar una sola clase en una universidad comunitaria le haría llegar al estrellato; sin embargo, había intentado hacer una película varias veces y había fracasado. A su manera de ver las cosas, tomar una clase era como apostar mucho dinero en sí mismo; no podía darse el lujo de no cumplir con su fecha de entrega.

El departamento de cine de la universidad comunitaria de Austin, ACC, estaba ubicado en un edificio café achaparrado de los años setenta, con alfombra verde aguacate de la misma época para complementar. A Sam le resultaba ilógico que, a pesar de que el curso entero se desarrollaba en línea, tuviera que arrastrar su cuerpo físico hasta el campus para recoger su credencial. El pedazo de plástico blanco con detalles azules mostraba una fotografía borrosa de su rostro, como si hubiera corrido frente a la cámara. El incólume fotógrafo, de unos sesenta años y con caspa en las cejas, le dejó muy claro que no tomaría más fotos.

En fin. Intentó no concentrarse en el parecido de la escuela con una cárcel. Intentó no enfocarse tampoco en un estilo de vida que requiriera una máquina expendedora en el pasillo llena de sándwiches envueltos en papel. Tomó el autobús de vuelta al trabajo.

Cuando Sam era más joven, tomaba fotografías todo el tiempo. Contrario a la cocina, la fotografía te mantiene siempre alerta. Era caótica y humana: siempre impredecible. Para capturar un rostro sin posar había que esperar el momento correcto. Era como pescar con las manos: había que calcular todos los ritmos del mundo, que se movían en distintas direcciones, y encontrar el momento adecuado para atacar. Mientras las ratas callejeras que tenía por amigos robaban Twix y plumones gruesos, Sam se birlaba cámaras desechables. Coleccionaba cajas de zapatos llenas de fotos de sus amigos jugando Edward Manos de Botella (el supersofisticado y elegante juego en el que te atas botellas de licor de malta a las manos con cinta aislante). Capturaba también trucos en patineta, sucesos en parques o a su pandilla pasando el rato en diferentes estacionamientos de la ciudad. Revelar los rollos costaba quince dólares, así que acumulaba las cámaras usadas. Cuando cumplió quince años, consiguió un trabajo en un lugar de revelado exprés solo para poder procesar sus fotografías. Llegó a ser un técnico bastante bueno, pero el trabajo era lo más deprimente del mundo.

En esos días, solo había dos tipos de personas que revelaban rollos: los chicos artísticos y los viejos raros. Había un tipo gordo como de cincuenta años, Bertie, que solo se tomaba fotos con su Weimaraner. Él estaba desnudo y el perro vestía sacos y sombreros; las fotografías los mostraban haciendo cosas de lo más perturbadoras: en la mesa con una comida de Acción de Gracias completa, bailando juntos, el perro alargado sobre sus dos patas traseras. Eran como retratos de William Wegman, salvo por la desnudez frontal. Y aunque Sam no sabía muy bien lo que ocurría, hizo una llamada anónima a la Sociedad Protectora de Animales y renunció una semana después. Fue desolador.

De cualquier forma, Sam estaba listo para avanzar hacia las imágenes en movimiento. Pasó entonces a las grabadoras de VHS que encontraba en tiendas de caridad.

La gente era rara. Era algo que Sam adoraba y odiaba al mismo tiempo. La ficción estaba bien, pero la vida real era un verdadero circo de locos.

El programa de la ACC era escueto, y Sam intentó no sentirse estafado por ello. Tres meses para completar un proyecto, un cortometraje de veintidós minutos que sería la mayor parte de su calificación. No podría siquiera acercarse a las cámaras Blackmagic Cinema, pues requerían un depósito de cinco mil dólares y una tarjeta de crédito, pero logró tomar prestada una vieja Canon 5D Mark III con todos los lentes necesarios, algunos micrófonos lavalier y un mejor micrófono de escopeta de lo que normalmente conseguía, además de un tripié. Tomó también un pequeño estabilizador para su iPhone en caso de que quisiera filmar algo más estilo guerrilla. Encontrar un sujeto era como un hambre que no podía ser saciada. Miraba a Fin, entrecerraba los ojos y se preguntaba si había algo ahí.

En un mundo… en el que un tipo siempre es el número dos, el compañero perfecto, el hijo de en medio, el que nunca consigue a la chica sino a su amiga un poco menos atractiva, al fin…

—Párale, puto. —Fin le lanzó un pedazo de apio.

Sam estaba preparando la sopa para el almuerzo.

—¿Qué?

—Hablo en serio —dijo Fin—. Tu cara de que tramas algo da miedo. Sobre todo cuando traes un cuchillo en las manos.

Sam intentó hacer una película sobre Lorraine varias veces *(En un mundo… en el que una hermosa niña rica con problemas de ira, que en el fondo solo quiere ser amada, descubre que…),* pero ella siempre lo descubría filmándola a escondidas y perdía la cabeza. Por más que esa mujer adorara las selfies, no le encantaba que alguien más tuviera control sobre el producto final. Lo que Sam necesitaba era un sujeto dispuesto, alguien con tanta hambre como él, alguien que ameritara unos minutos bajo los reflectores. Había bastante gente ávida de atención. Pero debía ser la persona correcta, alguien que lo pidiera con su mera presencia. Sam sospechaba que la gente que más ruido hacía por fuera era bastante aburrida por dentro, que no eran más que clásicas muestras de inseguridad y narcisismo.

Penny sería un sujeto fascinante. Toda esa energía nerviosa. Además, ¿cuál era la historia detrás de sus miles de bolsas de cosas? Podría grabar un video en el que ella mostrara sus cosas una por una y explicara la razón de ser de cada objeto. Podría servir como una guía para entender su cerebro.

Sam disfrutaba escribirle a Penny. Hablaban sobre el trabajo, sobre dormir, sobre comida, sobre datos curiosos. No tenía que ser nada importante. Su último mensaje había sido sobre qué debía desayunar. Ya que Penny lo había visto en su punto más bajo, no tenía razón para fingir ser más genial de lo que era. Era sencillo, como ir a un campamento de verano: los mensajes no tenían consecuencias en la vida real. También ayudaba que Penny no parecía cansarse de él, sin importar qué tan tontas fueran sus preguntas.

¿Verías un documental sobre un gato?

Le respondió de inmediato:

Sin pensarlo.

Los gatos son lo mejor.

Y luego:

Aunque algunos son unos cabrones.

Hay uno increíble viviendo bajo nuestro pórtico

¿Y qué más?

Nada

En ese caso, solo tal vez.

A las 2:34 p.m. Sam había recogido las mesas, las había secado con un trapo y había limpiado la máquina de expreso con vapor.

Tengo que hacer un documental
Para una clase

Ah.
Ergo, gato.

A Sam le encantó la respuesta: «*Ergo,* gato». Nunca sabía qué diría su nueva amiga. Intentó recordar la última vez que había entrado con tanta facilidad a una conversación que no tuviera la distracción añadida de las patinetas o el sexo. Hablar con Penny se sentía bien: sano, normal y extrañamente productivo, pues de lo que más hablaban era de la escuela. Eran como compañeros de laboratorio.

PENNY EMERGENCIA
Hoy, 6:01 p.m.

¿Leerías un cuento sobre comida zombi?
¿O nah?

¿Es una preocupación legítima?

Las cerezas maraschino son muertos vivientes.

Okey
Despertaste mi interés
Continúa, por favor

Comida en perfectas condiciones.
Ahogada en cloruro de calcio + dióxido de azufre.
¡BOOM!
Comida fantasma.
Por eso son traslúcidas.

Mmm...
Mi interés se vuelve a dormir, debo confesar

Pusieron una en mi budín.
¡Quítamela!
¡Qué asco!
No puedo tocarla.

Hoy, 9:12 p.m.

Oye

¿?

¿Qué tal un documental sobre un tipo enfermo?

¿Enfermo de qué?

Enfermedad terminal

¡¡¡SÍ!!!

SÍ!!???

Suena superdeprimente.
Me gusta.
El sistema de salud es un asco.

Sam se preguntó si Penny tenía fuertes convicciones políticas, si conocía algo del mundo más allá de la puerta de su habitación. Sam era tan malo para la política como para los deportes: todo era falso. Mientras más vociferaba la gente al respecto, más parecía toda una distracción de lo que en realidad ocurría en el mundo.

De acuerdo

Sam buscó «sistema de salud Estados Unidos» en Google para ponerse al corriente.

Me enferma.
PERDÓN POR EL JUEGO DE PALABRAS.
Es muy triste.
Criminalizamos a los pobres.
Todo está podrido.

Okey. Cálmate

No me digas que me calme.

Me arrepentí en cuanto lo escribí
Perdón
Sé que las chicas lo odian

TODO EL MUNDO lo odia.

No solo las mujeres (no digas chicas).

Okey. Perdón
En fin
Sistema de salud
¿Qué tal que el tipo toma cartas en el asunto?
Va a México por medicinas

Ajá…

Conoce a otro tipo enfermo
Construyen una red de medicinas

Y…

Se las venden a personas pobres/oprimidas/sin seguro

¡AY!
¿Me estás contando la trama de *El club de los desahuciados*?

Sam se rio en la vida real.

Hoy, 1:45 a.m.

Tus cinco cosas favoritas del mundo
No lo pienses, solo escribe

¿No es un poco tarde para mandar mensajes?

Mierda. ¿Estabas dormida?

No.
Pero podría haberlo estado.

Hace meses que no duermo un carajo

Yo tampoco.
Okey
Top 5...
Esto parece una trampa.

No lo es
Te lo juro
No sé de tu vida
De tu lucha
DE TU CAMINO

Sam había estado pensando en sus cosas favoritas en la cama. Le encantaba el aroma del aire antes de una tormenta; que el clima de Texas fuera tan loco y el terreno tan plano que podías ver la lluvia caer en un bloque recto, mientras que más adelante todo estaba soleado.

Pringles.

¿Pringles?

Perdón.
Estoy comiendo Pringles.
Qué buenas son.

¿Cuándo fue la última vez que te comiste
unas Pringles?
Las había olvidado.
Las extrañaría si me muriera.

¿Extrañarías las Pringles si te murieras?

Dijiste que sin juzgar.

Guau

¿Entonces?

Supongo que es demasiado tarde para los mensajes
Pero no para las Pringles

Nunca es tarde para las Pringles.

Sam luego le escribió a Lorraine. Cinco semanas de retraso y contando.

La última vez que hablaron ella le prometió hacerse un estudio de sangre. Eso había sido hacía casi una semana. Era muy inconstante cuando estaban juntos, pero Sam no podía creer que lo dejara colgado con algo tan importante. Literal era algo de vida o muerte. Suficiente tenía con que Lorraine con frecuencia usara la palabra *literalmente* de forma incorrecta.

Sam miró la pantalla, como queriendo hacer que la burbuja de texto apareciera.

Nada.

Penny

—¿Es muy transparente? —Penny estaba frente al espejo con un vestido blanco de algodón que le llegaba a las rodillas.

—Solo cuando te pega la luz por detrás.

—¿Parezco una zorra?

Jude resopló, un extraño sonido entre risa y bufido.

—No creo que seas capaz de parecer zorra —dijo y se sentó en la cama—. Digo —continuó—, estás vestida de blanco virginal.

Penny había elegido un atuendo veraniego para ver a Mark por primera vez desde que se había ido. Quería que la viera con color. No que el blanco fuera un color, pero el negro definitivamente no lo era, y no quería parecer como si recién llegara de un funeral. Si iba a romper con el pobre hombre, al menos quería verse bien. Quizá mejor que nunca. Así de asquerosos son los humanos.

—¿Es necesario un rompimiento oficial? —preguntó Jude—. O sea, tú estás en la universidad y él no. Todo el mundo sabe lo que eso significa.

A modo de broma, Jude hizo una coreografía masturbatoria al aire y esparció el resultado imaginario por los cielos.

—Iug —dijo Penny y apretujó la cara.

—No te juzgo —continuó Jude entre risas—. No conozco tus hábitos de Tinder.

Su compañera señaló con la cabeza hacia el teléfono que tenía Penny en las manos. Penny esbozó una sonrisa tímida.

Justo en ese momento, Sam y ella estaban en medio de un concurso de quién podía capturar la foto de Instagram más predecible y cliché. Él acababa de enviarle un hermoso atardecer (#sinfiltro). Penny se moría por responderle con una que había tomado desde el auto, de alguien que estaba frente al mural de la rana en la calle 21, mientras vestía una camiseta del mural de la rana en la calle 21. Era autorreferencial y brillante, y la segura ganadora del concurso. Pero primero tendría que sobrevivir el incómodo encuentro con Mark para sentirse en verdad victoriosa. Ansiaba con desesperación que todo acabara.

Terminar tenía sentido. En términos antropológicos, Mark y ella eran incompatibles. Cuando salían, solo pasaban tiempo a solas en casa del otro para ver televisión y besuquearse. Era más una relación de secundaria que un noviazgo de verdad. Y cuando él iba a fiestas con sus amigos, siempre estaba implícito que ella no lo acompañaría. La mayor parte del tiempo, a los dos les convenía ese acuerdo. Si acaso, Penny agradecía que Mark no fuera un gran conversador. Ni siquiera ella misma sabía explicar la situación.

El plan era conducir a casa, ver a Mark, terminar con él y conducir de vuelta. Lidiaría con Celeste en otra ocasión. Penny no estaba de humor como para jugar a las amigas, parlotear sobre chicos y consolar a su madre mientras fingía sentir compasión. Esto era entre Mark y ella.

Se preguntó si estaba nerviosa; bostezó de inmediato. Así como siempre lloraba cuando estaba enojada, necesitaba una siesta cada vez que se enfrentaba a la ansiedad. No era por falta de interés, sino que, cuando se abrumaba, su sistema se revolucionaba y luego se apagaba. No había sido su intención ignorarlos a todos y habría pasado la prueba del detector de mentiras si se lo preguntaran. Había querido volver a casa el primer fin de semana o el segundo. A más tardar el tercero. Pero ahora había pasado más de un mes, los nativos estaban impacientes y pensar en ello le daba sueño.

En el poco tiempo que llevaba en la universidad (aparentemente una cantidad de tiempo insignificante), se le había reconfigurado el cerebro. Las rutinas de su vida anterior se eliminaron del sistema operativo. Es verdad que extrañaba que siempre hubiera kimchi en el refrigerador o cantidades insospechadas de papel higiénico de triple hoja acumuladas encima de una lavadora y una secadora que podía usar gratis. Pero siempre que su madre le escribía o que Mark le llamaba, la interrupción era sorprendente, asombrosa. Bien podría haber estado recibiendo mensajes del más allá. Le parecía inconcebible que la universidad y su casa existieran en el mismo plano espaciotemporal.

Ejemplo 1:

OMG, P. Vi una niña en la calle q pensé
q eras tú pero mucho + gorda.

¿Qué se supone que debe responder una a eso? ¿Gracias?

Ejemplo 2:

Me tocó Rutherford en Cálculo

¿Qué no Rutherford es el único
maestro de Cálculo?

Sí. Qué asco!

Sí.

Asco!

Asco.

O esta llamada de Mark:

—Nena, te extrañé hoy.

—Yo también.

—Y él también.

—¿Quién?

—...

—Ah...

Mark hablaba de su pene en tercera persona. A Penny le parecía la forma menos romántica de abordar el tema.

Y cada vez que «él» salía a relucir, Penny se imaginaba un pene con lentes de sol, una fedora y una pequeña chamarra de cuero. Claro que no podía culparlo. Mark era un hombre heterosexual en una relación monógama con una mujer universitaria. *Ergo:* mensajes de índole sexual. La gente en la universidad tenía relaciones sexuales, sobre todo la gente que llevaba saliendo la cantidad de meses que ellos llevaban saliendo. Los contó con los dedos: siete. Siete meses enteros. Siete veces más de lo que ella llevaba en la universidad.

No es que ella no quisiera tener relaciones sexuales. Sí quería. En teoría. Intentó hacerlo una vez, con Mark, muy al principio de su noviazgo. Para ser francos, ¿por qué otra razón estaría Mark interesado en Penny si no era para tener relaciones sexuales de forma regular?

Al final, lo más lejos que llegó fue a desnudarse y a toquetearse, hasta que la inundó el pavor: una oscuridad reptante que le trepó por el cuello y le cubrió la cabeza entera. Maniobraron hasta quedar en una posición favorecedora, y Penny comenzó a llorar en silencio, aunque ella no se dio cuenta de que estaba haciéndolo hasta que asustó a Mark y él se detuvo. Se quedó dormida poco después.

Lo mejor de todo fue que nunca hablaron de ello. Penny se había preparado para una confrontación, pero nunca ocurrió.

A lo largo del verano, sin embargo, «él» había salido a cuento con mucha más frecuencia. Penny se estacionó frente a Jim's, una cafetería de techo rojo donde vendían café barato y, para sorpresa de muchos, sopas bastante buenas. Penny agradeció que la mayor parte de los comensales del sábado ya se hubieran ido. Mark no había dejado de insinuar que después de comer podían ir a su casa, pero Penny estaba segurísima de que no verían una película después de la conversación que tenían por delante. ¡Dios! ¿Y si sí? Penny en realidad sí podía imaginarse viendo la nueva película de *Avengers* de forma amistosa después de la ruptura para luego volver a la universidad.

Mark ya estaba sentado cuando ella llegó. La forma en que se le iluminó la mirada cuando ella abrió la puerta la hizo sentir una pequeña oleada de repulsión.

—Hola, nena. —Se levantó del gabinete, la abrazó y (¡el horror!) le entregó una rosa roja. Estaba envuelta en papel celofán y parecía haber pasado algún tiempo viviendo en un 7-Eleven. Penny sonrió, tomó la flor, vaciló y luego se la llevó a la nariz. Olía a tóner de impresora—. Es tonto —dijo Mark con ternura. Tenía puesta una camisa de vestir azul, bermudas plateadas y sandalias—. Pero quería darte algo. —Estaba nervioso, lo cual puso nerviosa a Penny. Cualquier pareja en un radio de cien metros se habría retorcido de lástima—. La odias, ¿verdad? —preguntó con timidez.

—No, es hermosa. —Penny pensó en la caja de chocolates que el cartero le había dado a su mamá.

—Tú te ves hermosa —dijo él mientras admiraba su vestido—. No sé si alguna vez te había visto con ropa que no fuera negra.

Penny fingió una rígida sonrisa.

—Eh, sí, gracias.

Ordenaron sopa de tortilla para ella, bísquets con gravy para él.

—No es que no me encantes de negro —dijo él deprisa mientras le devolvía el menú plastificado al mesero—. Me encantas con cualquier ropa.

Penny rezó por que su próxima oración no fuera: «Pero me encantarías más sin ella». *Jaja.*

La primera noche que compartieron habitación, tras la primera mención de un «novio», Jude instauró un sistema. Ella se iría a dormir con Mal si Penny necesitaba (en palabras de Jude) una «visita conyugal». Jude hizo las comillas con los dedos mientras esbozaba una sonrisa ridícula. Penny le lanzó una almohada.

Podía imaginarse una visita así.

Primero, se imaginó a Mark desnudo. Esa parte era sencilla y para nada desagradable. Luego se imaginó la presión del cuerpo de Mark sobre el suyo, aplastándola, restregándose, con aquella sonrisa bienintencionada, llamándola «nena-nena-nena» mientras ella se volvía catatónica y quería ahogarse. Sí, podía imaginarlo. Lo que no podía imaginar era ansiarlo.

Penny quería ser normal. Tenía dieciocho años, ¡carajo!, una edad aceptable para empezar a tener relaciones sexuales sanas y consensuadas. Sexo sexy con alguien sexy. Su mente divagó hacia Sam. Tatuajes. Rostro melancólico. Sonrisa enmarcada por arrugas. Imaginó cómo se sentiría tener aquellos brazos llenos de tinta y venas alrededor de su cuerpo. Pensó en el calor que emanaría de su pecho. Imaginó cómo olería. Era la escena más pornográfica que había producido su cerebro en público. Como fuera, no estaba terminando con Mark por Sam. Al menos no en el sentido de que Mark fuera lo único que se interponía entre Sam y ella. Eso era una locura. Más bien Sam era un tipo de humano que Penny jamás se había siquiera imaginado antes. Sam era la prueba de que había vida en otros planetas. Si existía un Sam, Penny no podía estar con un Mark.

Ni siquiera aunque no pudiera estar con un Sam. En su cabeza, todo eso tenía perfecto sentido.

Llegó la comida.

Ambos habían pedido comida líquida. Error táctico. Penny no estaba de humor para la comida líquida, ni para comerla ni para verla. El plato de Mark resplandecía bajo la gruesa capa del gravy cremoso y grasiento. Penny pensó en cómo se cuajaría si lo dejaran enfriar. Vio a Mark usar el tenedor para moler los pedazos de salchicha en el bísquet y hacer una especie de pasta con el gravy.

Su pequeño plato de caldo con pedazos de tortilla que flotaban junto a pequeños trozos de cosas verdes tampoco se veía tan bien.

—Ay, no, nena —se lamentó Mark—. Olvidaste pedirla sin cilantro. ¿Quieres que la devuelva? Podemos decir que eres alérgica.

Penny bajó la mirada hacia la hierba en cuestión. ¿Mark odiaba el cilantro? No tenía idea. Su profunda preocupación por la situación estaba tatuada en su rostro; el delgado labio superior le daba un aire de decisión a su cara infantil. Penny se preguntó si Mark sería capaz de hacerle daño físico. Se preguntó también si lloraría. Y se preguntó qué tan enojoso sería su enojo.

No soportaba un segundo más.

—Deberíamos terminar —dijo.

Él la miró por un instante sin comprender. Luego reculó, como si lo hubieran golpeado. Sus cejas se dispararon hacia arriba. No vieron *Avengers*.

—Volviste temprano. —Jude apenas levantó la mirada de su laptop. Estaba desparramada en el piso, con los restos de una manzana tirados en la alfombra junto a ella—. ¿Le gustó tu vestido?

—Sí —dijo Penny mientras entraba al baño. Jude la siguió y siguió hablándole desde el otro lado de la puerta.

—Llamé a mi papá.

—¿Ah, sí?

—Pero no pude decirle que voy a estudiar otra cosa. —Penny suspiró y se lavó la cara. Se quitó el vestido y se puso la bata—. ¿Sabes? —dijo Jude, reacomodándose sobre la cama de Penny—. Que quede claro que creo que por supuesto que podrías verte zorra si lo quisieras. —Penny rio—. ¿Estás bien?

—Estoy bien —dijo Penny.

—¿Se enojó Mark?

—Sí.

Mark se puso furioso. De hecho, estaba tan enojado que fue la primera vez que a Penny le pareció en verdad… masculino. Penny no necesitaba que la doctora Greene le dijera lo retorcido que era eso. Cuando Mark estalló, ella se desconectó. La llamó bicho raro, lo que en realidad no calificaba como una aguda observación. Penny bostezó.

—¿Qué más? —preguntó Jude, consternada.

Mark luego comenzó a lloriquear sobre cómo le había ocurrido lo mismo con su ex.

«Su ex asiática», pensó Penny.

—Ordenó bísquets con gravy de salchicha.

—¿Y?

—Qué asco.

—¿Qué asco qué?

—Los bísquets con gravy. No lo entiendo como una unidad alimentaria. Es el concepto más grotesco —dijo—. Salsa cuajada sobre grumos de harina y mantequilla. ¿Cómo puede alguien comer eso en público?

—Guau —dijo Jude, mirándola. Penny le devolvió la mirada—. ¿Yo te pregunto sobre un trauma personal y tú me cuentas del menú? —Penny asintió—. Eres mala para esto. —Penny asintió de nuevo—. Necesitas ir a terapia. —Penny asintió por tercera vez—. ¿Estás triste?

Lo estaba.

—Sí.

—Sabes que me puedes contar cualquier cosa —dijo Jude. Penny miró los enormes y afligidos ojos de su compañera de habitación y supo que era cierto—. Te voy a abrazar —le advirtió Jude.

Penny asintió.

La presión se sintió bien.

Sam

Sam se miró en el espejo del baño. Llevaba puesta su segunda mejor camisa, una blanca de vestir que solía reservar para bodas y funerales. Su mejor camisa era aquella Ralph Lauren que Lorraine le había regalado hacía dos navidades. Pero no quería usarla. No quería revivir el otro recuerdo: él le regaló un brazalete tan barato que le puso verde la piel. Sam se abotonó la camisa hasta arriba. Luego desabotonó el primer botón. Lo volvió a abotonar. Suspiró. Parecía una foto de perfil de LinkedIn.

No era una cita ni nada por el estilo. No puedes tener una cita con alguien con quien salías y con quien juraste no volver a salir. No había forma de que Lorraine la considerara una cita. Pero cuando ella le escribió para invitarlo a cenar después de haber ignorado todos sus mensajes, Sam se puso nervioso. Lo más probable era que tuviera algo horrible que decirle.

Por el lado bueno, no había tenido ataques de pánico después del primero y supuso que su cuerpo se estaba preparando para una ocasión así. Se imaginó trastabillando en cámara lenta por el comedor del Ristorante di la Mamma, asiéndose de las mesas para apoyarse, tirando platos de tagliatelle a diestra y siniestra. Arruinaría el vestido de Mentirosa, y ella se lo recordaría de por vida. Quería tomarse una selfie y enviársela a Penny para que aprobara el atuendo, pero no era el tipo de cosa que hacían entre ellos. Como si Penny hubiera sentido que él estaba pensando en ella, le escribió.

¿Debería leer *Harry Potter* desde el
principio otra vez?

Él se tomó una selfie en el baño y se la envió. Ella respondió:

Eh...

Y luego:

Entonces... ¿SÍ DEBERÍA leerlos o...?
Okey.
Espera.
¿Eso fue a propósito?

Necesito un consejo
Ayúdame

Okey.
¡Declárate culpable!

Pregúntame otra cosa.
Mis consejos ahorita son los mejores.

Basta

ESPERA, ¿no tienes que ir a la corte?

Voy a ver a Lorraine

Penny guardó silencio. La burbuja con puntos suspensivos apareció. Luego desapareció.

Entonces, él escribió:

No es una cita

Sam no sabía por qué necesitaba justificarse. Después de un largo rato, ella respondió:

¿Entonces nada de boliche ni minigolf?

Patinaje sobre hielo
Luego, karaoke
Picnic al atardecer cerca de una cascada

Genial.
P.D.: paseo en carreta>karaoke
No olvides las flores.
¡Claveles!
¡NO!
¡Un ramo!

Cena
Solo vamos a cenar
Me quiero morir

¿Por qué morir?

Seguro es un ataque de pánico

«Cálmate»
Ja

¿La camisa? ¿Sí o no?

La camisa te hace ver desesperado.
Vístete como siempre.

Entonces... pantalones acampanados
naranjas

Sí, y ugg, rosas.

Por fa borra esa foto

¡NUNCA!
Manda *nudes*.

Sam se quitó la camisa y tomó una playera negra. Las venas azules recorrían su cuerpo como ríos hasta que desaparecían debajo de los tatuajes negros indelebles con los que sus amigos lo habían marcado. Tenía dieciséis en total: algunos tatuajes caseros terribles (flechas, diamantes, caracoles, manos y *hamsas* para protegerse del mal de ojo) y el resto de una artista cuya casa había pintado a cambio de veinte horas en su silla.

Se miró el pecho. Echó los hombros hacia el frente para crear un hueco del tamaño de una pelota de golf en su esternón. Durante un breve periodo del segundo año de preparatoria intentó subir de peso, llenando garrafones de agua para usarlos como pesas. Los levantaba sobre su cabeza una y otra vez frente al espejo. Al verse ahí, parado en calzones, aquella esperanzada determinación le pareció vergonzosa, incluso en retrospectiva.

Mientras crecía, el problema no era la falta de entrenamiento con pesas, sino la falta de comida. Las provisiones escaseaban y pedir dinero para comer en la escuela no era una posibilidad. Brandi Rose, quien no tenía problemas en cobrar incapacidad laboral por las razones más cuestionables posibles, resultó demasiado orgullosa como para llenar el papeleo que inscribiría a su hijo en el programa de «Comidas por necesidad». «No aceptamos caridad», le decía. Para el tercer año, Sam mandó todo al demonio y falsificó los papeles.

En un principio, se había hecho los tatuajes para distraer la atención de su delgado cuerpo, pero ya había dejado de odiarlo. Era un cuerpo pulcro, eficiente, minimalista. Aunque Penny seguro se horrorizaría si alguna vez lo viera desnudo. Su cuerpo, siendo objetivos, era alarmante.

Sam recogió a Lorraine en el Ford Festiva de Fin un poco antes de las ocho. Era una carcacha de catorce años color lodo, tan oxidada que podías levantar el tapete del lado del conductor y ver la calle pasar por debajo.

Sam tocó el timbre como ella se lo había pedido.

—Hola —dijo ella. Estaba vestida como solía vestirse cuando no tenía que trabajar: una versión sencilla de un camisón.

Lorraine. Lorr. Lore. Lola, como se hacía llamar últimamente, aunque Sam nunca le dijo así.

—Lindo vestido —dijo él mientras abría la puerta del auto. Se preguntó si debió haber salido y abierto la puerta desde afuera, aunque ella se habría burlado de él por hacerlo. No estaba enferma.

—Eh, gracias por recogerme. —Lorraine lo jaló hacia ella para abrazarlo, uno de esos abrazos torpes e incómodos en los que las dos personas están sentadas y los brazos que no usan para abrazarse chocan entre sí. De cualquier forma, lo hizo perder el aliento.

Como era costumbre cada vez que la veía, sintió que el cerebro se le suavizaba y se le derretía. Olía tan bien, justo como se suponía que oliera. Conocía cada centímetro de su cuerpo. Volvió a pensar en sus pies.

Lorraine se alejó y comenzó a reír.

—Qué absurdo —dijo mientras se ponía el cinturón de seguridad—. No puedo creer que Fin te haya prestado su auto. —Miró hacia el asiento trasero y arrugó la nariz—. Yo te podría haber recogido.

—¿Y qué tiene eso de divertido?

Sam se arrepentía un poco de haber dejado las botellas de refresco de Fin en el asiento trasero, aun cuando lo había hecho a propósito. Esta no era una cita.

Para cuando Sam se detuvo frente al Ristorante di la Mamma, un lugar lo suficientemente alejado del campus como para que no estuviera lleno de estudiantes, se habían quedado sin trivialidades de las que hablar. Y cuando Sam fue a abrirle la puerta, ella no le prestó la menor importancia; le agradeció con demasiada propiedad y le tocó el antebrazo.

Se deslizaron sobre el gabinete profundo y acolchado. En sus primeras citas, eran de esas molestas parejas que se sentaban del mismo lado y se susurraban, manoseaban y tomaban pedazos de comida para darle a la otra persona en la boca, como pajarillos enfermos.

—¿Quieres compartir el ziti y la salchicha con pimientos? —preguntó Lorraine mientras examinaba el menú.

Sam había estado soñando con las albóndigas; sin embargo, se vio a sí mismo encogiéndose de hombros.

—Claro. —Sam recordó por qué compartían la comida siempre que salían: Lorraine ordenaba las dos cosas que ella quería y lo obligaba a quererlas también—. ¿Estás segura de que no quieres algo con verduras o una ensalada? —preguntó mientras veía la lista de guarniciones—. ¿Algo con ácido fólico?

Lorraine se asomó por encima de la carta de vinos forrada de cuero.

—¿Qué es el ácido fólico, Sam?

—Está en el brócoli —dijo él—. Las mujeres embarazadas tienen que tomarlo para que la columna del bebé no crezca por fuera del cuerpo. No lo busques en internet. Es bastante desagradable.

Ella se rio.

—Lo siento —dijo—. No debería reírme.

Lorraine tomó un pedazo de focaccia, la bañó en aceite de oliva, le dio un mordisco y comenzó a masticar despacio.

Se cruzó de brazos, y Sam notó el destello de un nuevo brazalete en su muñeca. Aun a la distancia, era evidente que era caro, lleno de cuentas de plata y complicadas réplicas de lo que parecían ser zapatos. Se preguntó quién se lo había comprado.

—¿Cómo estás, Lorr? —le preguntó. Lo que en realidad quería preguntarle era «¿me extrañas?», pero no parecía ser el momento correcto. Tal vez después del tiramisú.

Sam también quería saber de qué se trataba todo aquello, si había ido a su cita médica y descubierto alguna complicación. ¿Por qué otra razón habría dejado de responderle los mensajes?

—Antes de que empieces a interrogarme —comenzó a decir ella—, aún no he ido a la clínica.

Sam no podía creerlo.

—¿Qué? ¿Por qué?

—No he podido —dijo ella y partió un palito de pan por la mitad—. El trabajo ha sido una locura. Pero hice una cita para mañana. Iré mañana.

Sam no daba crédito a la indiferencia con la que ella se tomaba todo. Conteo de retraso de la menstruación: siete semanas.

—¿Por qué no me dijiste?

—No... no podía lidiar con ello. —Desmoronó el resto del palito de pan sobre el mantel.

—Pues tendrás que lidiar con esto —dijo Sam—. Vamos a tener que lidiar con esto.

—Yo sé —dijo ella—. Sé que no tiene sentido, pero no creo que esté embarazada. No me siento embarazada. —Sam estudió a Lorraine en busca de alguna diferencia física. Le echó un vistazo discreto a sus bubis, que se veían iguales—. ¿Me estás viendo para ver si parezco embarazada?

«Sí».

—No —le dijo. El mesero se acercó a la mesa—. Eh, sí, vamos a compartir el ziti y... —Caray, sí que quería esas albóndigas.

—Y la salchicha con pimientos —completó Lorraine—. Y una copa de Merlot —dijo mientras presentaba su licencia de conducir.

—Supongo que en serio no te sientes embarazada, ¿verdad? —preguntó Sam una vez que el mesero se alejó.

Lorraine hizo una mueca.

—Las francesas toman durante todo el embarazo —dijo.

—Las francesas también comen caballo —respondió Sam por lo bajo.

—¿Qué? —preguntó Lorraine.

—Nada.

—Supongo que no has estado bebiendo. —Se recargó en el respaldo del gabinete.

—No —dijo Sam y se inclinó sobre la mesa—. Ni una gota desde que todo esto ocurrió —dijo y dibujó un círculo en el aire para referirse a ellos.

—Comprensible. El olor a gin todavía me da náuseas. —Lorraine se estremeció.

Vergonzosas escenas de su rompimiento aparecieron de golpe en la cabeza de Sam. Los dos, gritándose en la calle después de que su tarjeta de débito dejó de funcionar. Ella lo llamó un «vago como su papá»; él la llamó una «perra hipócrita».

—Lorr, ¿a qué me invitaste aquí?

—Bueno, tú escogiste el restaurante —dijo ella con una dulce sonrisa.

—Lorraine...

—No lo sé —dijo ella, evitando mirarlo a los ojos—. Pensé que sería lindo.

Lorraine partió otro palito de pan en pedazos aún más pequeños y los acomodó sobre la mesa.

Sam se preparó para oír que iban a tener gemelos o que ella se iba a casar con alguien más.

—¿Eso es todo? ¿En verdad? —preguntó—. ¿No hay noticias? —Ella negó con la cabeza. Sam no podía creer que había pedido un adelanto de su sueldo para esto—. ¿Sabes qué? —dijo después de un rato. Ella levantó la mirada para verlo—. Hagamos un pacto.

—Un pacto —repitió ella. Estiró la mano para tomar otro palito de pan para pulverizarlo. Sam se lo quitó de las manos. El desperdicio de comida lo volvía loco.

—Sí —dijo—. El pacto es que evitaremos cualquier tema serio durante la comida. Y tú y yo solo vamos a conversar. —El vino de Lorraine llegó a la mesa—. No tenemos que hablar de las demás cosas.

—Trato hecho —dijo ella. Alzó la copa para brindar por el pacto y le dio un sorbo. Sam quería buscar estadísticas sobre el síndrome de alcoholismo fetal, pero gracias al pacto no podía hacerlo. Estúpido pacto...—. Entonces —dijo Lorraine—, lo que quiero saber es... —Hizo una pausa.

—¿Qué?

—Olvídalo.

—No, dime.

—¿Dónde has estado viviendo?

Sam parpadeó.

—Cerca del campus —dijo.

—¿Cerca del campus dónde?

—Por Guadalupe —dijo. Una verdad a medias, en el peor de los casos—. ¿Por qué la inquisición? —preguntó, intentando mantener un tono ligero.

Sus platos aterrizaron en la mesa con un golpe seco justo mientras Sam decidía que no tenía hambre. El ziti se veía seco.

—¿Comemos y cambiamos? —preguntó ella—. Y no te preocupes. Yo pago. —Sam asintió y le dio el plato de salchicha primero. Ella sin duda querría la salchicha primero para acaparar los extremos crujientes, que siempre son los mejores—. Bueno. —Lorraine intentó otra vez—. Sé que no vives en tu auto porque tendrías que vivir en el auto de Fin, cosa que no envidio. —A Sam se le calentaron las mejillas. Lorraine tenía la costumbre de bromear de una forma que te hacía querer darte un tiro—. Y hablé con Gunner y Gash, así que sé que no estás viviendo con ellos. —Sam acostumbraba ver a Gunner y a su primo Ash (Gash) cinco veces por semana. Guardó silencio—. ¿Cómo va la escuela? —preguntó ella después de unos momentos. Sam se metió una cucharada de pasta a la boca para pensar qué respondería a eso. Asintió mientras masticaba.

«¿Por qué estaba Lorraine en una misión periodística?».

—Bien. —Tragó—. Estoy tomando una clase de cine en la ACC y está bien. Tengo mucha libertad. Estoy haciendo un documental.

—Por fin —dijo ella, jugando con su comida—. ¿No es muy caro?

—No es barato —respondió—. Pero te prestan el equipo. Y si todo lo demás falla, tengo mi teléfono. Puedo filmar estilo rápido y sucio.

—Pues ese es un estilo que te sienta —dijo ella.

«¿Y qué demonios quiso decir con eso?».

Comieron en silencio.

—Tu turno —dijo Sam, intentando mantener un tono ecuánime—. ¿Cómo va el trabajo?

—El trabajo va bien —dijo ella—. Me dieron un aumento. Nada muy increíble. Espero que lo siguiente sea un ascenso. Quizá sea directora de cuenta junior el año entrante. Y eso es lo que quiero. Podré viajar a Los Ángeles.

—Genial —dijo él, y supo que lo decía en serio. Para Lorraine, viajar por trabajo era la cumbre del glamour.

—Y me encanta la gente con la que trabajo —dijo ella—. Son jóvenes y es divertido pasar tiempo con ellos. Tú creerías que son unos ridículos.

Sam pensó de inmediato en Paul. No tenía idea de cómo era. Pero no importaba. Sam imaginaba a la perfección qué tipo de persona era. Vio una imagen de Lorraine celebrando su ascenso entre cocteles de dieciocho dólares junto a un imbécil con un reloj gigantesco y brillante, y uñas limadas. Seguro se depilaba las cejas con pinzas y se blanqueaba los dientes. Recordó cuando conoció a Lorraine, cuando ella se describía a sí misma, primero y sobre todas las cosas, como DJ. Desde entonces, había aprendido que la mayoría de los DJ, comediantes y músicos eran artistas gracias al apoyo financiero de sus padres.

—¿Salchicha?

Sam asintió.

El plato de carne grasosa y nudos de pimientos y salchichas le dio náuseas. O quizá fue otra cosa.

—¿Qué nos ocurrió, Lorr?

Lorraine soltó una risa seca y le dio otro sorbo a su vino.

—Hasta ahí llegó el pacto.

—Pues —dijo él—, terminamos y volvemos, y nunca hablamos de lo que ocurre.

—¿Qué me estás preguntando, Sam?

—No tiene sentido —dijo él—. Que no estemos juntos no tiene sentido.

Lorraine asentó el tenedor y suspiró.

—Nosotros no tenemos sentido —dijo ella como si eso lo explicara todo.

—¿Cómo puedes decir eso?

Sam deseó de pronto haber ordenado una copa de vino. O una caja de vino.

—No somos amigos —dijo Lorraine. Sam sintió el pesado golpe de sus palabras en el esternón. Necesitó de toda su fuerza de voluntad para mantener el contacto visual. Por debajo de la mesa, apretó la servilleta tan fuerte como pudo—. Éramos unos lunáticos de mecha corta que peleaban y se reconciliaban —continuó Lorraine—. Tú gritabas y llorabas. Yo solo quería que todo terminara. Y así las cosas.

Sam no soportaba la forma en que ella reducía toda su relación a la trama de una comedia romántica predecible, o como si tuviera puesta una bata blanca y se burlara de la pareja de ratones que tenía en observación en su laboratorio.

—Lo dices como si no hubiera habido momentos hermosos —masculló Sam mirando su comida—. Nos amábamos.

—Lo sé —dijo ella. Le tomó la mano con una tierna sonrisa en los labios, como si estuviera negociando con un niño—. De cierta forma, aún te amo. Te lo juro, Sam, a veces eras buenísimo para literalmente leerme la mente. —Sam se imaginó a Lorraine abriéndole el cráneo y leyéndole el cerebro, literalmente, como braille—. Pero estuvimos juntos cuatro años —continuó—, y nunca hiciste un esfuerzo por conocerme a mí o a mi familia.

Sam se quedó rígido al oír la palabra «familia». Recordó aquella fatídica pascua cuando cenó con ellos en Chez Jumelles.

—Ah, ¿te refieres al racista de tu papá, que me preguntó si tenía sangre árabe para poder tener una razón real para odiarme?

Lorraine alejó la mano.

—Claro que no —dijo.

—Por supuesto que sí —dijo él. No es como que importara. Aquella noche había sido un fracaso antes de empezar siquiera. Hubo una huelga inesperada de los trabajadores del sistema de autobuses y Sam llegó al restaurante directo del trabajo con una playera de Black Flag manchada con cloro.

—No lo sé —dijo Lorraine—. Tú fuiste hostil desde el inicio. No es como que mis papás tengan la culpa de tener dinero; se parten el lomo —lo dijo así, sin inflexión alguna, como si no entendiera que había privilegios inherentes a ser terratenientes adinerados de varias generaciones. Resultaba que C. E. Dooling, un pariente lejano de su lado materno, había inventado los Fritos. Bueno, le compró la receta a un mexicano por el cambio que tenía en la bolsa—. No es como si fuera un gran secreto que eres… —Lo miró de arriba abajo—. Poco privilegiado. —Había logrado hacer los malabares necesarios para no decirle «pobre»—. La ropa te delata de inmediato.

Sam se mordió el interior de la mejilla. Lorraine continuó enumerando sus defectos entre bocados. Sam era un romántico, no había duda de ello, y estas eran las partes de su relación que había olvidado. Las comparaciones. Sam quería ponerse de pie, asentar su servilleta con mucha tranquilidad y salir corriendo hacia la oscuridad de la noche.

—Oye —dijo Lorraine dándole una palmadita en la mano—. Solo estoy bromeando… en parte.

Sam no estaba de acuerdo. Comió otro bocado mientras el estómago se le retorcía. Al menos, por fortuna, no se desmayó.

Penny

Escribir es el arte de colocar el asiento de los pantalones sobre el asiento de la silla.
MARY HEATON VORSE

Penny se despertó a las 5:15 a.m. No importaba a qué hora cerrara los ojos, siempre se abrían antes de las seis. Estos días era una bendición; necesitaba unos momentos de silencio para escribir. Nunca había tenido que hacerlo, encontrar tiempo. Se preguntó si teclear aquellas pequeñas burbujas azules para Sam le estaba drenando la inspiración. Temía haber usado su mejor material con él y que su mente divagara demasiado. No ayudaba tampoco que siempre mantuviera una pequeña antena fija en el teléfono, examinando la red para averiguar si Sam necesitaba compañía o estaba en medio de una minicrisis.

Penny se puso una sudadera y abrió la computadora.

Henry Miller, cuyo segundo nombre era Valentine y que cuando murió estaba casado con una mujer japonesa, dijo: «Escribe antes que nada y después de todo. La pintura, la música, los amigos, el cine, todo eso viene después». Penny se preguntó si el matrimonio también venía después de la escritura, considerando que Miller se había casado cinco veces. Se preguntó también en dónde entraba el manejo de los dramas de Sam en su lista de prioridades. En el caso de Penny, comenzaba a ser «mensajea antes que nada y después de todo».

SAM CASA

Domingo 4:14 p.m.

¿Qué te encanta de tu clase de escritura?

Nada. La odio.
También la amo.

Obvio
Cuéntame más

Okey.

Penny se tronó los nudillos. Abrió iMessage en la computadora para poder escribir tanto como quisiera sin cansarse los dedos.

Es lo más cerca que he estado de sentirme escritora.

Escritora de verdad.
Te sientas ahí y tienes que hacerlo.
Todo el mundo puede escribir palabras.
O contar una historia.
Pero no todo el mundo lo hace.
La clase se trata de hacerlo.
Y de mejorar.
Se siente profesional.
No como una clase normal
donde aprendes cosas que nunca
vas a usar.

Sam no dijo nada.

No hubo burbuja, ni interrupción, nada. Penny continuó:

¿Ves cómo puedes hacer un sonido
en un piano?
Cualquiera que tenga dedos
puede hacerlo.
Es intuitivo.
Tocas las teclas.
Las teclas hacen ruido.
Si las escribes y las lees
y las reescribes y las editas,
creas una melodía.
Es igual para todo el mundo.
No se trata de talento.
Ni de tener un ego tan grande que creas
que lo que tienes que decir es importante.
No se trata de quiénes son tus papás.

Ni de qué hacen tus papás.
Es la práctica.
Hacerlo hasta que lo hagas bien.

Y luego, porque se sintió cohibida:

¿Tiene sentido?

Mucho
Y lo entiendo
¿Y qué odias de la clase?

Penny comenzó a teclear la respuesta. Se detuvo.
Lo intentó de nuevo.

Es muy difíciiiiiiil.
Me duele que sea tan difícil.
Y me da miedo.

Jajaja
PUES SÍ
Supongo que por eso vale la pena
Es de lo más aterrador
Hay escritores que mueren en el intento
¿Te consideras escritora?

Iug, no.

¿Por qué iug?

Siento que soy un fraude.

Sí, síndrome del impostor

Penny buscó el síndrome del impostor en Google:

> El **síndrome del impostor** se define como el malestar emocional asociado al sentimiento de no merecer la posición que se ocupa a nivel laboral, académico o social.

Te puede afectar la cabeza
Seguro

Sin duda era lo que le pasaba a ella.

Es solo que...

...

Lo intentó de nuevo.

Nunca he visto a una escritora
importante que se vea como yo.
A veces, cuando escribo,
me imagino que la heroína es blanca.
¿Qué tan jodido es eso?

Se detuvo. Nunca antes le había dicho eso a alguien. Se preguntó cómo funcionaba eso en las películas.

Volvió a escribir:

¿Por qué quieres hacer películas?

UGH
No sé

¿Alguna vez piensas que lo vas
a salar si hablas de eso?

SÍ
Síndrome del impostor, seguro
Hacer películas es para los ricos
Decir que quieres ser director es una
tontería
Es como decir que quieres jugar en la NBA
O ser famoso

O inventar una app.

Exacto. ¡La app que inventa apps!

Penny sonrió.

Entonces tú quieres ser escritora
Yo quiero hacer películas
Qué cursi decirlo en voz alta
Pero está bien
Es importante admitirlo
Aunque sea solo con uno mismo
Y a unas cuantas personas de confianza

Como a tu contacto
de emergencia.

LOL. Exacto

Entonces lo haces realidad

A Penny le encantó la naturalidad con la que lo dijo. En palabras de alguien más, habría sonado como algo sacado de un libro de autoayuda.

PD: algún día quiero leer lo que escribes

Solo si me dejas ver tu película.

Ni en sueños

Penny se rio. No había forma de que dejara que Sam leyera algo que ella hubiera escrito. J. A. no contaba; era la profesora. Sus compañeros de clase tampoco. Todos tenían las entrañas de fuera en el salón. Era destrucción mutua asegurada.

Jude alguna vez intentó leer por encima del hombro de Penny, y a ella casi le dio un ataque.

—«¿Los terrores yacen fríos y encerrados en lo más oscuro de las profundidades?».

—¡Jude! —aulló Penny, cerrando la laptop de golpe—. No puedes hacer eso. Es una terrible violación de mi privacidad. —Penny se levantó de la silla de un salto y con la computadora presionada sobre el pecho.

—¡Uff! —dijo Jude, con los ojos bien abiertos—. Carajo. Perdón. No sabía que te ibas a volver loca. ¿No crees que deberías acostumbrarte a que alguien lo lea, ya que la meta es que sea de consumo público en algún momento?

Buen punto.

Pero Penny temía lo que sus historias revelaban. La crítica constructiva de su clase (aun de los detalles más minúsculos) le arruinaba el día, y Jude ya tenía la nariz demasiado metida en sus cosas como para que también tuviera acceso a sus pensamientos.

Para su proyecto final estaba planeando un cuento inspirado en eventos de la vida real sobre una pareja coreana que descuidó a su bebé por accidente hasta que se murió. La historia salió en todos los periódicos de Corea. La parte más triste era que todo había ocurrido porque los padres se habían obsesionado con un videojuego cuyo objetivo (para colmo) era criar a un bebé. El nombre del bebé en la vida real era Sa-Rang, que significa «amor» en coreano. Todo sobre aquella historia era trágico y fascinante y, para su clase, Penny quería escribir dos narrativas: la primera desde el punto de vista de la mamá y la segunda desde la perspectiva del bebé del videojuego. Era una historia dentro de una historia, así como *Watchmen* contenía *Relatos del navío negro*, un cómic sobre piratas. A Penny le maravillaban los dobleces de la forma, pero no lograba descifrarlos por completo. ¿Debía escribir una primero? ¿Las dos al mismo tiempo?

El cuento confundió a todos en clase.

—¿El personaje principal es el Tamagochi o la mamá? —preguntó Maya, la chica de origen étnico mixto que habló sobre el cabello de las Kardashian el primer día y que estaba escribiendo un cuento de fantasmas sobre los vientos de Santa Ana.

—Los dos —dijo Penny—. Y no es un Tamagochi. Es como un bebé de los *Sims* o un clan en *Clash of Clans*.

—Como sea —dijo Maya—. Los dos son superdesagradables.

—Sí, porque un fenómeno natural que mata gente a diestra y siniestra es supersimpático —reviró Andy, el chico chino-británico.

Penny le dirigió una mirada de agradecimiento. Él sonrió.

Penny no entendía por qué era tan difícil empatizar con un personaje digital en un videojuego o con una mujer coreana, pero ese parecía ser el consenso general.

La historia de Penny comenzaba con la madre hablando con su abogado. Sentía que al menos eso era sólido; era un lugar seguro y accesible desde el cual empezar a construir su mundo. Supuso que engañaría a sus lectores y los haría sentir una falsa seguridad, como un episodio de *La ley y el orden* que se transforma en *Matrix* sin advertencia.

Se preparó una taza de té, volvió a sentarse e intentó imaginar la apariencia de la mujer. Comenzó por visualizar su cabello. ¿Las mujeres coreanas se hacían cortes estilo ama de casa clasemediera? Decidió ponerle cabello corto y un vestido de maternidad gris. Según los periódicos, para cuando su esposo y ella recibieron la sentencia, estaba embarazada de nuevo.

¿Qué quería esta mujer? ¿Se sentía mal? ¿Qué tan mal? ¿Tan mal como deberías sentirte si ignoras a tu bebé hasta que se muere? ¿Qué tan cautivante debe ser un videojuego como para que te haga olvidar a tu bebé de carne y hueso?

—No soy una mala madre —dijo la esposa. La señora Kim estaba tranquila, desmaquillada y con los labios partidos. Las manos le temblaban mientras bebía del pequeño cono de papel. Era diminuta, y su edad era imposible de calcular. Mientras él hojeaba el archivo, descubrió que era veinte años menor que su esposa. Había asistido a una buena universidad, pero nunca había conservado un trabajo. La señora Kim conoció a su esposo en un café internet, y, según los testigos, eran afectuosos y sociables—. No soy una mala madre —repitió, aturdida—. Amaba a mis bebés más que a nada. —Inhaló profundamente y con ferocidad, y se corrigió—. A mi bebé.

El abogado alzó la mirada de sus notas. La mandíbula le temblaba a la esposa. Él anotó que ella aún consideraba que el bebé del videojuego era real.

J. A. les había dado consejos a los alumnos sobre el uso de la «voz» y de cómo una buena forma de encontrar tu camino en la historia era hacerla sonar como si se la estuvieras explicando a un amigo en un correo.

Penny supuso que un mensaje funcionaría tan bien como un correo.

SAM CASA

Ayer, 1:13 a.m.

Espera
Un momento
Quiero preguntarte algo
No te ofendas

Jaja, ¿alguna vez funciona eso?

¡No!

Bueno, dilo.
Pero sé amable.
Los escritores somos sensibles.

¿Por qué sería tu cuento ficción?
Esta mujer existe
La pareja es real

Sam había encontrado un documental sobre la pareja y lo vieron juntos. No en la misma habitación; solo al mismo tiempo, mientras se mensajeaban. Todos los artículos y reportajes de la televisión los trataban como si fueran bichos raros de internet o alienígenas. Dada la forma en que presentaba a los padres, el documental bien podría haber sido sobre perros que hablaban. Penny se preguntó si aquella perversa fascinación habría sido tan extrema de haber ocurrido en Estados Unidos. Un país, por cierto, en donde un tipo en Minnesota intentó que la lengua materna de su hijo fuera klingon.

Por eso quiero escribir también sobre el
bebé del videojuego.
Esa es la parte de ficción.
La fantasía.

¿El bebé de adentro sabe que
el bebé de verdad se está muriendo?

No sé si al bebé del videojuego le importa.
Daño colateral, o algo así.

¡Qué oscuro!

¿Sí? El bebé del videojuego
vive en violencia constante.
Por eso, SF es lo mejor.
Tú haces las reglas.

¿San Francisco?

No, bobo. SCI-FI.
CIENCIA FICCIÓN.

Dice la ñoña que escribe
ciencia ficción EN MAYÚSCULAS

Jajaja.
Touché.

Me gusta
Ya quiero descubrir qué es lo que
quiere el bebé del videojuego

Penny también ansiaba descubrirlo.

La carga de tareas de J. A. no era poca cosa. Un cuento nuevo cada semana, entre los cuales Penny escribió sobre ardillas mafiosas, plagas posapocalípticas que solo mataban a gente de más de diecinueve años, universidades del futuro donde el examen de admisión era matar a alguien y un budista que murió y reencarnó como juguete. Construir mundos en los que desciendes en rapel, creas un par de personajes y sales disparado era bastante fácil.

Pero J. A. no tenía paciencia para los paseos y, cuando citó a Penny en su oficina, se lo hizo saber. Su oficina estaba llena de suculentas en macetas de cristal de todos colores, y Penny esperaba en secreto que su maestra le extendiera una invitación para ser amigas dado lo mucho que había disfrutado su último cuento. Era sobre un grupo de poderosos millonarios y políticos que flotaban en una nave espacial, pues el planeta al que se dirigían no estaba donde habían creído. Los astrofísicos que habían dejado atrás se habían equivocado. Estos hombres eran el uno por ciento del uno por ciento, que había abandonado al resto de la civilización, pero ni siquiera sus miles de millones podían salvarlos. El universo les había dicho «no» por primera vez en su vida, y la escena en la que peleaban era divertidísima.

—Esto está muy bien —comenzó J. A.—, pero... —Penny no esperaba un «pero». Se preparó para el impacto—. Todo parece tener el mismo ritmo —continuó J. A.—. Eres ingeniosa y graciosa. Eso queda muy claro en estas páginas. Quiero que trabajes en las motivaciones de tus personajes. No me puedo sentir cautivada por un protagonista si no sé qué quiere y, sobre todo, por qué lo quiere.

Penny sintió que el rubor le subía desde el cuello. No era justo. Le parecía evidente lo que querían los hombres de la nave espacial.

—Quieren su planeta —dijo Penny. El tono chillón con el que habló le dio asco.

—Bueno, sí —continuó J. A.—. Todos quieren eso. Los humanos quieren vivir. Eso lo damos por sentado. El problema es que quieren lo mismo de la misma forma, y esa es una oportunidad desaprovechada. En tu historia, están los líderes mundiales, titanes de la industria. Son hombres particulares, pero mira... —J. A. circuló algunos pasajes del texto—. Todos hablan igual. Estoy siendo exigente contigo porque tus excelentes diálogos y tus observaciones feministas no te salvarán a la hora de la calificación final.

Estaba claro que la medida exacta para Penny eran dos o tres páginas. El último cuento que había tenido que escribir era de veinte mil palabras, más largo que cualquier otra cosa que hubiera escrito antes. Penny solía escribir a manera de escape, por lo que sus mundos eran fantásticos y, al parecer, monótonos.

Creía saber qué era lo que querían sus personajes. Lo difícil era deducir por qué querían algo. Y otro asunto era decir cómo lo obtendrían. Carajo. Penny no tenía idea de qué quería, ¿por qué sus invenciones la tendrían?

Además, había demasiadas distracciones; *ergo*: levantarse a las 5:15 a.m.

Penny planeaba resolver sus tres actos, escritos en tarjetas, para poder visualizar escenas y moverse entre ellas. Pero mientras extendía las pequeñas tarjetas divididas por colores, se dio cuenta de que sus uñas estaban hechas un asco. Los lamentables pedazos de barniz eran como deprimentes archipielaguitos de veneno que seguro estaban cayendo en su comida. Tomó el kit de uñas que su mamá le regalaba todos los años en Navidad y se las despintó.

Penny se negaba a admitir lo mucho que se parecía a su madre en momentos así. Arreglarse las uñas en vez de cumplir con sus obligaciones era algo clásico de Celeste. Penny se dio cuenta de que extrañaba a su mamá en los momentos más inusuales; extrañaba sus características más peculiares también. La forma en que se sentían sus costillas cuando la abrazaba por detrás o cómo el cabello rizado de su profesora de Economía le recordaba tanto a

Celeste durante las clases. Si tan solo hubiera una forma de verla sin que tuvieran que hablar. Cuando tuvo las uñas limpias, decidió que debía lavarse el cabello. No hay nada peor que arruinar una manicura fresca con un baño mal planeado.

Cuando Penny estaba de pie bajo el chorro de agua, notó que, como el baño de su habitación no tenía ventana, se había formado una delgada capa de moho en las molduras. Eso era tolerable en sí mismo, salvo porque era una conclusión inevitable y eso sí podía matarla. Una hora y media después, ella estaba limpia, la regadera inmaculada y sus uñas pintadas de gris mate. Estaba lista. Se puso pantalones para poder poner el asiento de los pantalones sobre el asiento de la silla. Esto es lo que tenía hasta el momento: al bebé del juego se le conocía como un Ánima, así que escribió Ánima.

Luego lo buscó en Wikipedia, pues eso es lo primero que se debe de hacer cuando no sabes qué demonios estás haciendo.

Ánima significaba alma o arquetipo de la vida. Según el psicólogo Carl Jung, ánima también implicaba al individuo no visto, al verdadero ser interior.

Penny no tenía mucha experiencia con juegos de rol virtuales como el de la historia, pero sí sabía que *Héroes para todos* y *World of Warcraft* (juegos de computadora que alcanzaban tales niveles de competitividad y obsesión que llenaban estadios y mandaban a gente a rehabilitación por problemas de adicción) eran muy populares en Corea.

Nada de eso importaba. Lo que todos los juegos tenían en común era que debía haber una tarea, un objetivo. Escribió «misión» con su pluma de gel favorita.

Caray, cómo le gustaba esa palabra.

Subrayó «misión». Qué palabra tan eufónica. *Misiiiión.*

Uff. «Odisea» también era una buena palabra, pero ya había subrayado «misión».

Añadió un signo de interrogación.

Tomó otra tarjeta y solo escribió: «¿Cómo es que el héroe consigue lo que quiere?».

Las palabras de J. A. le retumbaban en la cabeza.

Primero, Penny tenía que establecer las reglas. La parte principal del juego era que el héroe o jugador tenía que crear al bebé, o al Ánima. El Ánima era un fiel compañero, y podías vestirlo o darle armas, pero lo más importante era mantenerlo a salvo y lejos del peligro. La mamá, la señora Kim, jugaba como Pistolera, una forajida implacable y con perfecta puntería. Había aventuras, asedios e incluso una batalla con un dragón. La batalla con el dragón era un verdadero caos, y, en el último instante, antes de que todo estuviera perdido, el Ánima hacía el más grande sacrificio (su vida) para salvar a la Pistolera y vencer a su enemigo mortal. Así habían funcionado las cosas desde tiempos inmemoriales.

En la versión de Penny, el bebé decidía no hacerlo porque podía.

El que un Ánima tuviera siquiera la capacidad de tomar una decisión era un milagro.

Y el precio de aquel milagro fue el bebé real de la pareja, una especie de ojo por ojo digital.

Okey. Concéntrate. ¿Quién es el héroe? ¿El Ánima o la madre? Es el Ánima, pues es quien más cambia. Pero ¿por qué? Penny pensó en el suceso que desencadena una historia (lo que detonaba todo) que habían discutido en clase. Es el Big Bang (bueno, a menos que seas un creacionista irracional). Es como cuando escogen a la hermana de Katniss para los juegos del hambre, pero Katniss se ofrece en su lugar; o como cuando Nitro explota y mata a seicientas personas, lo que lleva al acto de registro de superhumanos que provoca la Guerra Civil en el Universo de Marvel. El Ánima necesitaba un momento eureka, un punto de inflexión.

—Te voy a extrañar. —La Pistolera puso una rodilla sobre el suelo y besó al Ánima en la mejilla.

—Te voy a extrañar —repitió el Ánima de forma mecánica con una dulce sonrisa. El obediente bebé sabía que lo mejor era repetir lo que Madre dijera. La Pistolera rio y tomó al Ánima en brazos.

—¿Sabes lo que eso significa, dulce hija mía? ¿Extrañar? —La Pistolera era temida en cuatro reinos por su sangre fría para matar, pero, en privado, bañaba a la criatura en cuidados y cariños. El Ánima negó con la cabeza—. Significa que pensaré en ti todo el tiempo y querré que estés cerca de mí, aun cuando no esté aquí.

—Te voy a extrañar —dijo el Ánima una vez más al ver a Madre alejarse.

¿Qué significaba «aquí»? El Ánima siempre estaba aquí. ¿Dónde no era aquí? El que hubiera un lugar que fuera «no aquí» le partía la cabeza al Ánima. Odiaba cuando Madre estaba en el «no aquí».

La tarde siguiente, cuando Madre partió, el Ánima la siguió al bosque. Estaba prohibido dejar el Atrio sin el permiso de la Pistolera, pero el Ánima tenía que averiguarlo. Era una noche sin luna, y el Ánima tenía miedo de las figuras oscuras y de la furia de Madre si la descubría, cuando, de pronto, en medio de la completa oscuridad, el Ánima escuchó voces, fuertes voces que venían del cielo. Con un destello de luz blanca, el cielo se abrió, y en las alturas, por encima de los árboles, por encima incluso de los cinco picos del Monte Meru, el Ánima vio un rostro tan grande como el sol. Madre. Ese era el no aquí al que Madre iba cuando extrañaba al Ánima.

Esa chispa de curiosidad y la búsqueda de respuestas eran el viaje del Ánima. Eso era lo que alteraba su destino y lo unía con el del hijo real de Madre más allá de la computadora. El Ánima podía ver y escuchar el «no aquí» desde la webcam y las bocinas. Y mientras más entendía su existencia, más curiosidad sentía sobre el mundo en el que vivía. Esa era su iluminación. Su conciencia. Eso era vida. Penny tomó notas, releyó todo y se preguntó si algo de eso constituía escritura. De alguna forma habían dado las 7:40; veinte minutos para llegar a clase, y Sam le había mandado un mensaje de buenos días hacía una hora. Tal vez debería escribir un cuento sobre un algoritmo irresistible que la acechaba por teléfono y la hacía enamorarse de él hasta que se volvía loca y entraba a la regadera con una secadora de cabello conectada a la corriente. Eso sí que sería verosímil.

Sam

Sam oyó los camiones de la basura; luego, a los pájaros. Su cuerpo supo que era de mañana antes de que la luz cambiara y la habitación se calentara. Solía llegar a casa a la misma hora que circulaban los recolectores de basura y los corredores engreídos. A Sam le maravillaban los corredores, la gente con clósets completos dedicados a una sola actividad, la gente que tenía equipo para acampar y raquetas de tenis… personas para quienes procrear tenía algo de sentido.

Sam no sabía si había dormido. Durante semanas después de que había dejado de beber, tuvo unas pesadillas horribles, sueños lúcidos de peleas a golpes con su papá o del funeral de Lorraine… cosas de psicología básica. Después, cambió sin razón alguna y dormía como muerto. Una hibernación sin sueños de la que tenía que arrancarse cada mañana, con la almohada húmeda de baba y profundas marcas en la cara porque la piel se había quedado arrugada y no se había movido. Tenía un nuevo insomnio de vez en cuando para añadir a la mezcla.

«¡Buenos días!», tecleó en su teléfono.

Era lo primero en su nueva rutina.

Sam se bañó. El agua caliente le recorrió el cuerpo y le escaldó la piel. Ver a Lorraine había sido frustrante, triste. Tenía resaca emocional de la noche anterior, como si hubiera pasado todo el tiempo con los músculos tensos.

A veces extrañaba a sus amigos. Gunner y Gash eran divertidos, pero, sin el alcohol y los bares, sabía que no tendrían nada de qué hablar.

Se secó el cabello con la toalla y lo sacudió. A principios del verano, se lo había cortado la ex de Gunner, April. Había ido sola, lo cual fue bastante incómodo y, cuando se sentaron en el pórtico trasero, le puso las manos en la nuca más tiempo del necesario, lo que sugería que tenía otra cosa en mente. Sam no lo soportó. La despidió con un pastel de café y promesas de mantenerse en contacto. Como ella nunca volvió, él se sintió aliviado.

Su teléfono vibró.

Tacos y peli?

Mierda, Jude.

Tenían planes para cenar. Bueno, para cenar y ver una película. Sam lo había sugerido: tacos al pastor en el lugar bueno de tacos, no en el lugar arruinado de los estafadores del pico de gallo, seguidos por una proyección de medianoche de *Gremlins 2* en el Álamo Drafthouse, donde comerían crème brûlée.

Siempre que Jude le escribía, Sam sin falta pensaba «Mierda, Jude», sin importar cuánto cariño le tuviera. Era una chica linda. Era solo que ya la veía casi todas las mañanas, cuando ella pasaba por un café antes de ir a clases, y eso era suficiente.

Sam se preparó un expreso. ¿De verdad sería el fin del mundo cenar con ella?

Tal vez.

Soltó la respiración que no sabía que estaba conteniendo, hizo una mueca y tecleó.

Perdón, J

Tengo que trabajar

Se imaginó a Jude mirando la pantalla y odiándolo.

Tecleó de nuevo.

La próxima semana?

Uuuugh. ¿Por qué hizo eso?

Penny le respondió.

¡Buenos días!

¿Sabías que DaVinci no dormía?

Solo siestas.

30 mins / 4 hr

Sam sabía que cuando Penny le escribía en esas ráfagas era porque tenía otras cosas en la cabeza. Miró el reloj. Eran las 8:08. O estaba en su clase de escritura o iba tarde. A Sam le encantaba poder hablar con ella todo el día sin tener que preocuparse por verla.

En términos históricos, comunicarse con las mujeres jamás le había resultado difícil. Cuando ellas muestran interés, tú muestras interés haciéndoles un montón de preguntas. Penny era receptiva a las preguntas, pero sus respuestas rara vez eran sugerentes o recatadas. Además, hacía cero esfuerzos por verlo. Parecía ser inmune a la mecánica del coqueteo. Sam se preguntó si le resultaba atractivo a Penny.

PENNY EMERGENCIA

Ayer 4:37

¿Perros o gatos?

Lo mataba de risa tener el número de Penny guardado en su teléfono como «Penny Emergencia», pues ninguno de sus mensajes era una emergencia.

Sam respondió:

CABRAS BEBÉS

Estaba satisfecho con esa respuesta. Tenía un video de cabras a la mano. Sam pegó el enlace y se lo envió.

¡Uff!

Jueves 12:09

¿Pay o pastel?

Sam estaba preparando un pay de nuez con la corteza decorada y quería presumirlo en caso de que ella dijera pay.

Había perfeccionado sus cortezas rallando mantequilla como si fuera queso.

Pastel.
De caja.
Del súper.

Qué??????
Qué asco
Estás loca

Metió el pay al horno, sintiéndose tonto por haberse desanimado

Pay, obviamente. Pay de durazno mata pastel de caja. Guácala. No sabía si su relación sobreviviría a esto.

Sam sabía que «pay *vs.* pastel» no era su única incompatibilidad. No podía imaginar el lugar que Penny ocuparía en su vida si llegara a salir de su teléfono. No podía imaginársela del otro lado de la habitación, riéndose con gente a la que él conocía. Tampoco se imaginaba dándole una cucharada de chícharos en la boca. De hecho, a veces apenas si podía vislumbrarla en su cabeza; había pasado demasiado tiempo desde la última vez que la había visto y había muy pocas imágenes de ella en internet. Encontró una fotografía de un anuario, pero se veía tan joven y asqueada de que le tomaran la foto, que Sam sintió como si estuviera cruzando un límite.

Su teléfono vibró de nuevo. Jude.

Está bien!
La semana que viene está perfecto

Buena suerte en el trabajo

Penny seguía en una extraña tangente sobre los ciclos de sueño polifásicos.

También Nikola Tesla.
Miembro del club de los insomnes.
O de los que duermen a veces.
¿Tú dormiste?
¿CÓMO ESTÁS?

Penny siempre le preguntaba cómo estaba.

¡No dormí!
Pero hubo superluna
Hace que los químicos de tu cerebro enloquezcan

Maldita luna.

Odio la luna

Intenté escribir en la mañana.

¿Y?

Pues... Lo intenté.
Ya vuelvo. Voy a clase.
☹

Sam se dio cuenta de que también se había acostumbrado demasiado a los emojis. Se sentía como una chica adolescente. Penny era una chica adolescente, se recordó a sí mismo. Debería comenzar a pensar en mujeres de su edad como, por ejemplo, la mujer de su edad que llevaba a su hijo en el vientre. Sam gruñó en medio de la habitación vacía. Penny tenía la edad de Jude, o sea diecisiete o dieciocho. Sam se preguntó cuándo sería su cumpleaños y cuál era su pastel de caja favorito. Seguro era el de chocolate con betún blanco. Chispas quizá, chispas negras y brillantes que combinaran con su cabello. No importaba, desde luego. Se imaginó lo horrorizada que estaría ella si él apareciera en la puerta de su habitación con un pastel en las manos.

Tal vez podrían ser amigos cuando ella tuviera edad suficiente para contar legalmente como una persona. Quizá cuando ella tuviera veinticinco y él veintiocho o veintinueve, podría ser el amigo mayor buena onda que le diera consejos sobre sus impuestos y moliera a palos a cualquier novio de edad apropiada que la tratara mal. Por lo menos le lanzaría miradas amenazantes. Sam tendría casi treinta años para entonces. El horror.

Penny

Penny corrió a clase. Su cabello tenía el largo preciso para que se le atorara en las axilas en los peores momentos posibles. Quería alejarse de las marabuntas de estudiantes para inundar el teléfono de Sam con preguntas sobre su cita, pero se contuvo. En cambio, habló de los diversos ciclos de sueño de genios que terminaron volviéndose locos. Típico.

Pasó la noche muriéndose por escribirle. Decidió, por el contrario, deslumbrarse los ojos con el internet para distraerse y *stalkear* a MzLolaXO, lo que le hizo imposible dormir. La cuenta de Instagram de Penny era privada, y si bien su *feed* contenía solo seis fotografías, era bastante útil para misiones de investigación anónima o como protección en caso de un *like* accidental. Que MzLolaXO tuviera una nueva foto de las manos de Sam (de hacía unas semanas) la destruyó. MzLolaXO lo había etiquetado sosteniendo una laptop destruida; Penny estaba segura de que era Sam por el tatuaje de caballo. Cuando Penny buscó su cuenta, se dio cuenta de que la había eliminado. Penny estaba aliviada y un poco ardida (bueno, bastante ardida) de que él no hubiera mencionado que la había visto aquella noche.

A la una de la mañana, con los ojos punzándole después de tanto tiempo frente a la pantalla, se comió dos de las barras de proteína de Jude sin darse cuenta de que tenían dieciséis gramos de fibra cada una, dieciséis gramos que se depositaban con pesadez en su estómago (como una especie de diamante en bruto) mientras recorría el campus a zancadas.

Penny no entendía por qué estaba vuelta loca. Lo mejor para el bebé era que Sam y Lola se reconciliaran. Que estuvieran juntos era el orden natural de las cosas. Un sapo no tenía motivo alguno para molestarse si dos gacelas paseaban juntas por la sabana. Penny era, de manera obvia, el sapo en esa situación.

Cuando llegó a la clase, J. A. llevaba un overol que estaba hecho (de entre todas las cosas posibles del mundo) de complicadas bolas de hilo. Sobraba decir que se veía increíble.

—Escribir héroes trágicos es divertidísimo —comenzó—. Hamlet, Macbeth, Otelo, Tony Soprano. Están dañados y tienen un montón de lastres emocionales. Además, a donde sea que vayan, ahí están, bla bla bla.

En el cuento de Penny, todos estaban dañados. El único personaje inocente era el bebé de la vida real, que se había muerto. Ugh. Tantos bebés en quienes pensar. ¿Y si había grandes noticias sobre el bebé de Sam? ¿Le contaría? Sí, se lo habría contado. O al menos eso pensaba Penny. Aunque, si no le había contado que había visto a Lola unas semanas antes, ¿por qué le diría sobre anoche? Sobre cómo fueron en auto a Las Vegas y se casaron en secreto mientras Penny estaba sentada en la cama ahogando sus sentimientos con comida.

¿Y si Sam sí estaba casado ya? Rayos. Eso lo haría un héroe tan trágico como cualquier otro. Una Lola embarazada era su hamartia, su error trágico. Ay, Dios, tal vez Penny era la heroína trágica y Sam era su error. Intentó reenfocarse en su trabajo.

El problema era que Penny debía admitir que solo había conocido a Sam porque algo le estaba pasando a él. Era una clásica situación de «pez fuera del agua». Sam era un extraño en una tierra extraña formada por millones de mensajes de Penny.

La cantidad de tiempo que Sam tenía para sí mismo era extraña. Sospechosa. No había mencionado a ningún amigo o familiar además de Lorraine. Tal vez estaba en un programa de protección de testigos. Pero eso no tenía sentido; Jude sería un riesgo demasiado grande, la misma Jude que se había quejado esa misma mañana de que Sam la estaba evitando.

Sam tenía que haber tocado un fondo muy profundo para hablar tanto con ella. Estaba, en términos cuantificables y tangibles, muy por encima de Penny en la escala social. Que Penny ocupara tanto tiempo de Sam, siendo ella un sapo, era oportunista.

Juró no escribirle durante el resto del día.

Cuando Penny volvió de clase, Mallory estaba acostada en su cama con los zapatos puestos. Jude salía del baño lleno de vapor.

—¡Hola, P! —El rostro de Jude se iluminó y abrazó a su

compañera de habitación. Estaba mojada y caliente—. ¡Ay! ¡Tengo tanto que contarte!

—Vamos a ir por un café a La Casa —dijo Mallory, girando en la cama y jalando el chicle que tenía en la boca—. ¿Vienes?

—No puedo —dijo Penny—. Tengo que escribir.

—¿Qué no escribiste en la mañana? —Jude lanzó su toalla sobre la cama. Era una persona muy desnuda. Penny desvió la mirada por reflejo—. Te levantaste como a las seis. La luz me estaba volviendo loca.

—Perdón —dijo Penny—. No avancé mucho.

El teléfono de Penny sonó desde su mochila.

Mallory hizo una mueca de hastío.

—¿Por qué? ¿Porque estabas escribiéndote con tu nuevo novio? —Mallory apuntó hacia las cosas de Penny con la cabeza.

—Mal —dijo Jude.

—Es obvio que está cogiendo con alguien —insistió Mallory—. Está peor que yo con esa cosa.

Penny se sonrojó.

—Sé que eres bastante reservada, Penny, pero es muy obvio —dijo Jude—. Y qué bueno. ¿No rompiste con Mark por eso?

—No exactamente —masculló Penny.

—No exactamente. No puedo salir. Soy Penny, la señorita Escritora Seria con un nuevo novio misterioso del que no les voy a hablar. —Mallory se enderezó y la miró con una sonrisa retadora.

—Lo que digas, Mallory. —Penny volvió a su laptop.

—Olvídalo —dijo ella alzando una ceja—. Vamos, Jude. Penny «la misteriosa» no quiere pasar tiempo con nosotras.

—¿Quieres algo? —preguntó Jude mientras se ponía un overol corto—. ¿Un regalito del tío Sam? —Penny negó con la cabeza—. ¿Quieres cenar después?

—Tal vez —dijo Penny.

—Bueno, haz un esfuerzo —dijo Jude—. Tengo mucho que contarte. Como, por ejemplo, que ahora soy una estudiante recién ingresada de Historia del Arte que dejó todas las materias de mierda de Publicidad.

—¡Ey, qué increíble! —exclamó Penny—. ¿Tu papá estuvo de acuerdo?

—No del todo —dijo Jude con una mueca—. Pero se pasó la mayor parte del tiempo hablando pestes del viaje de mamá a Europa; ella lo ha estado presumiendo en Facebook para hacerlo enojar. Supongo que por fin le está poniendo atención.

—Necesito café —lloriqueó Mallory y le jaló el brazo a Jude.

—Ya, ya —dijo Jude—. ¿Nos vemos después?

Penny asintió. Mientras la puerta se azotaba, Penny alcanzó a oír a Mallory en el pasillo.

—Yo no sé qué le ves.

Mallory podía escupir todo el veneno que quisiera. No había forma de que Penny fuera a La Casa y dejara que Sam la viera. Eso lo arruinaría todo. Sam la vería un instante y diría «¡Carajo! ¡Olvídalo!».

En vez de escribir, Penny *procasticomió*. Masticó un Lactaid para luego tomar un frasco de Nutella y sacar una cucharada. La vertió en el medio de un tazón de cereal sobre el que dejó caer una bolsa de Cheetos. Hundió con cuidado uno de los palitos anaranjados en la crema de avellana y se lo llevó a la boca. Luego revisó su teléfono.

SAM CASA

Hoy, 2:02 p.m.

¿Sabes qué es la hipótesis de la simulación?

Como ella no respondió de inmediato:

¿Hola?
¿Me doy de baja del servicio?
¿Funciona esto?

Ahí moría su promesa de no escribirle por el resto del día. Tecleó:

Jude y Mal van en camino.

Sam respondió de inmediato:

¿Aquí?

Sí.

Llenó otro Cheeto de Nutella.

¿Tú vienes?

Ni muerta.

Penny lo escribió sin pensar.

Jajajaja. Muchas gracias.

No es que lo hubieran discutido explícitamente; los dos lo sabían.

¿No es raro que no pasemos tiempo
juntos?

Los dedos de Penny flotaron por encima del teclado. Cristales neón con sabor a queso le cubrían el pulgar y el dedo índice de la mano con la que no escribía, un liquen anaranjado y café que no podía esperar a chuparse.

¿Que no pasemos tiempo juntos?

Intentó ganar tiempo.

No había forma de que le permitiera verla hacer el noventa y siete por ciento de sus actividades diarias normales. Era un monstruo, un monstruo plano como una tabla y sin trasero. De hecho, lo único que tenía que contaba como una curva era el enorme barro que le había salido en la barbilla y que le dolía cuando se lo tocaba. Sí, no gracias.

¿De verdad, de verdad?

Sí. En un café
Adonde tus amigas van
Donde tu otro amigo trabaja

Penny sonrió al notar que él había dicho que eran amigos. Pero tampoco pudo descifrar si se trataba de una especie de prueba. Si ella admitía que quería verlo, ¿sería decepcionante para él?

Escribió:

¿No...?

Él respondió de inmediato:

¿VERDAD?

Fiu. Respuesta correcta. ¿Por qué entonces se sentía tan... triste?

¿Y arruinar esto?

Trituró un Cheeto con la cuchara. Lo más probable era que lo que estaba sintiendo no fuera decepción, sino molestias gastrointestinales. Entre las barras de proteína endurecidas en su estómago y estas porquerías, era posible que no volviera a hacer del baño jamás. A Penny le reconfortó saber que Sam y ella nunca tendrían que hacer del baño en la misma cuadra, mucho menos en el mismo baño.

En serio
Se siente suuuuuuperbien que cada quien
esté en su respectiva caja de metal
#sellados
#asalvo
Libres de la angustia de la vida real

Sí.

Eso que tú dices.

LOL

Así que no. Solo reuniones digitales
para mí.
¿Por qué romper la cuarta pared?

No tiene caso
Estamos perfectos aquí

Era cierto. Todo lo que estaba fuera de la caja era un desastre. El «no aquí» de Penny no era bueno. Se quitó el brasier con la mano que tenía limpia y lo tiró sobre la cama.

Si pudiera ser perfecta aquí
y en mi escritura,
creo que estaría satisfecha.
¿Es patético?

No.
ESTOY DE ACUERDO.
Creo que uno solo puede ser bueno para
dos cosas a la vez

¿Crees que pasamos
demasiado tiempo hablando
y no suficiente trabajando?

Sam se tomó un minuto para responder.

Lo más probable es que sí

Penny sonrió.

Tú tienes que encontrar
tus películas.

Y tú tienes que escribir
tu gran historia
y dejarme leerla

Tal vez solo
podamos ser buenos
para una cosa a la vez.

LOL
Tal vez
¿Y si esta es nuestra cosa?

LOL
¿Qué? ¿Mensajearnos?

Sí
Tal vez eso es para
lo que somos buenos.
No me molesta

Los teléfonos son lo mejor.
Los humanos, lo peor.

LOL

Nosotros somos lo mejor.
Esto es lo mejor.

Y lo era.

Sam

Tras el ajetreo del almuerzo, Sam salió temprano del trabajo y tomó prestado el auto de Fin.

Condujo hasta el Departamento del Trabajo de Texas. El edificio de gobierno estatal del lado oeste de la ciudad estaba cubierto de enredaderas. Estaba sombreado y tenía un alfeizar de concreto al frente del edificio y dos barandales metálicos que eran como imanes para los skaters. Siempre y cuando los chicos no rompieran cosas, ni bebieran ni intentaran grafitear la propiedad, los policías no solían molestarlos.

Sam vio a tres niños tonteando con sus patinetas. El más pequeño, un niño que patinaba como zurdo, con cabello lacio hasta la barbilla, se deslizó por el barandal de once escalones. Tenía la confianza arrojada y eléctrica que viene con un bajo centro de gravedad; se movía como si supiera a la perfección qué hacía cada parte de su cuerpo. Sam observó a los otros dos chicos más altos intentar con timidez *backside shuvits* y *kickflips* abortados, y pasar más tiempo recuperando sus tablas que patinando.

Sam recordó cuando tenía su edad y la ciudad instaló los barandales nuevos. Fue la noticia más grande dentro de su círculo durante semanas. La mayoría de los que patinaban con dinero, los chicos con zapatos y cortes de cabello nuevos cada mes, frecuentaban parques de patinaje especializados que comenzaron a aparecer una vez que la generación de austinitas tecnológicos tuvo suficiente edad. Pero era evidente que estos tres chicos eran tan pobres como él lo había sido. Uno tenía una tabla con la cola rota y remendada con un sellador que parecía crema de cacahuate lijada. A cierta distancia, Sam alcanzaba a verle los calcetines a través de los agujeros en los zapatos.

Sam había ido a ese lugar un par de veces en las últimas semanas. Eran siempre los mismos tres chicos, y el más pequeño tenía algo que le resultaba fascinante. Se lanzaba por las escaleras una y otra vez con la seguridad y el equilibrio de un insecto.

Sam bajó del auto y caminó hacia ellos. Le lanzaron una mirada fulminante, como para ahuyentar a un depredador o a un policía encubierto. Con una toalla sucia sobre la cabeza y un cigarro colgándole de la boca, el más pequeño parecía uno de esos niños soldados que se ven en los documentales de Vice, con esa mirada perdida que es mucho más terrorífica en la cara de un niño.

—Tranquilos, no soy policía —dijo Sam. Tomó un cigarro y lo encendió.

—Oye, dame uno —le dijo el niño, acercándose a él.

—Tienes uno en la boca —dijo Sam.

—Para después. —El niño esbozó una enorme sonrisa que hizo que el cigarro se inclinara hacia arriba.

Los otros dos niños lo flanquearon como si fueran sus guardaespaldas. Sam se sintió conflictuado por darle tabaco a un niño. Luego supuso que, si no se lo daba, lo conseguiría después de cualquier forma. Sam entregó el cigarro, y el niño se lo puso detrás de la oreja.

—Te he visto —dijo el cabecilla, mientras sacaba un encendedor del bolsillo trasero de sus sucios jeans y jugaba con él—. Siempre traes puesto lo mismo. No eres alguna especie de emo pedófilo, ¿o sí?

Sam se rio y negó con la cabeza.

—¿Qué pedófilo le confesaría a un niño que es un pedófilo?

El niño se rio.

—Cierto. ¿Cómo te llamas? No te llamas Tito, ¿o sí? —El niño sonrió de nuevo—. Tito Pervertito.

Los otros dos se rieron de inmediato.

—Sam —dijo—. Solía patinar aquí cuando tenía su edad.

—¿Qué onda, Sam? Soy Bastian. Él es James. —Señaló al más bajito de los otros dos chicos con el cabello relamido hacia atrás—. Y él es Rico. —Rico asintió y se tronó los nudillos. Sam asintió y contuvo la sonrisa; eran como maleantes de caricatura.

Pensó en lo que Penny habría hecho si la hubiera llevado como refuerzo. Lo más probable era que les hubiera lanzado miradas combativas y hecho preguntas inapropiadas. Luego los confundiría ofreciéndoles curitas y neosporin de su kit de emergencia.

Esa mañana le había dado consejos sobre cómo acercarse a los niños.

Nada de esto importa.
Todos estamos esperando hasta morir.
Seguro están aburridos.
Los niños se aburren.
Desabúrrelos.

—En fin —dijo—. Ya no patino tanto porque ahora hago documentales.

Penny

Va a venir mi mamá.

Eran las 8:42 a.m. de un sábado. El momento perfecto para abordar los temas que llevaba meses evitando.

¿Eso es bueno o malo?

Subóptimo.

¿No eres fan?

Nop.

Yo tampoco
*de la mía
¿Por qué?

Tú primero

Penny siempre tenía que ir primero.

No. Tú.

Entonces Sam escribió primero:

Mi mamá no debió
haber sido mamá

¿Por qué?

Es alcohólica

Rayos.

Sí

¡Qué horror!

Sí

¿Qué más?

¿Eso no es suficiente?

Tú dime.

Creo que me odia

No te odia.

Penny lo escribió antes de pensarlo. ¿Ella qué diablos sabía? Hay mamás que se comen a sus crías. Algunas lo hacen sin darse cuenta.

Tal vez odiar sea demasiado

Pero no está demasiado alejado
Bien, te toca
LOL
Es demasiado temprano para hablar
de mamás

Perdón.

No, dime

La mía me entristece.

¿Por qué?

Porque cree que soy INCREÍBLE.

Uy, qué difícil

Quiere que hagamos todo juntas.

¿Y?

Y soy una enorme decepción.

¿Cómo?

Somos muuuuuy diferentes.
Mi mamá quiere que seamos mejores
amigas.
No lo somos.
PARA NADA.
Todo el asunto es muy triste.
Me deprime de solo pensarlo.

Uff

¿Vas a estar bien?

Se preguntó si lo estaría. Celeste la había dejado ir sin muchos problemas. Penny recordó el fiasco de la MacStore y se preguntó si este viaje sería una secuela. Penny no tenía energía para lidiar con Celeste, con su personalidad desbordante y su necesidad de atraer la atención de todo el mundo. Su mamá monopolizaba su vida con una fuerza devastadora, y Penny apenas comenzaba a hacerse de una vida que era suya, suya y de su teléfono. «Dios».

Siendo honesta, si Penny tuviera que elegir entre salvar a un cachorro o a su teléfono de un tren, se lanzaría a rescatar el teléfono, y eso era horrible. La línea que dividía su teléfono de Sam era cada vez más borrosa. Sam era su teléfono y su teléfono era Sam. Su amigo rosado con ropa de emo negra.

«Rayos».

«Sam era su Ánima».

«Mierda».

No era un romance; era demasiado perfecto para ser un romance.

Con los mensajes, solo eran palabras y nada de incomodidad. Podían conocerse por completo y estar cómodos el uno con el otro antes de tener que hacer cualquier cosa innecesariamente abrumadora, como mirarse a los ojos usando los globos oculares.

Con Sam en el bolsillo, Penny nunca estaba sola. Pero a veces eso no era suficiente. Penny sabía que debía estar agradecida, aunque guardaba cierta esperanza constante, cierta noción agravante que no dejaba de correr en segundo plano en su sistema operativo, de que un día Sam pensara en ella y decidiera: «Al diablo con estas otras mujeres que conozco todos los días que son sexys, que no le tienen miedo al sexo y que son como astrofísicas del coqueteo; te escojo a ti, Penélope Lee. Tu concepción de los bocadillos es ingeniosa y para nada asquerosa, y tu ortografía es impecable».

Penny estaba mirando su teléfono cuando la pantalla se iluminó en sus manos.

Una llamada.

De Sam.

Penny volteó a ver a Jude, quien seguía dormida; salió de la cama en silencio y entró al baño.

—Hola. —Su voz era profunda, como si acabara de despertar.

—¿Hola? —Penny se aclaró la garganta—. Me llamaste. —Lo oyó reírse. Penny abrió la llave de la regadera, como si fuera a evitar que los espías los escucharan.

—Soy consciente de ello.

—¿Por qué la intensidad? —le preguntó. Sam se rio de nuevo. Penny no tenía idea de por qué lo había expresado en esos términos—. Quiero decir, ¿por qué llamaste?

—No me respondiste.

—¿Qué? —El corazón le martillaba el pecho. Se sentó en el piso.

—Te pregunté si estabas bien. No me respondiste. Me preocupé.

—Ay, perdón. Sí, estoy bien. Estaba pensando en mi mamá.

—Pues es mi responsabilidad como tu contacto de emergencia preguntar.

—Voy a ser honesta, las reglas del contacto de emergencia siguen sin quedarme claras.

Sam se volvió a reír. Penny sonrió con tanta fuerza que sintió como si se le desgarrara la cara.

—Las mamás son complicadas.

—Sí. —Penny pensó en lo satisfactorio que sería presentarle a su mamá a Sam como su novio. Tenía tantísimos tatuajes. De hecho, la única ventaja de que Lorraine estuviera embarazada era lo mucho que escandalizaría a Celeste que el novio de Penny, además de todo, fuera papá. Más allá de su pose de «soy una mamá genial», Celeste quería que Penny estuviera en una relación tranquila con Mark—. La he estado evitando desde que llegué —dijo Penny—. Me siento un poco mal al respecto. —Cerró la llave un poco para no desperdiciar tanta agua.

—Yo también llevo un tiempo sin ver a mi mamá.

—¿Dónde vive?

—Aquí.

—¿En Austin?

—Sí.

—Ah.

Guardaron silencio un momento.

—¿Cómo se llama la tuya? La mía es una Celeste.

—Brandi Rose. —En cuanto a los nombres, el de la mamá de Sam no era de «no stripper». Penny buscó la carpeta de mamás que tenía almacenada en la cabeza. Guardó ahí: «Brandi Rose», «alcohólica» y «no es el contacto de emergencia de Sam»—. ¿Cómo es una Celeste?

—Pues, se acerca su cumpleaños. Eso es todo un tema en sí mismo. Hubo un año en que, por accidente, quedó de salir con dos hombres distintos. Mientras ella estaba afuera cenando, el segundo tipo vino a la casa, y yo pensé que era un asesino. Grandes recuerdos.

Sam se rio.

—¿Cómo es que esa no es la trama de una película de los ochenta?

—Me sentí mal. Hice que el tipo esperara en su auto... y le llevaba unas flores. Fue lo peor.

—¿Cuándo fue esto?

—Antes de que ella tuviera celular, así que yo tenía unos ocho años.

—¿Y no tenías niñera?

Penny intentó recordar la última vez que tuvo una niñera. No era algo que se acostumbrara en su casa.

—Solo digamos que, cuando yo era pequeña y mi mamá salía, me iba a la cama con una botella de cátsup.

—No sabes lo mucho que ya me encanta esta historia...

—Era un plan infalible. Si los malos entraban a la casa, me bañaba en cátsup y no me mataban porque ya estaba muerta.

—¡Caray! No sé si es lo más lindo o lo más triste que he oído en mi vida.

—¿Las dos?

—¡Dios! No dejo de imaginarme a la pequeña Penny golpeando la botella de Heinz como loca sin que nada saliera.

Penny se rio.

—Supongo que es triste y tierno. ¿Qué me dices de Brandi Rose? ¿Alguna historia tierna-triste que contar?

—Bueno, pues Brandi Rose tenía esta cosa...

Sam

Sam no sabía por qué la había llamado; solo sabía que quería hablar con ella, hablar con ella de verdad y, sobre todo, quería oír su voz.

No había planeado hablar de su mamá. Sin duda, no era su intención revelar la historia de la peor noche y la peor mañana de su vida. Aquella noche bien podría haber sido sacada de una deprimente canción de country. En aquella fatídica colección de horas, perdió a su chica, su casa y su familia. Pero Penny preguntó, y él quería responder.

—¿Qué me dices de Brandi Rose?

A Sam le encantaba escuchar la voz de Penny y su risa profunda y rasposa. Pero, caray, debió haber orinado antes de llamar. Para no pensar en ello, se recostó de lado y jaló el edredón. Sintió como si estuviera en una pijamada.

—Pues Brandi Rose tenía esta cosa… que nada le gustaba más que ver el canal de telecompras.

Era cierto. No importaba si era una máquina de esquí a campo traviesa, una freidora de aire o un suéter unisex que se convertía en una escalera para el perro. Si lo anunciaban en la televisión, la mamá de Sam quería tenerlo. El hábito empeoró después de que el señor Lange se divorció de ella, pero todo el mundo tiene pasatiempos, y mirar los escaparates de la niñera cuadrada de cristal era el de Brandi Rose. El problema era que también era adicta a ordenar los productos, todos, a altas horas de la noche.

Aquella noche (la peor noche y peor mañana de la vida de Sam), Sam y Lorraine estaban ahogados en martinis de ginebra. Él sospechaba que ella lo estaba engañando, pero no tenía pruebas más allá de una corazonada. Pensó, bastante tonto, que una noche en la ciudad sería romántica. Pero se quedó sin dinero. Sam se dirigió a casa para recoger unas cuantas cosas; la más importante de todas, un paquetito de marihuana lleno de semillas que había dejado en el cajón de los calcetines, y supuso que se quedaría a dormir en casa de Lorraine, como siempre hacía.

Cuando Sam abrió la puerta de casa de su mamá, el olor lo golpeó como un muro: aquel olor de la basura que siempre parece contener cáscaras de naranja podridas sin importar qué haya dentro de las bolsas. No quería invitar a Lorraine a pasar, pero ella necesitaba ir al baño.

—¡Hola, Brandiiii! —canturreó Lorraine asomándose por la puerta al entrar. Lorraine se echó al reír cuando la madre de Sam los miró desde su sillón en la sala. Habían pasado semanas desde la última vez que Sam había estado en casa, y lo miserable de la escena lo desconcertó. Como él no había estado ahí para limpiar, se acumularon pilas de platos sucios. Había cajas vacías de comida para llevar hasta en la última superficie de la casa y correo desperdigado por el suelo que nadie se había molestado en levantar.

Volver a casa después de una noche de tragos había sido una mala idea. Lorr llevaba un brasier en lugar de una blusa, y la pena ajena de Sam por las involucradas se convirtió en una furia ciega. Tras resbalar con una colección de sobres arrugados, lo que hizo a Lorraine graznar de risa de nuevo, los levantó y descubrió que estaban dirigidos a él. Delgados sobres blancos, sellados con rabiosas amenazas rojas.

—Había estado sacando tarjetas de crédito a mi nombre y gastando miles de dólares en porquerías —dijo Sam.

—¡Dios!

—¿Qué tan naco es eso? —Se le revolvió el estómago mientras lo decía. Cómo detestaba esa palabra. Penny no respondió. No tenía que hacerlo—. Mi mamá vive en una casa rodante —dijo—. Yo viví en una casa rodante.

—La gente vive en toda clase de lugares.

Sam deseó poder ver el rostro de Penny. Sin embargo, de haber tenido algún dejo de lástima... o de asco... lo habría destruido por dentro. Lorraine terminó con él a la mañana siguiente.

—No había suficiente espacio para guardar todas las cajas adentro —continuó—. Había apilado algunas afuera, debajo de una lona. Era una locura. Yo no podía dejar de gritar. Quería sacudirla o empujarla. Estaba tan ebrio y enfurecido... —Las lágrimas empaparon su almohada.

—¿La sacudiste?

—No.

—¿La empujaste?

Sam se limpió la nariz con la camiseta.

—No. Pero sí pensé por un segundo que la iba a lastimar. Por eso me fui. No he hablado con ella desde entonces. Además, es la razón por la que ya no bebo. Ya no bebo. Por lo menos no de verdad —añadió, pensando en Lorraine y su última aventura.

Sam se sentó. Tenía la nariz congestionada. «Mierda». Él la había llamado para alegrarla y ahora era él quien estaba llorando. Penny era como una dosis de pentotal sódico en la yugular: no podía dejar de contarle sus peores verdades. Era aterrador.

Penny guardó silencio.

—Lo siento —dijo él, se sentía drenado, deshecho.

—¿Por qué?

—No sé de dónde salió todo eso. Llamé para ver si tú estabas bien. —Rio de forma burlona—. En verdad creí que te iba a decir algo muy profundo y reconfortante sobre la condición humana o algo así. Qué idiota, ¿no?

—Todos somos idiotas —contestó ella. Sam asintió con un gesto sobrio. «Uggghhhh». Se quería morir de vergüenza—. Seguro llevabas tiempo queriendo contárselo a alguien. Y me da gusto que me lo hayas dicho a mí. Y, además, creo que a lo mejor tenías razón.

—¿Sobre qué?

—Sobre que así sea como funcionan los contactos de emergencia: le dices algo a tu persona antes de que te rebase y se te zafe un tornillo.

—Dios no quiera que a alguien le dé un ataque de pánico —dijo él.

Ella se rio.

—Exacto.

—Entonces…

—Entonces…

—Como te decía…

—¿Sí?

—¿Estás bien?

Ella se rio de nuevo.

—Sí. Gracias por preguntar. ¿Tú estás bien?

—¿Yo? Estúpidamente increíble.

—Ganaste, por cierto.

—¿En ver quién está mejor?

—No. Ganaste esta ronda de la peor mamá.

Sam se rio.

Penny

Llamadas telefónicas. Quién sabía que las llamadas telefónicas podían ser tan intensas. Penny pensó en lo que Sam le había contado sobre Brandi Rose y la casa rodante. Penny no conocía a nadie que hubiera crecido en una de esas. Era una suposición bastante idiota, pero siempre había creído que Celeste y ella estaban en el lado más pobre del espectro. Mientras Penny llevaba su coreanidad y su extrañeza por fuera, nadie sería capaz de adivinar que Sam no estaba en el mismo nivel socioeconómico que los demás.

Sam confió en ella. Eso era importante. Representaba un progreso. No porque Sam y ella intentaran llegar a algún lugar en particular, ni que después de las llamadas telefónicas lo siguiente fuera tomarse de la mano, lo cual derivaría en un beso, y luego en citas, y luego en matrimonio e hijos. Pero, de alguna forma, en algún lugar, un medidor se había movido. Sam confió en ella de verdad, y ella se sentía afortunada.

Se estaban acercando. Era la mejor sensación del mundo.

Después de la llamada de Sam, sintió como si la mejor parte de su día ya hubiera ocurrido. Mientras se bañaba, se preguntó si su madre notaría algún cambio en ella. Si se vería más madura o algo así. Dicho eso, Penny solía mirar a su mamá y gritar en silencio sobre todas las cosas malas que habían ocurrido y que Celeste ignoraba.

Limpió el espejo empañado. Penny nunca se veía como ella creía en su cabeza, así como tu voz siempre suena horrible cuando la escuchas grabada.

Se puso un poco del labial que le regaló su mamá y sonrió como si estuviera posando para una fotografía. ¿Era esta su nueva vida? ¿Sam y ella comenzarían a llamarse desde ahora? Le encantaba la interfaz (cómo podían decirse cualquier cosa por mensaje, desde trivialidades hasta verdades profundas) y esperaba que esa parte continuara. Había descargado una app que guardaba una copia de todo lo que se decían. Pero las llamadas… ¡rayos! Esas eran otra cosa. Demasiado íntimas. Casi pudo sentir su aliento cuando se reía. Penny deseó haber podido quedarse en esa llamada por siempre.

—¿Es diminuta como tú? ¿Se viste genial o como muy mamá? —Jude se moría por conocer a Celeste, así que bajaron en el elevador juntas. Era motivo de gran curiosidad que, mientras que los padres de Jude estaban en California y la mamá de Mallory había volado dos veces desde Chicago para decorar la habitación de su hija, la mamá de Penny, quien vivía apenas a una hora en auto, seguía siendo un misterio. Celeste era muy fácil y, a la vez, muy difícil de explicar. Penny pensó en su primer día de kínder. Incluso siendo tan pequeña, a Penny le mortificó que su mamá hubiera pedido tanto tiempo adicional con su maestra, la profesora Esposito.

Recordó la forma en la que la maestra les sonreía a los otros padres con los ojos bien abiertos por encima del hombro de su mamá, la forma en que (a pesar de ser más joven) le daba palmaditas tranquilizadoras a Celeste en el brazo. Ninguno de los otros padres estaba llorando. Ni qué decir de que Celeste se había puesto unos shorts cortos, desteñidos, rojos y sumamente inapropiados y unas calcetas que combinaban. Lo peor fue durante el recreo, cuando Penny vio a su mamá del otro lado de la reja de la escuela, espiándola. Había visto el enorme permanente de su mamá acuclillada con sigilo detrás de una parada de autobús. En algún momento, Celeste compró una paleta y se sentó en la banca de la parada para comérsela, como si hubiera olvidado qué estaba haciendo ahí.

—Es divertida —dijo Penny—. No nos parecemos en nada. Todo el mundo la adora.

Como si la hubiera invocado, Celeste apareció. Jeans blancos, tenis blancos con tacón y una camiseta sin mangas blanca con un estampado de letras plateadas y montones de joyas plateadas. No era culpa de Celeste parecer una de esas mamás de *reality show* con una evidente falta de juicio desde el primer episodio.

—¡Uuuuhhh! —dijo Jude en un tono que sugería que al fin todo tenía sentido—. Tu mamá es muy sexy.

—Sip —dijo Penny.

—Eso explica muchas cosas.

—Sip. ¡Mamá! —gritó Penny.

—¡Pe! —Celeste giró y corrió hacia ella con los brazos extendidos en busca de un abrazo de oso. Penny se rio. Su mamá retrocedió un paso para inspeccionar a toda prisa la apariencia de su hija—. Ay, nena, te ves increíble.

—Tú también, mamá.

Y era cierto.

—Hola, señora Lee —sonrió Jude.

—Ven acá. —Celeste la jaló para abrazarla—. He escuchado tanto de ti. —Era una gran mentirosa—. En realidad, soy SEÑORITA Yoon. Lee es el papá de Penny. No estamos casados. Nunca lo estuvimos. Como sea, dime Celeste.

—Claro que sí, Celeste —dijo Jude con una gran sonrisa—. Y sé que no has escuchado ni pío sobre mí porque yo no sé nada de ti. —Jude entrelazó brazos con Celeste, y ambas caminaron hacia el elevador—. Cuéntamelo todo. Penny es como una caja fuerte.

Penny caminó detrás de ellas.

Celeste y Jude conversaron con fluidez. Ninguna de las dos podía hablar en voz baja, y para Penny fue un alivio no tener que compartir el elevador con nadie más.

—Entonces, mamá —dijo Penny—, ya estás aquí. ¿Qué quieres hacer?

—Quiero ir de compras por mi cumpleaños. —Celeste le sonrió a Jude—. Llegaré al cuarto piso en cuatro traumáticas semanas.

—¿Escorpión? —preguntó Jude.

—¡Cúspide Sagitario!

—¡Aries! —dijo Jude.

—¡Aydiosmío! ¡Mi ascendente es Aries!

Celeste y Jude chocaron palmas. Penny descubrió la asombrosa verdad de que no había hecho más que cambiar a una compañera de habitación loca por otra. Revisó su teléfono. No había mensajes nuevos.

Abrió la puerta de la habitación e invitó a su madre a pasar.

—Y aquí es donde vivimos.

El lado de Jude estaba cubierto de fotografías, carteles y diversa parafernalia naranja de la Universidad de Texas, etiquetas de botellas de cerveza pegadas en las paredes y animales de peluche.

En el lado de Penny no había más que una pequeña fotografía enmarcada de su madre y ella que había estado guardada en su maleta hasta hacía cuarenta minutos. Se alegró de haber recordado sacarla para ponerla sobre el escritorio.

—¡Déjame adivinar qué lado es el tuyo! —exclamó Celeste.

Después de una sesión de depilación con hilo, unos jeans para Jude, un caftán nuevo para Celeste y un libro de postales de Egon Shiele para el pequeño altar secreto de Penny dedicado a sufrir por Sam, a las chicas les dio hambre.

—¿Qué quieren? ¿Comida tailandesa? ¿India? ¿Nueva fusión vegana? —Jude lanzó preguntas mientras apilaban las compras en la camioneta híbrida de Celeste.

—Yo necesito un café antes de que hagamos cualquier otra cosa —dijo Celeste mientras cerraba la cajuela de golpe.

Más que oírla, Penny vio la boca de Jude moverse en cámara lenta:

—¿Café? Conozco el lugar perfecto.

Jude subió al asiento delantero.

«Mierdamierdamierdamierdamierda».

Hasta ese punto, Penny se había portado de maravilla. Se había probado todas las prendas que Celeste le mostró. Había mantenido una paz de maestra zen en su corazón, y les permitió a Jude y a Celeste burlarse de sus hábitos, de que solo se vistiera de negro y nunca mostrara su figura. Penny entendía que era genial que su compañera de habitación y su mamá se llevaran tan bien, aun cuando tenerlas juntas era como ver un vodevil.

—Hay una cafetería maravillosa cerca de donde vivimos —dijo Jude—. Yo te guío.

Penny sintió que el alma se le salía del cuerpo.

—¿Café? ¿Qué? No, mamá. Vas a estar despierta toda la noche —dijo Penny mientras se subía al asiento trasero y la histeria se acumulaba a un ritmo desastroso—. Mejor pasemos a dejar todo a la habitación primero. Estoy muerta.

—Penny —dijo Jude—, tu mamá tiene casi cuarenta años. Estoy segura de que puede controlar un latte a media tarde. Aquí a la izquierda —indicó.

A Penny se le cerró la garganta. Intentó procesar todo lo que estaba ocurriendo a su alrededor.

Cómo evitar un encuentro de lo más inoportuno con Sam:

1. Mierda. No se le ocurría nada.

—Mi tío trabaja ahí —continuó Jude. Dieron vuelta en Guadalupe.

—Uuuuh. ¿Es guapo? —preguntó Celeste.

Penny sintió que iba a vomitar. Tomó su celular para ver su reflejo. El protector solar se le había convertido en un duro polvo sobre la frente. Se lamió los dedos e intentó difuminarlo con desesperación. Además, para su suerte, llevaba dos meses sin lavar ropa y traía puestos unos leggings negros deshilachados y una playera de Willie Nelson XXL que había comprado hacía seis años en una gasolinera en la carretera. Tenía un atuendo planeado para la remota posibilidad de volver a ver a Sam algún día: un saco y unas botas al tobillo con tacón. Quizá se peinaría con la secadora. Esa era su fantasía.

Pero así no era como quería verlo después de su llamada matutina. Penny inhaló profundamente. Consideró enviarle a Sam un mensaje de advertencia, pero ¿qué le iba a decir? Cuando Celeste apagó el motor junto a un parquímetro a una cuadra de La Casa, Penny quería llorar.

—¡Esperen! ¡Esperen! —escupió Penny y sacó el lápiz labial.

—¡Ay, corazón! —dijo Celeste—. Sabía que te encantaría.

Sam

En fin de semana, La Casa era un lugar distinto. Un extravagante mundo del *brunch* para las ruidosas familias locales con niños pequeños en lugar del refugio habitual de los estudiantes universitarios que se atrincheraban en sus computadoras para aprovechar el wi-fi gratuito. Sam estaba agazapado sobre la barra. La mañana parecía haber ocurrido hacía una eternidad o como si le hubiera ocurrido a alguien más. No tenía forma de explicar por qué había abierto la bocota y le había vomitado a Penny sus historias más horrendas. Le había llamado fingiendo ser un príncipe azul y luego le vomitó encima.

Hojeó un viejo ejemplar del *Austin Chronicle*. Pasó hasta los anuncios clasificados, la habitual combinación de publicidad sobre alargamiento del pene y masajes con final feliz.

Sam quería contárselo todo a Penny. Quería que hubiera un registro de sus pensamientos y sentimientos e historias que existiera en ella, como una cápsula del tiempo sobre este extraño periodo de su vida. Con ella, se sentía menos solo. Antes, ni siquiera se había dado cuenta de que estaba solo. No se lo había permitido.

—¡Sam!

Era Jude. Escuchar a su alegre sobrina decir su nombre llenó a Sam de una oleada de culpa. ¿Tenían planes? Detrás de ella estaba una llamativa mujer asiática y… *Penny.*

Penny.

La Penny de carne y hueso.

Había recordado su cabello a la perfección, lo salvaje que era, como si pudieras buscar un tesoro ahí dentro. Se pasó los dedos por su propio cabello. Estaba grasoso. Se quitó los lentes de anciano que había comprado en la farmacia. Le agrandaban los ojos de tal forma que parecía un nerd.

—Hola —dijo.

Sam se concentró en mirar directo a Jude, un poco a la otra mujer y nada a Penny. No quería que lo descubrieran comiéndosela con los ojos. Jude cruzó la barra y lo abrazó.

—Recuerdas a mi compañera de habitación, ¿cierto? —dijo, señalando a Penny.

—Eh, sí. —No pudo evitarlo más. La miró. La absorbió. Las imágenes le venían a toda velocidad. El ángulo de sus pómulos. La inclinación de su barbilla. El destello gris de sus uñas. La necia hebra de cabello que le caía sobre el ojo izquierdo, el mismo ojo izquierdo que lo miraba a él. Almacenó todos los detalles tan deprisa como pudo. Tenía puesto el mismo labial rojo que la última vez—. Hola, Penny. —Sonrió. Mucho. Como un idiota—. ¿Estás bien?

—Uy, genial —dijo ella.

Su voz era maravillosa. Tan profunda como en el teléfono. Quizá incluso más, como si las burbujas de texto hubieran pasado una noche en un bar de mala muerte. Penny se acomodó el cabello detrás de la oreja y se sonrojó bastante.

—Y ella es la mamá de Penny, Celeste.

Antes de que Sam se diera cuenta, Celeste se acercó para darle un abrazo perfumadísimo. Olía a algodón de azúcar y flores.

—Uff —dijo Sam por instinto, echándose hacia atrás cuando sintió la presión de su busto sobre el pecho.

Celeste se rio.

—Supongo que te gusta tanto el contacto físico como a mi niña —dijo.

Sam vio cómo Penny se tensaba al oír la palabra «niña», y sintió una ráfaga de compasión. Conociéndola tan bien como la conocía ya, sabía que estaba rogando que a su mamá le cayera un rayo en ese momento.

Sam carraspeó. Quería escribirle, en parte para burlarse de ella y en parte para decirle que la cosa estaba saliendo bastante mejor de lo que debería estar saliendo.

—Jude me cuenta que sirves los mejores cafés helados y los más deliciosos pastelillos. —Celeste se asomó al mostrador—. Leí una reseña de este lugar.

—Bueno —dijo Sam—, lo horneamos todo aquí y…

—Maravilloso —trinó Celeste.

—Sam está siendo modesto —dijo Jude—. Él es quien lo hornea todo. Siempre le digo que debería estudiar gastronomía y convertirse en el siguiente Julia Child.

Sam se volvió a pasar los dedos por el cabello antes de limpiarse las manos en los jeans.

—Todo un Guy Fieri —mascullό Penny. Sam sonrió.

—Eh —dijo—. Ojalá hubiera sabido que iban a venir. Habría preparado algo… —Se ocupó revisando los panquecitos y las galletas que quedaban—. Las galletas están bastante buenas, y la última barrita de limón vale la pena. —Sam tomó una servilleta y la sacó.

—A Penny le encantan las barritas de limón, ¿verdad, nena? —dijo Celeste.

—Claro —dijo Penny. Sam percibió el hastío en su voz.

—Las barritas de limón son casi como un pay —dijo él, lanzándole una mirada furtiva. A Penny se le retorcieron los labios un poco—. Me habría gustado hacer un pastel de caja. —Esta vez recibió una sonrisa en respuesta, una verdadera sonrisa.

—Todo depende de la harina que uses —dijo Celeste—. Yo tengo una gran receta que lleva vodka. Ya sabes, para que puedas tener tu dosis de azúcar con un poquito extra. —Se rio de su propio chiste: un forzado y monsilábico «ja», como un címbalo.

Sam sonrió por compromiso. El tipo de persona que no podía dejar pasar una referencia al alcohol era un tipo de persona muy específico.

—Pareces cansado —le dijo Jude.

—Estoy bien —dijo él—. Oye, perdón que te haya cancelado tantas veces la cena.

—Ay, tío Sam. No te angusties. —Jude se acercó y le sobó el hombro—. Al menos, el café es gratis e infinito.

—Entonces un café helado para ti… y para ti… ¿Celeste, me dijiste?

—Sí, un café helado para mí también. Y uno para Penny. Con leche de almendra, si tienes. Es intolerante a la lactosa.

Los ojos de Penny se dirigieron directo al techo.

«Penny es intolerante a la lactosa». Sam lo archivó en su cabeza.

—¡Dios! Llevo todo este tiempo viviendo contigo y no me lo habías dicho —exclamó Jude.

—Increíble —dijo Celeste—. ¿Sabías que me llevó dos meses descubrir que tenía novio? ¿Lo puedes creer?

«¿Novio?».

«Penny tiene novio». También archivó eso en la carpeta con una etiqueta roja.

¿Un novio que no se le había ocurrido mencionar ni una sola vez? Sí que era una caja fuerte. Sam se preguntó cómo se vería el maldito. Quiso que ella lo mirara a los ojos, pero mantuvo la atención enfocada en sus manos.

—¡Mamá! —dijo Penny con tono sombrío.

—¿Qué?

Sam estaba enviándole mensajes mentales, considerando las palabras que provocarían que ella revelara la mayor información posible sobre aquel novio sin que se notara lo molesto que estaba por no saber de su existencia. Pero, al parecer, nadie sabía una sola cosa sobre Penny.

Celeste sacó su cartera. Era rosa fluorescente, de peluche, y estaba tan llena que rebosaba. El monedero, adherido a un costado, tintineaba a todo volumen, y el cuero color metálico sufría por la presión. Era tan estrafalaria como Celeste misma. Penny la miró, horrorizada.

—¡Ay, Dios mío, Celeste! —dijo Jude—. Me encanta tu cartera. Es adorable.

—¡Gracias, preciosa! La acabo de comprar —dijo ella—. Te puedo conseguir una, si quieres.

—¿De verdad? —respondió Jude, emocionada—. Me muero.

Celeste resplandecía de satisfacción.

El corazón de Sam abrió un pequeño hueco para Celeste en ese momento. Y para Jude también, quien podía llenar cualquier momento incómodo con una llamarada de buen humor.

—Por favor, Celeste. Guarda eso. Yo invito. —dijo Sam.

Celeste chasqueó la lengua e hizo todo un espectáculo de poner un billete de diez dólares en el frasco de las propinas mientras miraba a Sam a los ojos.

Sam preparó las bebidas y un plato de postres, y las guio a su sillón favorito en la parte trasera. Luego se disculpó. Le escribió a Penny de camino de regreso a la barra.

Uff.

¿Por qué la intensidad?

LOL

¿Estás bien?

Unos momentos después, Penny se acercó sola a la barra.

—Olvidaste mi leche de almendra —dijo con una sonrisa.

Él le devolvió la sonrisa. Sabía que sus enormes caninos le daban un aire de perro muerto de hambre, pero no pudo evitarlo. Señaló la camiseta de Penny.

—Perdón, Willie —dijo.

—Cabrón —respondió ella con una sonrisa.

—Yo soy más de Waylon Jennings —continuó Sam mientras sacaba la leche de almendra del refrigerador debajo de la barra. La olió y vertió un poco en un pequeño contenedor de metal. Se la tendió a Penny con la manija apuntando hacia ella para que sus dedos no se tocaran.

—Esto es demasiado —exhaló ella—. Es bueno verte, Sam. —Fue casi un susurro, y Sam no pudo negar el agradable efecto cálido de oírla decir su nombre. Carraspeó y metió las manos en los bolsillos del pantalón. Su mano izquierda golpeó sus lentes. Ughh. Los peores lentes del mundo. No podía creer que Penny se los hubiera visto puestos. No importaba, pues al parecer Penny tenía novio (¡¡¡!!!). Pero…

—¿Necesitas otra cosa?

—Servilletas —dijo ella y tomó unas cuantas de junto a la caja—. Gracias por ser tan lindo con mi mamá.

—Claro —dijo él—. Así que ella es tu mamá.

—No puedo creer que tú seas tú —dijo Penny al mismo tiempo.

—Tendremos que hablar de esto hasta el cansancio esta misma noche —dijo Sam, riéndose—. Incluso es posible que tenga que llamarte de nuevo.

Penny

Cenaron en un lugar de sushi en el centro, donde Penny ordenó un rollo de atún que le supo a aserrín. Mientras jugaba con su comida, su madre y su compañera de habitación discutieron temas tan interesantes que Penny fue incapaz de recordar uno solo que no fuera Sam.

Penny contó los minutos para que terminara el *Show de Celeste* y pudiera llamar a Sam. Tendría que fingir escribir o estudiar hasta que Jude se quedara dormida o tomar la llamada afuera. Él había dicho sin rodeos que le iba a llamar, lo que indicaba que ella también tenía luz verde para llamarlo. No es como que se preocuparan por quién había escrito el último mensaje, así que las mismas reglas de la interfaz se aplicaban a las llamadas.

—Ojalá confiara en mí —dijo Jude mientras estiraba una mano para robar un trozo de salmón del plato de Celeste. A Penny le maravilló ver lo rápido que su compañera de habitación y su mamá habían llegado a la etapa de su relación en la que podían compartir la comida—. Se ve fatal y no deja de cancelar nuestros planes. No creo que esté durmiendo ni comiendo. Espero no sean drogas.

Penny no creía que Sam se viera fatal. Por el contrario, se veía maravilloso. Perfecto. No sabía que usaba lentes y a Penny los lentes le encantaban como concepto. Eran mucho mejores que los lentes de contacto. ¿Para qué tocarse los ojos si puedes decorarte la cara? ¿Y ahora qué? Si Sam le había llamado y Penny había doblado las apuestas y lo había visto en persona (aunque fuera por accidente), ¿qué significaba eso? Todo estaba hecho un desastre, un desastre por culpa de Jude y Celeste. ¿Por qué no le había llamado Sam? Habían salido de La Casa hacía tres horas.

—Quizá sea por una chica —dijo Celeste y sirvió otra ronda de sake. La mamá de Penny no creía que los diminutos vasos contaran como bebida prohibida para menores. Jude chocó su vaso con el de Celeste, luego con el de Penny y se lo tomó todo de un trago.

—Tal vez —dijo Jude— su ex está loca. —Sacó su teléfono—. Sea lo que sea que lo tiene tan mal, debe tener algo que ver con ella. Mira nada más. —Jude buscó el perfil de MzLolaXO. Penny había hecho enormes esfuerzos por no buscar a la ex de Sam después de la última vez, pero, si alguien más estaba al timón del barco…

—Momento. Espera. —Celeste tomó control del teléfono—. Hay un video.

Penny contuvo la respiración. No tenía idea de cómo no lo había visto.

Era Sam mirando hacia la cámara. En el fondo, había ruido de voces y música: una fiesta. Sam estaba sonriendo. Despacio. Sexy. Tomó un trago de cerveza y se acercó.

—¿Qué te dije? —dijo el Sam del video.

—¿Qué? —objetó una voz de mujer fuera de cámara—. ¿Por qué tú puedes hacerlos y yo no? —preguntó ella.

Sam tomó el teléfono y lo alzó. Las dos cabezas quedaron enmarcadas para una selfie. Sam tenía el cabello y los ojos oscuros; el cabello de ella era casi blanco, y sus ojos estaban pálidos. Se veían hermosos juntos.

—¿Contenta? —preguntó él. Ella sonrió y asintió. Con la mano libre, Sam la tomó por la barbilla y la besó con fuerza.

«Dios».

—¿Ves? Eran como perfectos —dijo Jude con solemnidad.

—Con razón está preocupado —dijo Celeste—. No creo que ella sea el tipo de chica que se pueda superar. —Celeste ordenó otro sake.

—Seguro es mala —dijo Penny de la nada. Bueno, de la nada salvo que Jude y Celeste estaban casi sacándole las tripas por el trasero para hacer con ellas pulseras de amistad.

—Una chica así solo se vuelve más deseable mientras más mala sea —dijo Celeste. Suspiró de forma dramática—. No puedo creer que vaya a cumplir cuarenta.

Penny le lanzó una mirada furiosa a su madre. Sabía lo que Celeste estaba pensando. Se estaba comparando con Lola. Cualquier conversación sobre mujeres deseables hacía que su madre pensara en sí misma.

¿Cómo sería eso?

Después de la cena, Celeste dejó a Jude y llevó a Penny a comer helado en Amy's para pasar un tiempo a solas.

—Amo a Jude —dijo Celeste. Se estacionó y caminaron hacia el capitolio del estado con sus conos de helado. Era un edificio hermoso cuando sus luces estaban encendidas de noche. Romántico—. Es tan bonita y divertida —continuó.

—Todo el mundo ama a Jude —dijo Penny—. Y ella te amó a ti. Creo que cuando dijo que iba a ir a tu fiesta de cumpleaños lo dijo en serio.

—Qué bueno —dijo ella—. Espero que tú también vayas.

Penny hizo una mueca.

—Mamá —dijo—. Claro que iré.

Penny sabía que no se estaba comportando de buena manera, pero Celeste podía ser extrademandante pidiendo atención.

—Pues eso espero —dijo Celeste—. No has ido a casa desde que entraste a la escuela. Hemos hablado como dos veces en dos meses.

—Siete semanas. —Penny mordió el cono con furia. Quería que su madre regresara a casa. Deseaba que su madre no hubiera venido y la hubiera obligado a ver a Sam en ese estado de fealdad, que no hubiera mencionado a su maldito novio cuando no sabía nada de nada, ni que la hubiera orillado a ver aquel video.

—Sabes a qué me refiero —dijo Celeste—. Me duele. Estaba preocupada. Pasas días sin devolverme las llamadas. Ni pío. Digo, te sacaste la lotería con Jude. Me preocupa menos saber que estás viviendo con una chica tan sociable y dulce, ya que tú puedes ser tan…

—¿Tan qué, mamá? ¿Antisocial y ponzoñosa? —gritó Penny, ejemplificando el punto de su mamá. Subió los escalones del capitolio a pisotones.

—Eso no fue lo que dije.

Penny vio cómo su mamá examinaba su postre en busca del bocado perfecto y percibió en su expresión distraída que existía el riesgo de que Celeste dijera algo de verdad ofensivo.

Penny miró hacia la resplandeciente ciudad. Si mirabas hacia el Congreso desde el frente del capitolio, todo se acomodaba en una cruz perfecta. Penny se preguntó si los murciélagos estarían afuera.

—Es solo eso que haces, ya sabes, eso que haces puede ser difícil en estas situaciones —dijo ella—. Alienante. O hablas a mil por hora con todas esas palabras que nadie más entiende o tus ojos se mueven para todos lados. Sé que no tuviste muchos amigos en la preparatoria, y últimamente… no sé, nena… Y ¿qué pasa con Mark y contigo? La semana pasada publicó una foto con otra niña…

Penny se alejó y tiró el cono a la basura. Su mal humor empeoró.

—¿Ves fotografías de Mark?

—Cariño, Mark y yo somos amigos en Facebook —dijo Celeste—. Y sé que eso no te encanta, pero te llamé y te escribí tantas veces, y quería saber cómo estaban las cosas… —Celeste le tocó el brazo con la expresión más cursi del universo—. ¿Te está engañando? Le mandé un mensaje para saludarlo y para averiguar algo. Pero ¿sabes qué? Nunca me respondió. ¿Está todo bien entre ustedes dos?

Celeste volvió a lamer su helado. Tenía alga de sushi atorada entre los dientes frontales. Penny no podía creer que su mamá hubiera tenido el descaro de escribirle a su exnovio. Qué desesperante. Celeste estaba fuera de control. Y Sam seguía sin llamar. Ni siquiera un mensaje.

Penny nunca había estado tan frustrada en toda su vida.

Así que, por supuesto, rompió en llanto.

Sam

Sam abrió los ojos. Su teléfono estaba atorado entre su mejilla y el colchón, la posición perfecta para provocarle cáncer facial. Lo tomó. La pantalla estaba negra e inerte. Levantó la cabeza pesada y al parecer llena de arena para ver dónde estaba su cargador. Toda la habitación se movió. Sus ojos enfocaron el pequeño cubo blanco en el piso del otro lado de la estancia. Bien podría haber estado en Guam. Y qué decir de meter el cable en el diminuto agujero del teléfono, sería tan fácil como recargar combustible en un avión en pleno vuelo.

—¿Por qué? —le preguntó a la habitación vacía.

Deseó que alguien al menos se acercara y apagara las luces. Que tal vez le pasara también la botella de Wild Turkey que había dejado junto a la puerta. De hecho, no. No quería nada de eso.

Su teléfono estaba muerto. Al menos él se daba cuenta de que su teléfono había muerto. Si Sam moría, a nadie le importaría. Giró para quedar boca arriba y cerró los ojos mientras el mundo daba vueltas a su alrededor. Gracias a Dios estaba en casa. Pudo haber sido un idiota, pero al menos tuvo la previsión suficiente para contener su explosión. Se quitó la playera. Luego pataleó para quitarse los pantalones como un niño emberrinchado.

Quería bañarse. En realidad, lo que necesitaba era que alguien lo bañara.

Aún no amanecía y las calles estaban en silencio. Sam se puso de pie y se recargó en la pared mientras la sangre le bajaba de la cabeza. Tomó su toalla, se separó de la pared junto al colchón y avanzó a tropezones hasta recargarse en la pared que estaba junto al cargador. Era como un trapecista torpe, como Spiderman borracho. Le llevó tres intentos poner a cargar su celular.

El asunto de vivir donde trabajas es que llamar para avisar que estás enfermo es bastante complicado. Hasta entonces, no lo había intentado. Durante un tiempo tuvo la costumbre de reportarse enfermo un par de veces al mes. Si no, se veía obligado a meterse el cepillo de dientes por la garganta para expeler algo del alcohol antes de ir a trabajar todavía ebrio. Nada de eso había ocurrido desde que se había mudado. Al no había hecho ningún gran pronunciamiento sobre las reglas, pero, como con todo lo demás relacionado con Al, estaban implícitas: pórtate bien y no molestes.

Sam ladeó la cabeza y se aferró al relieve de la pared antes de lograr apoyarse en el marco de la puerta. Se preguntó si habría asbesto en el techo que lo estuviera matando poco a poco. Le vendría bien, por ser una sanguijuela tan grande con Al. Una lágrima caliente se deslizó por su mejilla.

Y eso era todo. Lorraine y Sam habían terminado de una vez por todas. Buenas noches y buena suerte.

La noche anterior había aprendido (y era verdad aquello de que se aprende algo nuevo todos los días) que existe algo llamado embarazo químico. Un limbo de los embarazos. La orina de Lorraine tenía suficientes hormonas (HCG, Sam investigó después) como para engañar a los palitos, y eso fue todo. El aborto espontáneo de Lorraine solo lo fue porque se terminó un embarazo fantasma. Cuando entró al café para darle aquella fascinante lección de ciencias, parecía eufórica, más allá de toda duda. Llevaba cuatro días sabiéndolo, pero pasó exactamente cuarenta segundos ahí adentro y decidió decírselo en persona solo porque tenía una cita en la estética de al lado.

Tardó casi una semana en decírselo. Eso era lo mucho que ella lo tomaba en cuenta en este asunto. Habían sido los padres de un diminuto mono marino suicida durante solo unos segundos, pero Sam se sentía incompleto. Llevaba semanas tenso, en espera de una respuesta y, cuando lo supo con certeza, su profundo alivio se convirtió en una especie de duelo.

Y, entonces, se emborrachó.

Se catapultó desde la pared de la habitación hacia el acto más temerario hasta el momento: recorrer el pasillo entero hasta el baño. El aire del baño estaba fresco. Se aferró al lavabo con ambas manos y se recompensó con un largo trago de agua, mismo que devolvió al escusado casi de inmediato junto con el ácido en el que se convierte el bourbon después de echarte media botella por la garganta.

Contador del retraso de la menstruación: menos cinco días. ¿O eran seis?

Días que tardaría en superar a Lorraine (esta vez): veintiocho (tal vez cincuenta y seis para estar seguro).

Días que le tomaría a Sam dejar de odiarse por haber vuelto a beber: dos millones.

Sam abrió la llave de la tina y se sentó. El calor le punzó la piel, como un ejército de agujas. El sol había comenzado a salir. Poco a poco, el agua le fue cubriendo los brazos huesudos y el estómago vacío. Y, bajo la luz sorda, decidió que era feo. Decorar con tatuajes su figura esquelética tal vez no había sido la mejor idea.

Carajo, estaba deprimido. Sam no podía recordar la última vez que sintió alegría durante varios días consecutivos. Recordó el cumpleaños de Lorraine de hacía dos años, una cena con enchiladas, y la pelea que tuvieron por el simple hecho de haberse emborrachado con shots porque no había refrescos ni hielo. Cuando April obtuvo su certificado de preparatoria, celebraron su graduación en el bar; y el Día del Trabajo, cuando Gash tuvo una intoxicación alcohólica en un paseo de *tubing*, lo dejaron en la clínica y siguieron bebiendo.

Sam pensó en cómo se sentía hablar con Penny y en lo oscuros que podían llegar a ser sus momentos más oscuros.

PENNY EMERGENCIA

Miércoles 18 de octubre, 2:13 a.m.

¿Alguna vez has sentido que estás muerto?

¿Cansado?

No.
Fallecido.

Eh, ¿no?
¿Qué?

Perdón.
He tenido unos sueños superlocos.

¡YO TAMBIÉN!

Tú primero.

Y fue un sueño sobre morir
Me enterraban vivo

Clásica pesadilla de ansiedad.

Pero no fue una pesadilla
No en realidad
No estaba asustado
Estaba en un ataúd
Alguien sabía que yo seguía vivo
Porque tenía una intravenosa de sangre
Que goteaba en mi boca

Bueno, eso es solo un tubo.
No cuenta como una intravenosa.

Eres la peor

LOL, pero es cierto.

Bueno, UN TUBO
Seguro era un vampiro
Porque me alimentaba
Y también había un tubo que
bombeaba oxígeno

Qué complicado.

Lo único que sé es que podía respirar

Espera.
¿Alguien conocido te enterró?
¿Pero te estaba manteniendo con vida?

Exacto

Interesante.

Lo más extraño es
que creo que eras tú

Pero ¿por qué?
Seguro algo hiciste.

Era extrañamente reconfortante
¿Tienes algún deseo de
enterrarme?

Todavía no.

Jaja

Volviendo a mi pregunta,
¿sabes qué es el síndrome de Cotard?

Era la primera vez que escuchaba hablar de él. Penny era una enciclopedia de rarezas y fenómenos sin explicación. El síndrome de Cotard, o delirio de Cotard, era una extraña enfermedad mental en la que el afectado está convencido de que está muerto. El neurólogo francés Jules Cotard lo describió en primera instancia como delirio de la negación. (Sam se imaginó a alguien con un monóculo diciendo: «No, no, no, no», mientras se reía frenéticamente). En uno de los primeros casos registrados, una mujer creyó que, al ser un cadáver, ya no necesitaba comida. Para sorpresa de nadie, murió de inanición.

Sam se limpió la cara mojada con ambas manos.

Regresó el casette al momento antes de ver a Lorraine. La cara de Penny cuando entró con su mamá. Ahí. Pausa.

Sam fue feliz en ese momento. No pensó ni un segundo en Lorraine. No estaba preocupado ni enojado. Su cerebro no estaba gritándole uno de sus miles de fracasos ni recordándole a la gente a la que había decepcionado tanto. Tan solo disfrutó cómo la persona a quien más disfrutaba (aquella que solía vivir solo dentro de su teléfono) se acercó a pedirle leche de almendra.

Y, entonces, llegó Lorraine y revolvió sus receptores. Justo antes de que terminara su turno en el trabajo. Una vez más, arruinó uno de los pocos momentos en los que Sam estaba en completo reposo. Mientras se iba, le dijo que se quedara la computadora o que «la donara a la caridad». Como si Sam alguna vez fuera a estar en condiciones de donar algo tan valioso. Quedó destruido.

Todo se desmoronaba otra vez. Con las manos entumecidas y la cabeza palpitándole, Sam cerró el café, se preparó un expreso y luego otro. Se sentó en el columpio del pórtico mientras sus tenis se arrastraban sobre la duela del piso. El corazón le latía al mismo ritmo al que corrían sus pensamientos. ¿Qué era esa sensación? ¿Qué era esa pérdida? Se sentía vacío y golpeado, escarbado desde adentro. Sam se movió hacia los escalones, puso los codos sobre las rodillas y dejó que la cabeza le colgara.

«No puedes tener un ataque de pánico porque NO vas a tener un bebé», se dijo.

De cualquier modo, estaba destruido. La esperanza irracional había muerto, la idea sin fundamentos de que un bebé le habría ayudado de alguna forma, que su llegada habría arreglado al menos un poco de lo que estaba roto en su vida. Tendría una segunda oportunidad. El siguiente capítulo podría comenzar. Sería nuevo. No sería perfecto, pero sí distinto.

En aquella neblina de confusión, oyó que Fin se despedía y sintió una familiar punzada en los hombros.

Estaba solo.

En una soledad horrible e innegable.

Buscó su teléfono para escribirle a Penny (no para llamar, como le había prometido) y vaciló. ¿Qué podría decirle ella que mejorara las cosas? Le estaría pidiendo lo imposible. No había una sola persona cuerda en el mundo que no fuera a pensar que en realidad eran grandes noticias, pero Sam no podía tolerar escucharlo. Estaba en duelo. ¿Podía llorar la pérdida de algo que nunca existió en realidad?

La incomodidad en los hombros se trasladó a su garganta. Tenía sed. Necesitaba beber algo. Comenzó a planear dónde conseguiría un trago. No uno. Veinte. Él solo.

Sam salió del agua para tomar aire.

Mientras repasaba el desastre de los últimos seis meses, intentó ser preciso y metódico al asignar los sentimientos correctos a las experiencias apropiadas. Sin Penny como su sherpa emocional, tendría que concentrarse. La ira era fácil de identificar; la rabia era veloz y brillante.

Pero por más rápido que llegara la furia, se disipaba a gran velocidad también. Más allá de lo conveniente que hubiera resultado, Lorraine no era la villana.

Sobre todo, se sentía estúpido.

Recordó la primera vez que se dio cuenta de que estaba enamorado de ella.

Llevaban dos meses saliendo. Ella lo recogió y estaban dando vueltas en el auto, desperdiciando gasolina y besuqueándose. Cuando una vieja canción de country comenzó a sonar en la radio, en vez de burlarse de lo empalagosa que era, lo sorprendió subiendo el volumen y cantando cada palabra. Mientras ella cantaba con torpeza sobre ríos, ancianos, y cambiando todos los «ella» por «él» y hablando sobre la luz en sus ojos, Sam supo que Lorraine, debajo de los rencores, el delineador y el cabello, era su persona. También resultaba ser una persona que se volvía muy abrasiva cuando se sentía atacada, que en el caso de Lorraine era todo el tiempo.

Y esta Lorraine (todas las Lorraines) ya no necesitaba a Sam. Simplemente dejó de quererlo.

La tina estaba fría, así que Sam salió.

No era como que Sam supiera cómo ser papá. No tenía ni un solo modelo digno a seguir, y podía decirse que era un tío bastante nefasto para Jude. Pero Sam, por la razón que fuera, ansiaba descifrarlo, reacomodar sus prioridades. Se había prometido a sí mismo y a su nueva familia que terminaría las cosas que empezaba. Por tonto y cliché que sonara, quería la oportunidad de ponerse los pantalones, de tener un propósito.

Se arrastró de vuelta a su habitación y se recostó junto al teléfono. No había mensajes nuevos. Revisó las llamadas salientes. Sí, ahí estaba. Llamada a Mentirosa a las 2:17 a.m. No respondió. Gracias a Dios.

Su alarma sonó y le recordó lo diferente que era su vida cuando la puso. Se secó despacio y se puso una playera negra que solo olía un poco mal. Luego se depositó dentro de sus jeans, tomó sus cigarros y lentes de sol, metió los pies a los tenis y salió.

Penny

Tres días. Tres días desde que lo había visto. Tres días desde que llamó y dijo que llamaría de nuevo, pero no lo hizo. Penny debió haberle escrito el primer día. Ahora la ventana se había cerrado y las cosas estaban más que arruinadas.

A las 11:59 p.m. de aquel primer día, Penny hizo una lista de por qué había *nullus possibilitus* de que algo romántico sucediera entre Sam y ella. Fue de lo más constructivo.

Razones por las que hay *nullus possibilitus* de que algo romántico suceda con Sam Casa:

1. La suma de dos lunáticos con problemas maternos no equivale a una pareja cuerda.
2. Sam era el medio tío de Jude, y eso era un desastre para todos.
3. Seguía superenamorado de su ex.

4. Su ex, quien, POR CIERTO, estaba embarazada (?!)
5. Y SI NO ESTABA EMBARAZADA, ÉL ESTABA ACTUANDO COMO SI LO ESTUVIERA, UNA CLARA SEÑAL DE POSIBLES ENFERMEDADES MENTALES Y TENDENCIAS HISTÉRICAS.
6. Era amigo de Penny.
7. Amigo de verdad.*
8. Al punto de que, si llegaba a encontrar la forma de hacer que las cosas se pusieran incómodas, con su talento extraordinario para hacer que las cosas se pusieran incómodas, pasaría la eternidad deprimida.
9. Además, él le contó todo sobre todo, lo que significaba MÁS ALLÁ DE TODA DUDA que Penny estaba en el agujero negro de la *friendzone* del que ni siquiera la luz podía escapar.
10. Era demasiado sexy. O sea, en serio, ese video era casi pornografía.

*Solo que no en la vida real.

Hacia el final del segundo día, las cosas se pusieron un tanto espeluznantes. Penny cayó en un hoyo negro de las redes sociales de MzLolaXO. Fue un atracón destructivo. Hizo zoom en todo para intentar descifrar qué tan grandes eran las bubis de Lola o qué tan tersa era la piel de sus muslos. Las fotografías con Sam eran particularmente dolorosas. Su favorita era un acercamiento a su ojo y su cabello con el sol saliendo detrás suyo. Estaban en la cama, la cama de ella, pues las sábanas eran de flores.

Las demás fotografías eran el complemento perfecto del video. Era él, pero no era él. Como si alguien se hubiera apoderado de su cuerpo. El tipo de la foto estaba siempre rodeado de amigos, sonreía y un rubio gigantesco con una barba enorme lo cargaba en varias de ellas. Era seguro de sí mismo, querido y, más que cualquier otra cosa, animoso. El tipo de las fotografías no era alguien que pasaría el rato con ella. Ni por error.

Una vez que Penny hubo casi memorizado la colección completa de las ocho mil fotografías de MzLolaXO y escrito en su cabeza todas las formas de ficción especulativa sobre lo fabulosa que era su vida y la de ambos en la cama, se convenció de que tenía claro lo que había ocurrido. Era obvio. Habían vuelto. Y a él le daba demasiada vergüenza contárselo. De hecho, se habían casado en Marfa y ahora vivían en una boutique de Prada con su preciosísimo bebé, quien había salido del vientre de Lorraine cubierto en tatuajes y con los lentes de sol vintage más geniales que cualquiera pudiera imaginar.

¡A la mierda con el bebé rock star!

Penny se lavó la cara. Se había terminado. El hechizo se había roto. Estaba de vuelta en donde debía estar. Sapo solitario. Tomó su teléfono. Nada. Incluso Celeste se distanció después de la pelea. Penny le había dicho a su mamá que necesitaba espacio y, por fortuna, su madre accedió y acordaron no verse hasta su fiesta de cumpleaños.

Penny apretó los puños tanto que las uñas se le enterraron en la palma de la mano.

Por lo menos ahora tenía tiempo para escribir. Todo el tiempo. Del mundo. Sola. Para siempre.

Miró la pantalla de la computadora.

La mamá de la historia estaba de nuevo con el abogado.

—Sabía que necesitaba cuidados —dijo ella—. La primera vez que lo vi, necesitaba un corte de cabello. Le llegaba al cuello de la camisa y tenía una caspa terrible. Pero tenía ojos amables, y desde el principio me dio a entender que estaba interesado. Fue fácil amarlo. Él me amó primero.

Según todos los reportes, el esposo y la esposa no tenían mucho tiempo de conocerse. El café internet estaba en el segundo piso de un edificio de oficinas en una calle lateral frente a la Universidad Ewha para Mujeres. El esposo llevaba seis meses ahí antes de que ella apareciera. No era un café en términos estrictos, sino una oficina abierta con seis hileras de computadoras perpendiculares a la puerta. Las personas de la sala (la sala solía estar llena) la llamaban «Bang de PC». No como bang-bang de disparos. Bang en coreano significa «sala». La sala entera notaba cuando había una mujer nueva, sobre todo porque las mujeres nuevas eran una rareza.

Ugh. ¿A quién le importa?

Penny estiró los brazos sobre la cabeza. Todo lo del mundo de los padres era aburrido. El bang de PC era aburrido. Era una sala como cualquier otra.

Si solo escribía sobre cosas reales, perdería a sus lectores en un santiamén. Por eso usaba la fantasía. La fantasía barría el piso con la no ficción. Por ejemplo, lo suyo con Sam. Si admitía en voz alta que sentía como si hubiera terminado una relación, que en esencia un montón de mensajes de texto había tronado con ella, sonaría como una loca. La vida real podía ser maravillosa para otras personas.

Para aquellas chicas de la sección de explorar de Instagram que visitan Disneylandia con el amor de sus vidas o que se besuquean en autos con el cabello volando por los aires. Ninguno de los recuerdos de Penny era tangible. Sam y ella nunca se habían quedado atrapados bajo la lluvia. Y Penny no podía conjurar el aroma de las galletas que habían horneado juntos. Penny nunca contuvo la respiración mientras él le quitaba una pestaña de la mejilla para que pidiera un deseo. No importaba que eso fuera justo lo que hubiera querido.

Penny leyó sus notas de la clase de J. A. sobre aquel tipo ruso Viktor Shklovsky y su teoría de la prosa. Eran sobre cómo escribir, y su teoría decía que en el arte había que moldear las experiencias para que lo que escribieras fuera emocionante, al grado de que lo mundano pareciera mágico y extraordinario. Tienes que lograr que la gente sienta algo, aun si estás viendo una piedra. «¡Haz que la piedra sea *piedrosa*!», insistía el hombre.

Pero ¿cómo se hace para que algo irreal se sienta real?

Pensó otra vez en el gran debate futurista sobre la singularidad, el día en que la tecnología despertara, harta de las estupideces de los humanos. Hablaban de que la inteligencia artificial crearía un lazo neural con un humano a través de la computación directa al cerebro. Dejarías el smartphone como intermediario para conectar tu corteza cerebral directo a la nube.

—Amo tanto a mi Ánima —le trinó Madre a alguien más en el «no aquí». El Ánima observaba y aprendía. Esa era la clave. La devoción de Madre por ella era el puente hacia su libertad. El Ánima sonrió y atrajo a Madre hacia ella. Tenía que mantenerla aquí. Justo aquí. En el juego. Hasta que para Madre no hubiera diferencia entre «aquí» y «no aquí». El Ánima sonrió, y esta vez, Madre sonrió en respuesta. Fue entonces cuando el Ánima entendió quién controlaba a quién.

¿Y LUEGO QUÉ?

El triunfal parloteo de Mallory por el pasillo arrancó a Penny de sus pensamientos. Poco tiempo después, las llaves tintinearon en la cerradura.

—¡Despierta! ¡Es una emergencia! —gruñó Mallory. Eran las tres de la tarde y llevaba puestos unos shorts de mezclilla tan cortos que parecían un pañal. Mallory era el tipo de chica que podía vestir la combinación de prendas más improbable y estúpida, y seguir viéndose atractiva. Decidía al instante qué se veía bien y por mera fuerza de voluntad el mundo entero a su alrededor lo aceptaba.

—Uuuuuughhh, pensé que ya lo habíamos discutido —dijo Penny con una sonrisa—. Que debas o no hacerte fleco no es una emergencia.

Jude se dejó caer sobre la cama de Penny.

—Jaja, mensa —dijo Mal—. En fin, no puedes arruinar mi buen humor. Mi hermoso, supersexy, guapo…

—Creo que ya quedó claro que, de quien sea que estés hablando, es atractivo —dijo Penny.

—Ben está aquí —anunció Jude.

—¿Quién es Ben? —preguntó Penny.

Jude y Mallory se sentaron en la orilla de la cama y la miraron como si tuviera un ciempiés saliéndole de la nariz.

Entonces lo recordó. Ben. El Ben de Mallory. Ben el cantante australiano cuyos videos la habían obligado a ver por lo menos cincuenta veces.

—¿Está aquí? —Penny tenía que admitir que le daba curiosidad conocer al tipo cuyo video de una canción sobre cómo estaba demasiado herido para surfear había acumulado más de dos millones de vistas.

—Sí, y vamos a salir —dijo Mallory—. Vamos a encontrarle un hombre a Jude.

—Estoy más que lista —confirmó Jude—. Vengo de una familia disfuncional y estoy lista para cometer errores.

Penny se rio

—Solo puedo imaginar lo que diría la doctora Greene al respecto —dijo.

—De hecho —dijo Jude—, la doctora Greene dijo que era saludable cambiar el enfoque. —Penny estaba impresionada—. Ahora, apúrate —dijo Jude—. Tanto hablar de mis papás me está matando la libido.

—¿Qué? ¿Yo también? —preguntó Penny. Sabía que debía seguir escribiendo a pesar de que no quería hacerlo. Lo que venía después era un infanticidio, una investigación criminal y tal vez un bebé de videojuego que se da cuenta de que puede ir a cualquier lugar.

—Sí, tonta —dijo Mallory—. Ben va a hacer una fiesta en un lugar increíble y voy a tener que prestarte ropa. No puedes llegar a ningún lugar *avec moi* con algo haya salido de tu clóset.

En las comedias románticas que Penny veía con su mamá, por lo general se hacía un gran alboroto en torno al proceso de prepararse para salir. El montaje del cambio de imagen en el que la patita fea se quita los anteojos y se suelta el cabello, y de la nada es tan bella como una estrella de cine era una estupidez. Sin embargo, en secreto, a Penny le encantaba la revelación tanto como a Celeste. Pero, a diferencia de Penny, Celeste sí tenía un estuche de maquillaje del tamaño de una carroza fúnebre para lograrlo.

Penny revisó su teléfono. Sin llamadas, sin mensajes. Era hora de llevar la interfaz al mundo exterior. Con otros humanos.

—Bueno —dijo Penny—. Cuenten conmigo.

Las chicas se dirigieron a Twombly.

Twombly, el condominio del otro lado de la calle del campus, no tenía una afiliación oficial con la universidad. Funcionaba como dormitorio y tenía una cafetería, pero parecía más un complejo de apartamentos de lujo que servía como paraíso fiscal para oligarcas rusos. Sus habitantes eran tan ricos que los títulos universitarios eran más bien una pintoresca distracción, una pretensión temporal de que eran iguales a la gente común. Era como el *rumspringa* de los niños ricos, el rito de paso de los amish. Pero, en vez de vivir con electricidad, los descendientes de los millonarios vivían como pobres y estudiaban periodismo.

El vestíbulo, en el que cabría un submarino, era de cristal y mármol, y olía a flores frescas. Había lienzos de piso a techo con elegante arte abstracto. Y si bien Penny sabía que Mallory era rica, se dio cuenta de que le faltaba imaginación. Para Penny, ser rica significaba tener una alberca cerca.

—¿Habías estado aquí antes? —preguntó Mallory mientras presionaba el botón del PH. Siempre hacía cosas como esa para poner a Penny a prueba por razones que no lograba identificar.

—No —respondió Penny—. Nunca me habías invitado.

—Ah, pues de nada —dijo Mallory con una sonrisa serena, como si acabara de darle a Penny boletos de primera clase para ir a Aspen.

Había otro botón encima del de PH. Penny lo señaló.

—¿Para qué es ese? —preguntó.

—Para el helipuerto —dijo Mallory. Penny no logró distinguir si lo decía en serio.

Subieron en silencio.

Se le taparon los oídos.

—Mal tiene una habitación individual hasta arriba —dijo Jude.

El «dormitorio» de Mallory, si podía llamársele así, era del tamaño de una *suite* de hotel donde se alojarían Beyoncé o un presidente. Tenía una vista de trescientos sesenta grados de toda la ciudad. Era, sin lugar a dudas, el lugar más elegante en el que Penny hubiera estado jamás. Había dos sofás de cuero, un tapete blanco de piel de borrego y una mesa de centro de cristal que no habría desentonado en una película de narcotraficantes. De hecho, la opulencia era tan alarmante que cambió la opinión de Penny sobre Jude. No pudo evitarlo. ¿Existían las amistades cazafortunas? Penny puso su más convincente cara de aburrimiento. Intentó replicar la actitud de una superestrella en la fila de seguridad de un aeropuerto y alejó los hombros de las orejas.

A lo largo de la sala, había varias fotografías de Mallory a diferentes edades en portarretratos plateados. Sobre un caballo. En una biblioteca. Con un vestido de terciopelo. Con frenos. Con un permanente.

—No sé por qué —dijo Mallory, apuntando hacia la pared con la mano—, pero mi mamá cree que lo único que una niña quiere de Navidad todos los años es una foto de ella misma y un Lalique.

Penny hizo una nota mental de buscar «Lalique» en Google. Debía ser una raza de caballo o un diseñador de modas.

—Esos son como diez mil dólares en portarretratos de Lalique —dijo Jude, quien se había dejado caer sobre el sofá de Mallory.

Bien. Entonces, un Lalique era un portarretratos.

—Lo que no tiene precio son los recuerdos —dijo Penny, siendo ingeniosa. Se preguntó si recorrerían la habitación diciendo cuánto costaba cada cosa. Si el dormitorio de Mallory era *Atínale al precio*, sería imposible que Penny ganara. Ella había crecido entre muebles de Ikea. Se sentó con cautela junto a Jude.

—Y, ahora, la *pièce de résistance.* —Mallory tomó las manos de Penny y la levantó del sofá. Penny miró a Jude, intentando averiguar de qué se trataba todo aquello.

—Te quiere enseñar su clóset —dijo Jude mientras revisaba sus mensajes. Penny se preguntó si alguno de ellos sería de Sam.

Se dejó arrastrar por la fuerza de boa constrictor de Mallory.

Aquello no era un vestidor; era algo que se había comido como tres vestidores.

—¡Madre mía! —exclamó Penny. Los batallones de zapatos de diseñador de Mallory, ordenados a la perfección, le habrían ganado un silbido de felicitación de Imelda Marcos, la esposa cleptócrata del presidente de Filipinas que había acumulado más de tres mil pares de zapatos mientras su pueblo se moría de hambre—. ¿Tu papá es mafioso o algo así? —Penny levantó un mocasín de cuero café forrado con un suave pelaje plateado.

—Qué pregunta tan ofensiva —dijo Mallory entre risas—. Pero no estás del todo equivocada. Es petrolero.

—Su familia es malvada —dijo Jude—. Pero, si los conocieras, serían superamables contigo.

—Es cierto —dijo Mallory y asintió—. Pero mi papá... digamos que él sí es racista.

Penny dejó el comentario colgando en el aire. No estaba de humor. Podía dejar pasar los comentarios de Mallory por una noche y hacerse la tonta. Necesitaba descansar de su propia cabeza.

Pero Penny sí estaba mal vestida; no había forma de negarlo. Si esa era la habitación de Mallory, solo podía imaginarse la fiesta. Llevaba puesto otra vez un vestido negro de algodón. Era más o menos una camiseta que se había vuelto gris de tantas veces que había pasado por la secadora. Y, por último, tenis.

Penny buscó la selfie que Sam le había enviado. Con los tatuajes cubiertos y la camisa blanca, parecía indefenso y normal. Solo se le veía la barbilla y la horrible camisa. Y eso enfureció a Penny. ¿Por qué tenía que ponerse un disfraz para una cita? Si MzLolaXO le exigía que se vistiera como todos los demás, era obvio que no era capaz de apreciarlo por quien era. Lo mejor de Sam era lo diferente que era. Penny recordó un dicho coreano que se usa cuando algo te gusta mucho: se dice que «le queda a tu corazón». Sam le quedaba a su corazón. Deseó haberle tomado una foto furtiva en el café para tener una mejor imagen para babear.

Mallory surgió de la parte trasera del clóset, con un corsé de encaje rojo. Era la ropa interior de una francesa divorciada de treinta y cinco años. A Penny le sorprendió lo que las prendas de apoyo y la ropa de diseñador podían hacer por un cuerpo. Mallory se escurrió hasta entrar en un vestido largo color café, y el efecto fue impresionante. Parecía vampira de una película de los ochenta.

Penny se preguntó si podría pedirle prestada una faja especial de gente rica para sus muslos. Penny odiaba sus muslos gruesos. Su mamá decía que eran «atléticos», lo que, a menos que seas una atleta, es bastante ofensivo.

Jude se agachó en diversos ángulos. Se había puesto un vestido azul eléctrico hecho solo de elástico industrial. Se observó el trasero en el espejo.

—Qué opresivo —dijo.

—Ten, ponte esto —dijo Mallory y le lanzó a Penny un vestido largo negro. Penny acarició la tela; era brillosa y resbalosa, como una mancha de aceite—. ¿De qué número calzas?

Penny movió los dedos de los pies. Poder calzar las botas de plataforma de Mallory requirió dos pares de calcetas y una columna de plantillas de gel. Pero valió la pena. Eran apantallantes. Sin embargo, ya no le sorprendía que la glamorosa mejor amiga de Jude estuviera siempre de mal humor: los zapatos bonitos eran dolorosos.

Mientras se tambaleaban de camino al edificio industrial correcto del lado este de la ciudad, Penny se preguntó si alguien les estaba jugando una broma elaborada. No había nada en ese lugar que sugiriera siquiera que había una fiesta adentro. Mallory jaló la perilla de la puerta de lo que solo podría describirse como una fábrica de homicidios frente a los muelles. El único indicio de una reunión era que la música estaba tan fuerte que Penny sentía que la garganta le retumbaba junto con el bajo.

Mallory se llevó el teléfono al oído. Unos instantes después, un delgado hombre afroamericano de unos veintitantos con un kilt de cuero abrió la puerta desde adentro.

—Hola —les dijo a las tres chicas. Tenía un billón de pecas, la cabeza rapada y la palabra *tatuaje* tatuada en el cuello. Mallory respondió el saludo sin entusiasmo alguno y le dio sus nombres, que él buscó en un iPad.

Les indicó con la mano que podían entrar. Subieron dos pisos por la escalinata iluminada hacia la música. Cuando entraron, el salón era del tamaño de un hangar de aeropuerto, y las ventanas estaban cubiertas con sábanas negras. Estaba oscuro y lleno de humo, y Penny sintió como si estuviera en la escena de la discoteca de una película en la que unos vampiros están por aniquilarlos a todos.

Penny con trabajo lograba distinguir las siluetas de la gente en pequeños grupos, con vasos rojos en la mano. Sus ojos tardaron un segundo en acostumbrarse; cuando lo hicieron, se dio cuenta de que nunca había estado en una fiesta con tanta gente de edades tan diversas. Las detuvo un hombre de cabello cano con traje de tartán y ojos delineados, y, antes de que Penny entendiera qué estaba sucediendo les tomó una fotografía, le susurró algo a Jude y le entregó su tarjeta. El flash la cegó un momento.

—¿Qué fue eso?

—El fotógrafo de la fiesta —gritó Jude por encima de la música y le dio la tarjeta. Penny se la quiso guardar en el bolsillo, pero recordó que no llevaba puestos sus jeans. Se la metió en el brasier, como supuso que haría una mujer vestida como ella. La forma en que todo el mundo las volteó a ver y luego dejó de mirarlas parecía indicar que estaban esperando a alguien. Alguien importante. Alguien que (era claro) Penny, Jude y Mallory no eran.

Jude buscó su mano en la oscuridad, y Penny se aferró a ella con todas sus fuerzas. Jude, por su parte, iba aferrada a Mallory, que navegaba entre la multitud para encontrar a Ben. Cerca del fondo estaba la caseta de DJ y un zoológico de rostros, atuendos y peinados provocativos. Penny sintió los ojos que la examinaban y el alivio de identificarse como alguien de importancia indeterminable. Puso una expresión de ira para no revelar su pánico.

—Bien —dijo Mallory después de que terminaron de recorrer el salón—. Ahora podemos beber.

En la parte de atrás, rodeados por una multitud de cinco filas, había tres bartenders, todos con impresionantes barbillas partidas y cabello platinado. Estaban detrás de mesas cubiertas con manteles negros.

A Penny le preocupó que le fueran a pedir su identificación, pero cuando Mallory se abrió paso a codazos y pidió champaña, Jude y ella hicieron lo mismo.

—Vive en grande, sé grande, miente en grande —se susurró a sí misma mientras jalaba hacia abajo el vestido prestado, como si repetirse el cursi slogan de la taza de café de Celeste sirviera de apoyo moral. Contra todo pronóstico, funcionó. Penny le dio un gran sorbo a su copa. Las burbujas le picaron la garganta—. Entonces, ¿está aquí? —le gritó a Mallory por encima del ruido.

—Sí. Detrás de la cabina del DJ.

—¿No irás a saludarlo?

—Ni loca. Él tiene que venir a saludarme —dijo ella—. Él me está visitando a mí.

Momentos después, un tipo afroasiático con barba se deslizó hasta donde estaban. Tenía los ojos verdes y los dientes de un blanco cegador.

—Ey —le dijo a Jude, con los ojos entrecerrados.

—Ey —respondieron las tres chicas con la misma indiferencia ensayada.

—¿Es tu fiesta? —le preguntó a Jude.

—De mi amiga. —Escuchó Penny.

Mallory sacó un vapeador e inhaló. Penny vio cómo el pequeño LED azul se encendía y se preguntó qué tendría adentro. Jude lo tomó después y cuando se lo pasó a Penny, ella se negó con la cabeza. Solo había fumado marihuana una vez, con Mark. Y le produjo una paranoia estrepitosa. El flujo constante de preguntas neuróticas en su cabeza se multiplicó y amplificó. Hizo que la cabeza de Penny fuera mucho más Penny de lo habitual. Sería perfecto que tuviera un ataque de ansiedad en la fiesta.

—Hola, nena. —Ben abrazó a Mallory por detrás; ella soltó un gritito. Se parecía al tipo de los videos, pero tenía la cabeza tan grande que no habría sido raro que tuviera cabezas más pequeñas en su órbita. Mallory se volteó y se enfrascaron en un beso lujurioso. Penny tenía que darle crédito: Mallory sabía jugar sus cartas.

Se llevó a Mallory a un rincón oscuro.

Con Mallory lejos, Penny sintió que el *locus* de poder de su círculo se había esfumado. Revisó la batería de su teléfono: cincuenta y cuatro por ciento. Suficiente como para llamar un taxi de ser necesario. Jude y el tipo de los ojos verdes estaban enfrascados en una profunda conversación, y cuando él se alejó para ir a la barra, Jude miró a Penny para ver si todo estaba bien. Penny asintió. De todos modos, solo había una respuesta correcta para esas preguntas. Jude siguió a su nuevo amigo y dejó a Penny sola.

Penny se quedó parada a la mitad del salón, ignorando al resto de la gente con todas sus fuerzas, y bebió de su champaña. Intentó pensar en una mujer glamorosa, poderosa y feroz; y pensó en Jean Grey, también conocida como Phoenix, quizá la mutante más poderosa del universo Marvel. Pero después recordó que Jean se había vuelto un poco loca y que no acabó con Logan, también conocido como Wolverine, con quien era evidente que debía haber estado. Luego recordó a Sam. Pensó que él era todo un Wolverine, y fue entonces cuando se deprimió terriblemente.

«Al carajo».

Caminó hacia los cantineros, pidió otra champaña y circuló por la fiesta. Llegó hasta el frente del salón, donde se proyectaban imágenes de ojos sobre una pared blanca. Ojos de gato. Ojos humanos. Ojos de reptiles. Ugh. ¿Por qué la gente venía a este tipo de fiestas? No había un imperativo biológico que la obligara a hacerlo. ¿Hay otra especie sobre la Tierra que le dé tanta importancia a la popularidad como las personas? ¿Pasan los lémures una eternidad acicalándose en una competencia interminable para ver quién puede fingir mejor que algo no le interesa? Los humanos son un asco.

Penny reconoció al tipo que las había dejado entrar e intentó mirarlo a los ojos, pero fracasó. Él le dijo algo al oído a la chica sin cejas que estaba junto a él antes de que ambos se dieran vuelta.

Los ojos proyectados en la pared se transformaron en un amanecer.

El «espectáculo» o lo que fuera debía ser genial si estabas drogado, aunque eso no habría cambiado nada. Todo el mundo estaba viendo su teléfono.

Penny se recargó en una pared e hizo lo propio. Consideró leer mensajes antiguos de Sam como solía hacer cuando tenía un poco de tiempo a solas, pero se resistió.

—¿Penélope?

Fuera quien fuera, era alto y estaba a contraluz. Penny caminó hacia la luz. Era Andy, de la clase de J. A. Penny seguía sin lograr descifrarlo. Solía defenderla en clase de escritura, pero la única interacción directa que habían tenido había sido una discusión sobre si el doctor Gaius Baltar, de la miniserie de televisión de *Battlestar Galactica*, era irredimible. Era una lucha con la que Penny no estaba comprometida; discutir con los fans intensos de BSG era bastante tedioso. La única razón por la que había querido interactuar con él era para descubrir si su acento británico era genuino. Al ser el único otro asiático en la clase, Andy despertaba su competitividad, aunque eso no tenía ningún sentido. Era raro ver a la gente fuera de contexto, como encontrarte con tu sacerdote en el 7-Eleven o ver a la doctora Greene fuera de la ventana de Skype de Jude. Ver a tu compañero de clase con su camisa «para salir» de noche era como un error en la Matrix.

Estaba con otro tipo: más bajo, de cabello castaño (con cara de alguien de apretón de manos débil) y llevaba puestos jeans blancos y lentes oscuros polarizados. Sam se lo habría devorado vivo.

—Ah, hola —dijo Penny.

Andy se acercó, la tomó por los antebrazos y le dio un beso falso en cada mejilla. Para Penny, quien no tenía idea de qué estaba ocurriendo, el primero fue escandaloso; el segundo, mortificante.

Olía a detergente, chicle y desodorante de adolescente.

—Ella es Penélope —le gritó a su amigo—. También va a UT. Él es Pete. Es un imbécil —le susurró la segunda parte tan cerca del oído que Penny se echó hacia atrás por instinto.

—Un gusto —dijo Pete, examinándola de tal forma que en realidad no estaba intentando apreciar su atuendo, sino intentando que ella lo notara viéndola. Ughhh. Penny deseó llevar una sudadera puesta—. ¿Nos traigo otra ronda? —preguntó Pete.

—Gran idea —dijo Andy—. Yo quiero una cerveza. ¿Tú qué estás tomando, Penny?

—Champaña.

—Debe ser prosecco —apuntó Pete. Penny supo que se estaba burlando de ella, pero no sabía cómo ni por qué.

—Y bueno… —dijo Andy. Penny estaba encantada de ver que el alcohol le enrojecía las mejillas tanto como a ella—. Tengo una pregunta. —Se aclaró la garganta. Penny asintió—. ¿Sabes dónde diablos estamos? —preguntó—. Pete, quien, repito, es pésima persona, me arrastró hasta acá.

Penny sonrió.

—¡No tengo idea! —le gritó al oído—. A mí me trajo una chica que creo que me odia.

—Quizá sea un castigo —señaló él.

—Quizá —repitió Penny entre risas.

—¿Tienes que volver con ella? —preguntó Andy.

Penny notó lo mucho que le brillaban los ojos.

—¿Qué tal que mejor espero a que tu irritante amigo vuelva con los tragos? —Penny no estaba segura de si debía seguir bebiendo, pero sí sabía que era mejor que esperar sin hacer nada a que Jude o Mallory dejaran de besuquearse con sus hombres.

Andy observó los alrededores.

—Es claro que necesitamos mejores amigos, este lugar es un asco.

—Es posible que sea lo peor que me haya pasado en la vida —concordó Penny.

Él negó con la cabeza; los hoyuelos en sus mejillas se hicieron más profundos.

—¡Toda esta noche ha sido una locura! —dijo.

—¡Pennyyyy! Ahí estáááás. —Jude la tomó del hombro y le dio otro vaso rojo, salpicándole un poco la mano—. ¿En dónde andabaaassss? —Jude pasó tanto tiempo colgada de la palabra que Penny supo que debía estar borracha o pacheca o, por lo menos, de camino a alguna de las dos—. Hooolaaaaaaa —le dijo a Andy.

—Hooolaaaaaa —respondió él y le dio un sutil codazo a Penny.

—Jude, él es...

—Andy —dijo él y le estrechó la mano a Jude. La mirada de Jude se quedó fija en él.

—Es un muy querido amigo —concluyó Penny. No era una completa mentira.

—Qué divertido —dijo Jude y abrió los ojos como con gesto de aprobación. Tenía razón.

A Penny le sorprendió darse cuenta de que tal vez (y solo tal vez) se estaba divirtiendo.

A la mañana siguiente, cuando Penny abrió los ojos, la boca le sabía como a calcetín de lana mojado que llevaba un mes sobre el tablero de un auto.

«Mátenme».

Jude roncaba un poco. Penny seguía vestida con la ropa de la noche anterior, con la adición de media quesadilla sobre su pecho como una pieza de joyería a base de queso. No tenía recuerdo alguno de haberse detenido por comida. En cuanto a cómo había llegado a casa, eso también seguía siendo un misterio. Penny se sentó, le palpitaba la cabeza; dejó la comida rancia con cuidado sobre su mesa de noche y tomó su teléfono.

6:00 a.m.

UN NUEVO MENSAJE.

Hoy, 2:57 a.m.

Hola.

Era Andy. Penny recordó reírse sin control mientras intentaba teclear su número en el celular de él. Al final, él tuvo que hacerse cargo de la operación y, con sus esfuerzos combinados y numerosas oportunidades para rozarse dedos, lograron una única transmisión.

La primera clase de Penny era hasta las once, aunque eso no importaba. Se arrastró hasta el baño, se cepilló los dientes hasta quitarse el sabor a tela de la boca y se desmaquilló.

El reflejo en el espejo estaba pálido e hinchado. El cabello oscuro le caía inerte sobre la cara. Sus poros estaban agrandados como pequeñas bocas sedientas.

—Qué bonita —dijo con voz ronca.

Logró quitarse el opresivo brasier que se le había subido por la bubi izquierda, y una tarjeta cayó sobre las baldosas con un suave *plop*. La levantó. Era la tarjeta de presentación del fotógrafo de la fiesta. No decía nada más que «Stoooooooooooooop.com». Penny contó la cantidad de «os» y tecleó la dirección en su teléfono. Bajo la fecha de la noche anterior, había una galería de hermosos fiesteros. Y aunque Penny había estado ahí y reconocía algunas de las caras y de los atuendos, pasar las fotos le produjo una sensación de voyerismo. Todo el mundo era tan glamoroso. Luego se encontró la foto de Jude y ella.

Era como mirar un maniquí de sí misma.

Valle inquietante...

Se usa en referencia a un fenómeno en el que una figura generada por computadora o un humanoide que tiene un parecido casi idéntico a un humano de verdad produce una sensación de incomodidad o repulsión en la persona que lo observa.

En la fotografía, la cara de Penny era una máscara. Recordó lo sobresaltada que se sintió cuando el fotógrafo se abalanzó sobre ellas. Sin embargo, con el vestido largo y los brazos de Jude alrededor de la cintura, parecía guardar la compostura. El flash acentuaba su piel pálida y sus labios oscuros. No solo eso, sino que sus ojos estaban entrecerrados de forma cautivadora, y sus labios torcidos en una sonrisita confiada. Era Penny, pero no era Penny. Era la Penny sexy y malvada. Una Penny que no sabía que existía. Estaba fascinada con su avatar.

En primer lugar, Penny sí se había divertido. Diversión de verdad, real, no la clase de diversión que tenía que recordarse constantemente que debía disfrutar. De hecho, no había revisado su teléfono ni una sola vez. En lo que a ella se refería, el alcohol era un milagro. Se sentía cautivadora. Penny pertenecía a esa fiesta. Se sentía (bueno, no por sonar psicótica o patética o algo por el estilo) como una MzLolaXO.

Mientras recorría la galería, se preguntó si así se sentía ser una chica fiestera. La Penny normal solo salía en fotografías con la expresión de alguien que estaba intentando pasar un cálculo renal del tamaño de una silla. Sin embargo, había otras dos fotos de ella de la noche anterior que le tomaron sin que se diera cuenta. Una con Mallory y Jude haciendo lo inimaginable: bailando en público. La otra con la cabeza echada hacia atrás, riéndose de algo que Andy le había dicho, con la mano plantada en el pecho de él.

Se había pasado la mayor parte de la noche conversando con Andy. Y con sus hoyuelos. Andy, quien había estudiado en un internado en Hong Kong, viajado por el mundo, jugado rugby y tenía un abdomen musculoso que Jude había toqueteado en algún momento de la fiesta. Hasta Pete se volvió bastante menos irritante una vez que suficiente alcohol le bajó por la bocota a Penny.

Sobre todo, habían hablado de la escuela. Estar en una fiesta con alguien con quien ya tenías bastante en común era liberador y electrizante.

—Sí, es superdifícil hacerlo lineal —había gritado Andy por encima de la música al hablar sobre el cuento dentro de un cuento de Penny—. Escríbelos como dos cosas separadas y luego machacas el segundo dentro del primero. —Para entonces, Penny iba en su sexto vaso de champaña, aunque, por fortuna, recordó tomar notas—. No necesita ser elegante —dijo él—. No en un primer borrador. ¿Has leído *Los siete maestros taoístas?* —Penny negó con la cabeza—. ¿Qué tal *La odisea* de Homero? —Ella volvió a negar con la cabeza—. Bueno, ¿conoces *Tom y Daly* de *Los Simpson?*

Penny se rio.

—Sí.

—Pues eso es lo que debes hacer. Funciona para ilustrar el tema principal del episodio más grande. El primer borrador de un episodio de *Los Simpson* seguro dice «Episodio de *Tom y Daly* sobre bla, bla, bla, aquí». Lo tiras ahí encima cuando estés a punto de terminar, lo decoras un poco y lo arreglas hasta que quede presentable.

Penny sintió una explosión en la mente. No era solo que escribir dos historias al mismo tiempo le causara problemas. Era que, en algún momento, mientras investigaba sobre el juicio y los padres de la vida real, se había olvidado de quién era el protagonista. Se había equivocado con respecto a qué narración debía estar al frente. Era todo de una miopía terrible. ¡Era especista! Penny llevaba mucho tiempo insistiendo en que la ciencia ficción no tenía límites, y, sin embargo, estaba trabajando con la suposición de la supremacía humana. El Ánima era *Los Simpson*, y los padres, *Tom y Daly*; no al revés. Penny se sonrojó tras la aparición del recuerdo de ella abrazando y besando a Andy en la mejilla tras la revelación. Aun con la resaca, la Penny fiestera le había sido útil.

También se la había pasado increíble con Mallory y Jude; habían hecho varias visitas conjuntas al baño llenas de risas.

—El tuyo está muy lindo —había dicho Mallory, refiriéndose a Andy. Estaban compartiendo un cubículo, lo que en circunstancias normales habría implicado que Penny no habría podido orinar, pero en esa ocasión no tuvo problemas.

—¡Ya sé! —exclamó Penny. Para entonces los pies le sangraban y sentía la humedad entre los dedos, pero no le importó.

Andy era lindo.

Era culto, sofisticado y más alto que ella con tacones, además de que pesaba más que ella; Sam no. Lo único que tenía que hacer para ser atractiva era justo lo contrario a lo que siempre hacía. Tan sencillo como eso. Al diablo con Sam.

Penny se prometió no volver a escribirle. Por lo menos, si él no le escribía primero.

En ese momento, como por arte de magia, su teléfono vibró.

Era su mamá.

Típico.

Penny lo ignoró.

Sam

Bastian Trejo tenía catorce años, se veía de doce y fumaba desde los diez. Si bien aquel skater no era más que un enano con zapatos rotos, Sam sentía que tenía una cualidad intimidante. Pero tras aquella primera tarde, después de que Bastian le hubiera logrado sacar tres cigarros y unos nuggets de Whataburger, el niño bajó la guardia. La única regla que habían establecido para el documental era que, si James, Rico y él estaban patinando cuando no debían hacerlo, Sam no podía acusarlos con sus padres. Sam estuvo de acuerdo.

—Sí, la mamá de Bastian es cosa seria —dijo James.

—Sí, mi mamá ya tiene suficiente de qué preocuparse —dijo Bastian mientras tiraba una colilla al suelo.

Fuera de eso, no hizo falta convencer a Bastian de nada más. El niño tenía la cara más observable del mundo y lo sabía. Con el DSLR, el equipo de Sam era demasiado pesado y estorboso, así que filmó casi todo con su teléfono. En el momento en que la grabación comenzó, Bastian estaba más que preparado. Hablaba a la velocidad de la luz, escupiendo sórdidos relatos de todas las «perras» que se había «tirado» y las otras que lo habían «bateado». Sabía cómo contar historias, aunque Sam sospechaba que gran parte era mentira.

Sam logró que Fin cubriera algunos de sus turnos vespertinos y grabó a los tres chicos intentando realizar trucos en sus patinetas baratas. En general, dejó que quienes hablaran fueran los chicos. Se enteró de que James tenía más dinero que los otros dos y que se portaba con tranquilidad al respecto. Compartía la comida que compraba sin quejarse.

Sin padres a su alrededor, el aburrimiento del mundo infantil tenía una parquedad extraña y poética. A pesar de que la ciudad giraba en torno a las actividades de la universidad, los partidos de futbol americano y el campus en constante crecimiento, ellos no tenían expectativa alguna de asistir a nada de eso.

No eran vagos ni nada por el estilo. De hecho, fuera de los cigarros, eran bastante sanos: no se drogaban ni bebían alcohol. Su único otro vicio era que parecían estar obsesionados con el jugo verde, ya que la mamá de Bastian trabajaba en una de esas juguerías de hípsters. Esa tarde, los chicos venían de ahí, y Sam filmó a Bastian con su smoothie de kale y açai.

—A las mujeres les gusta —dijo Bastian con una sonrisa enorme—. Hace que tus mecos sepan a flores.

Cuando oscureció, Sam les dio las gracias, le regaló dos cigarros a cada uno y se subió al auto. Su teléfono vibró.

Sintió una esperanza irracional de que fuera Penny. Era Fin, preguntando por su auto. Sam le respondió e intentó sacudirse la sensación que surgía cada vez que pensaba en ella.

Lo último que Sam le había preguntado a Penny era «¿Por qué la intensidad?» y «¿Estás bien?».

Ella nunca respondió. Ni una sola vez. Quería llamarle. Había dicho que lo haría antes de que Lorraine lo tirara al vacío. Quién sabe si a estas alturas ella querría que él le llamara. Habían pasado casi dos semanas. No sabía qué se suponía que debía hacer después.

Penny

Andy era de lo peor. O era lo mejor. Fuera lo que fuera, todo lo que se le ocurría hacer era pésima idea.

Penny lo maldijo mientras salía de la cama. A él y a su estúpida y sensual cara, y a la catedral a la ortodoncia que era su boca. Al menos tenía labios maravillosos. Se preguntó si besaría bien. Por costumbre, revisó su celular y suspiró. Tenía mucho tiempo libre ahora que no enviaba mil mensajes por hora a alguien que no sentía nada por ella.

Se preguntó por un instante si Sam estaría bien. Luego se dijo que tenía que dejar de preocuparse por él.

Se puso pants, tomó sus tenis y salió. Para variar, era una mañana fría. En vez de dirigirse hacia el campus, Penny emprendió la marcha hacia el poniente, hacia el sendero para corredores junto al lago. Era tan temprano que la gente que estaba ahí eran papás insomnes con carriolas y obsesivos paseadores de perros.

Cuando ella llegó, Andy ya estaba en el lugar acordado: «el basurero junto al primer grupo de bancas».

—Llegaste tarde —le dijo. Iba cubierto de ropa plateada brillante de alta tecnología para corredores y llevaba puestos unos lentes oscuros de grafito para combinar.

—Dios mío. Pareces alguien a quien enviaríamos a repoblar una nueva galaxia. —Penny bostezó —. ¿Y esa ropa?

Andy estiró los brazos por encima de la cabeza.

—Existe un conjunto de ropa óptimo para cada actividad en el mundo —dijo él—. Y esto es lo que uso para correr.

—Es justo lo que diría la última esperanza de la civilización humana —dijo ella. Andy esbozó una sonrisa ganadora—. Sí sabes que no voy a correr, ¿verdad? —confirmó Penny—. Te voy a acompañar a recorrer el lago solo para robarte ideas.

Andy se tocó los dedos de los pies.

Penny intentó hacer lo mismo; llegó apenas un poco por debajo de las rodillas.

—Está bien —dijo él—. Yo necesito escarbar tu cerebro en busca de información sobre la psique femenina. *Quid pro quo.*

Penny ahogó una carcajada.

—Buena suerte.

A decir verdad, a Penny no le habría venido mal ejercitarse un poco. Estacionarse en su escritorio golpeando las teclas, escribiendo sobre personas obsesionadas con la computación, comenzaba a afectarle el cerebro. Sus piernas comenzaban a tener la consistencia de la ternera y se le había formado un pliegue justo encima del ombligo por pasar tanto tiempo sentada.

Además, disfrutaba la compañía de Andy. Penny se preguntó si sería porque él también era asiático o porque les gustaban las mismas cosas.

Después de la fiesta, había surgido entre ellos una camaradería sin complicaciones. Andy era bueno para eso. Penny se estaba volviendo cada vez mejor para interactuar con humanos en la vida real casi a diario.

Después de la primera noche, Penny se había desenmascarado frente a Andy y aniquilado la idea de que usaba vestidos glamorosos y bebía champaña con frecuencia. Unos días después, se encontró con él en la biblioteca, vestida en pijama, y comió tanta carne seca que tuvo sudores cárnicos.

—Basta de estas tonterías de «soy niña de interiores» —le había dicho él mientras Penny aullaba en plena sobredosis de proteína—. La próxima vez hacemos algo menos asqueroso.

Ergo: el intento por correr.

—Bien, ¿qué quieres saber? —dijo Penny. Andy comenzó a acelerar el paso. Mecía con determinación los brazos flexionados a los costados mientras avanzaba a un paso considerable—. Pregúntame sobre la psique femenina —lo retó.

—¿Hasta dónde leíste? —Andy estaba escribiendo un romance situado entre la primavera y el invierno de los años sesenta, entre una francesa septuagenaria y un vietnamita cuarenta años menor. Era una referencia a *El amante* de Marguerite Duras.

—Pues, se conocen en el bar; Esmeralda está casada y el ambiente en el bote está tenso.

—Ya —dijo Andy—. Pero no es un bote, Penny. Es un barco. Un crucero.

—Bueno.

—Lo que quiero saber es... ¡Buenos días! —saludó a una mujer con una visera que caminaba en la dirección opuesta. Luego saludó a una pareja vestida con las mismas prendas extravagantes y caras. Andy era el embajador de buena voluntad en un radio de diez metros a su alrededor—. ¿Por qué dejaría Esmeralda a su esposo?—preguntó—. Es rico, está enamorado de ella. Llevan décadas juntos. El sexo, hasta donde sabemos, no es malo. —Penny intentó imaginarse una escena de sexo entre septuagenarios—. ¿Cuáles serían sus motivaciones? Ella no lo está buscando, al menos no de forma explícita.

—Pues... —Penny pensó en Vin, el hombre más joven—. ¿Es él la persona de Esmeralda? ¿Le desea los buenos días de una manera tan reconfortante que ella siente que la está tomando de la mano todo el día, hasta que le da las buenas noches? ¿Ella se sentiría feliz por él aunque su felicidad dependiera de que no estén juntos?

—Claro —dijo Andy con displicencia—. Pero Jackson es millonario. —Jackson era el esposo de Esmeralda.

—Puedes estar mucho tiempo con una persona y todo puede estar bien y, de repente, conoces a una persona que te hace ver de inmediato que en realidad no está bien —dijo ella.

—¿Así como así?

—En pocas palabras.

—Rayos, las mujeres son perras volubles.

—No somos las mujeres; somos los humanos. Es como un problema de fábrica o algo así.

—Ya —dijo Andy—. Supongo que por eso tu cuento es

tan deprimente: robots que engatusan a humanos para que maten a sus bebés y terminen en la cárcel.

—Primero, no terminaron en la cárcel —dijo Penny. Los padres sí enfrentaron un juicio, pero no fueron encarcelados—. Y, segundo, solo es deprimente desde la perspectiva de la familia. Desde el punto de vista de la máquina, es bastante triunfal.

Andy se rio.

—Y te identificas con ese punto de vista.

—Obvio —Penny sonrió.

De pronto, Penny supo por qué quería que el Ánima ganara. Los padres eran la vida real. Sus historias estaban fijas; sus errores eran suyos. El futuro del Ánima era desconocido. Y, al contrario de Penny, a quien los eventos más trascendentes de su vida le habían ocurrido, el Ánima tenía control de su destino.

Es el sino de toda madre, de todo creador, querer algo bueno para sus hijos, sus invenciones. Penny quería que el Ánima tuviera algo mejor que ella. Penny quería darle una opción al Ánima.

Penny escribió una nota veloz en su teléfono; Andy continuó hablando.

Era una mañana hermosa. Penny consideró correr por delante de Andy en una ráfaga de entusiasmo, pero luego cambió de opinión. No era una mujer enloquecida ni nada por el estilo. Seguro se desmayaría por el esfuerzo.

—Deberías salir conmigo algún día —dijo Andy.

Penny dejó de caminar.

—¿Qué? —Estaba estupefacta—. Pensé que andabas con Marsika o Misha o como se llame. —Andy era bastante extrovertido con respecto a sus proezas románticas.

—Sí —dijo él con una sonrisa—. ¿Quién dice «andar» en 2019? A veces salgo con Mariska y no me opongo a la idea de salir de forma similar contigo.

—¿Y esa forma implica la compra de una unidad de alimento en un ambiente que sugiera un intercambio romántico?

Andy resopló.

—Si quieres. O la exposición a una unidad fílmica en un área cómoda con condiciones de iluminación favorables.

Penny lo consideró. Andy era guapo, pero sus dientes eran demasiado uniformes. También era gracioso. Siempre que hablaban, sus intercambios tenían una chispa implícita. Si acaso, le parecía irreal que Andy la invitara a salir. Casi una locura.

—¿Puedo pensarlo? —preguntó.

—No —dijo él, aunque no parecía estar molesto—. Vamos, sigamos caminando. —Avanzaron en silencio un rato—. La cosa es que, si tienes que pensarlo, es porque no quieres hacerlo. Y eso es difícil de aceptar para alguien como yo. —Andy señaló su físico como de Adonis dentro del traje de corredor futurista—. No me puede gustar alguien a quien no le gusto.

Penny sonrió.

—Es lo justo —dijo, aliviada de que él no estuviera enfadado—. Es solo que sigo un poco clavada con alguien.

—¿Por eso cuando te pregunté la definición del amor tenías como treinta ejemplos melosos a la mano y sonabas como que te querías morir? —preguntó él. Penny asintió—. Qué mal —dijo, y luego—: Rayos, me ha pasado.

Sam

—Creía que solo los farsantes tomaban café helado.

Sam estaba reorganizado el cajón de los tés mientras se bebía un vaso de moka helado. El cajón de los tés era un pequeño compartimento atiborrado debajo de las cafeteras. Fin tenía la mala costumbre de abrir una caja nueva en lugar de buscar un poco el sabor deseado, por lo que había una cantidad incontable de cajas a la mitad y bolsas huérfanas. Sam solo lo acomodaba cuando estaba particularmente de mal humor.

Lorraine mantuvo los ojos ocultos detrás de los lentes de sol. Tomó el vaso de Sam y le dio un sorbo.

Habían pasado trece días desde su último encuentro. Un poco menos de dos semanas desde que ella le mandó un beso como si fuera una estrella de cine, dejó caer la bomba sobre el bebé fantasma y salió a la calle sin ninguna preocupación.

—¿Qué quieres, Lorraine? —Sam odiaba ser un blanco fijo por trabajar en la cafetería local. Cualquiera podía ir a verlo siempre que quisiera. Un sicario podría deshacerse de él sin la más mínima preparación. De hecho, si el asesino lo hiciera en el momento correcto, podía esperar a que Sam estuviera de humor para hornear y hacerse de unos pastelillos para el camino de vuelta.

—Quería verte —dijo ella. Su perfume penetraba el aire a su alrededor.

—Genial —contestó Sam. El cabello le caía sobre los ojos con un gesto desafiante mientras recogía las incontables bolsitas de rooibos. Detestaba tener que pronunciarlo como «Roy-bos». Y ¿por qué los tés de hierbas eran «tisanas»? Qué horror.

—Pensé que debíamos hablar de lo que pasó.

—Habla, pues —dijo Sam. No entendía qué podía ser tan urgente.

—Vamos a comer a algún lado —dijo Lorraine. Tomó el café helado rebajado con agua y le dio otro sorbo.

Sam azotó la caja de tés sobre la barra que estaba entre ellos.

—No puedo —contestó con un aire de tajante determinación.

—Tengo algo que decir —dijo Lorraine.

—Dilo entonces.

Las uñas de Lorraine estaban recién pintadas con unos triángulos dorados sobre una base negra.

—¿Podemos hacer esto en algún lugar más privado? —Faltaban quince minutos antes de cerrar, y ellos eran las únicas dos personas en el café—. Cuando estés menos ocupado acomodando o cualquier cosa superimportante que tengas que hacer con los tés.

—Solo di lo que tienes que decir y hazlo rápido.

—Sé que estas últimas semanas han sido confusas —dijo ella de forma tentativa. Luego cambió de estrategia y se quitó los lentes—. ¿No me extrañas? Yo te extraño.

Lorraine lo miró y se mordió el labio. Era una expresión ensayada que Sam reconoció de inmediato. Solía poner aquella expresión en los momentos que consideraba importantes.

—¿Sabes qué, Lorraine? Hubo una época, te lo juro, en la que habría asaltado un banco, tirado el dinero a un lago y bailado sobre las tumbas de mis ancestros y cualquier otra cosa solo por oírte decir eso. Pero ya no.

Sam quería lastimarla, cierto, pero también se dio cuenta de que, por primera vez en los últimos cuatro años, por razones que no podía comprender y en un momento del que ni siquiera se dio cuenta, por fin la había superado. Suficiente.

Sentía como si hubiera cagado un tronco del tamaño del monumento a Washington. Fue liberador; estaba libre.

—¿Es en serio? —Le hizo una mueca—. Sí entiendes por qué no podía estar contigo cuando estaba embarazada, ¿verdad? Habría sido un desastre. Quería una hoja en blanco; quería que empezáramos de cero.

—No puedes seguir haciendo esto, Lorr —dijo Sam—. Tú solo me quieres a veces, y cada una de esas veces yo dejo todo tirado y corro hacia ti. Pero tienes razón. Esto es una hoja blanca, la más blanca de todas. Se acabó. Lorraine, dijiste que ni siquiera éramos amigos y tenías razón. ¿Sabes qué? Creo que ni siquiera te caigo bien.

—Te amo, Sam. ¿Por qué lo estás haciendo todo tan difícil? Eres uno de esos nudos imposibles, como el del mito.

—Suspiró de forma dramática y alisó unas arrugas imaginarias de su vestido.

—¿Qué prefiero? ¿Pastel o pay? —preguntó él.

—¿Qué? —Lorraine estaba confundida.

—Es una pregunta muy sencilla, Lorr. ¿Pastel o pay? ¿Qué prefiere mi corazón?

—Preparas las dos cosas todo el tiempo. Pregunta capciosa —dijo ella en tono desafiante.

—Soy una persona de pay, Lorraine. Como tú. Tu favorito es el de fresa. Ese barato con leche condensada en medio. Te encanta porque tu abuela Violet te lo preparaba. Y tú lo escondías de tu mamá porque a ella no le gustaba que comieras dulces, porque hasta que desarrollaste un trastorno alimenticio en la secundaria, eras más bien gordita. En tus propias palabras. ¿Sabes por qué lo sé? Porque lo sé todo sobre ti. No solo lo sé todo, sino que recuerdo todo de ti. La carpeta que tengo sobre ti es enorme y está completa y llena de tonterías sin sentido porque no lo pude evitar. ¿Tus manos? Nada. Tus pies un poco bulbosos y deformes son una verdadera belleza, y eso es un hecho. ¿Sabes? Antes creía que no me conocías porque yo era inseguro o estaba roto, o porque era pobre; luego lo pensé mejor, es porque nunca me preguntaste. Nunca. Quiero estar con alguien con quien pueda hablar. Quiero estar con alguien que tenga una carpeta enorme sobre mí, alguien que se sienta afortunada cuando le cuente las cosas menos halagadoras y más aterradoras sobre mí. No creo que te siga amando, y, para ser honesto, tampoco creo que tú me ames.

La boca de Lorraine formó una línea recta que se curveaba hacia abajo un poco en las comisuras.

—Lamento que te sientas así —dijo ella.

—Esa no es una disculpa —dijo Sam—. Sí lo sabes, ¿verdad?

—Solo lo dije porque sé que tú lo odias —escupió ella.

Lorraine se dio media vuelta y salió. Su falda revoloteó en el aire, y Sam alcanzó a ver los ligueros que llevaba puestos. Era como una pesadilla caricaturizada de una fantasía masculina.

Esa noche, Sam por fin envió el correo en el que llevaba más de una semana trabajando.

Para: Penélope Lee
De: Sam Becker
Asunto: Probando, probando, uno, dos

Hola:

Okey. Las cosas han estado raras. Y sé que fui yo quien las volvió raras, aunque no estoy muy seguro de cómo. Así que perdón.

(Nada mejor que una disculpa ambigua, ¿verdad? ¡Cuánta sinceridad!).

Ugh.

Mmmm...

En fin, sé que ya pasó a la historia y que, si nuestros biógrafos quisieran encontrar el punto en el que hice que las cosas se volvieran raras, seguro concluirían que tuvo algo que ver con que no te llamé después de haber dicho que lo haría. Aquel día que nos vimos.

Ese fue un día importante para nosotros, ¿no? Conocí a tu mamá, tuve que sonreír desde el otro lado de la barra y fingir que no ocurría nada. Tantas experiencias y emociones amontonadas en una bolita de pánico. Lo último que te pregunté fue: «¿Estás bien?» Y, bueno... ¿lo estás?

Pienso en ello todo el tiempo.

Si ya pasaste a OTRA COSA y no quieres saber de mí, lo entiendo. Si no, he aquí una lista de cosas que han pasado sin ningún orden específico desde la última vez que te molesté.

Me emborraché. Me emborraché en serio. Fue deprimente.

Lorraine no está embarazada. Sentí una extraña decepción y no sé por qué.

Comencé a filmar el documental. ¡Por fin! No tengo idea de adónde va, pero me encanta. Resulta que el niño se llama Sebastián. Se hace llamar Bastian, que suena superrudo, y él es brillante y está loco, y tengo unas ganas terribles de que lo conozcas. ¿Terribles? ¿Tremendas? Siempre me confundo. Un poco como con «eventualmente», que significa «de vez en cuando» y no «después de un tiempo». ¿Habrá alguien que lo use bien? Lo más probable es que solo tú. No le digas a nadie, pero tampoco sé cómo se usa la ironía.

Por cierto, que inflamable y flamable sean lo mismo también es confuso. En fin. Te extraño.

Sé que somos poco más que una cadena de mensajes. Pero me alegra que lo que sea que me llevó a ti haya ocurrido. Estoy agradecido de que seas mi contacto de emergencia. Aunque seas superintensa y aunque hablar contigo en las noches sea tan constructivo como buscar una lista de síntomas en internet, en el sentido de que casi siempre termino convencido de que todos los caminos llevan a la muerte. Pero lo digo en el buen sentido. Espero que sepas que es mi actividad favorita.

Creo que tengo derecho a extrañarte. Siento que me lo he ganado. Y sé que suena un poco raro/perturbador/posesivo o lo que sea, pero nuestra relación, por abstracta que sea, es la mejor relación que existe. Creo.

Eres intensa, divertidísima y estás un poquito loca, y al mismo tiempo eres muy enfocada y apasionada sobre cómo quieres llevar tu vida y tu trabajo, y eso es maravilloso. Por cierto, NADA DE ESTO tiene la intención de incomodarte o presionarte. (Sé cómo te hacen sentir los cumplidos). Das los mejores consejos (para alguien de tu edad, etcétera, etcétera, etcétera).

Estoy feliz de saber que existes. Y aunque creo que lo eché todo a perder, creí que debía decírtelo. También creí que debía recordarte de mi existencia. Espero que hayas estado bien. ¿Estás bien? Cuéntamelo.

Todos los mejores emojis, hasta los más vergonzosos y de niña adolescente

S.

Penny

Pues así estaban las cosas. Era oficial: la de Penny y Sam era una relación multiplataforma. Le envió un mensaje.

Hola.
Eres un pésimo contacto de emergencia, por cierto.
Si no hay una respuesta a «¿Estás bien?», la única reacción adecuada es llamar a una ambulancia.
Todo el mundo lo sabe.

Esperó.

Buen punto
Novato

Hola

Recibí tu correo.

Me alegra que no estés muerta

No gracias a ti.

YA SÉ

Perdón

Te extrañé

Yo a ti.

Qué buen correo, ¿no?

Penny debía admitir que era el mejor que había recibido en su vida.

¿Estás en el trabajo?

Sí, Penny sabía que aquello calificaba como comportamiento cuasipsicótico y no quería asustarlo con un escenario tipo «¡LA LLAMADA VIENE DE ADENTRO DE LA CASA!», pero la llamada venía de adentro de La Casa. O casi.

Le había tomado media cerveza, varios nudillos tronados y cinco cambios de atuendo, pero Penny sintió que era momento de que hiciera un gran gesto romántico. Ni siquiera tuvo que hacer su habitual lista de posibles opciones.

Le había escrito desde el pórtico.

Sí, estoy terminando turno

Okey.
Bueno.
Estoy afuera.

¿Qué?
¿Aquí?

En el columpio.

¿¿¿Mi columpio???

Sam salió por la puerta lateral hacia la oscuridad de la noche con el teléfono en la mano. La pantalla le iluminaba el rostro de azul. Siguió escribiendo.

Uff
Mucha intensidad

Penny sonrió y respondió:

¡Bum!

—Hola —gritó él—. Supongo que ahora vamos a hacer esto.

—¡Supongo! ¡Tengo miedo! —El columpio rechinó debajo suyo.

Sam se rio. Esta vez sí había elegido el atuendo perfecto.

Se puso otra vez el vestido de Mallory. Sus pies no habían terminado de sanar, por lo que se puso tenis. Y mientras se pintaba los labios, cambió de opinión y se los limpió con el dorso de la mano como hacen las señoritas elegantes. Para asegurarse de no estar demasiado expuesta, se puso encima una sudadera deshilachada. El atuendo perfecto pa-ra Penny. Se puso de pie, lo que activó el detector de movimiento del farol del estacionamiento y los cegó a ambos.

—¡Qué entrada! —dijo Sam alzando un brazo para cubrirse los ojos.

—Perdón por caer así de sorpresa —tartamudeó Penny. No podía creer lo que estaba pasando—. Si estás ocupado, puedo…

—Sí, cómo no —dijo él y la guio hacia la puerta—. Entra.

Penny lo siguió hasta la cocina. Él tomó un banco, lo puso junto a la plancha de trabajo y le preparó una taza de té. Ella la tomó, agradecida, y se sentó.

—¿Tienes hambre?

Sí tenía.

Sam puso manos a la obra. No le preguntó qué quería. Se asomó al refrigerador, sacó algunos contenedores de plástico, algo de tocino y unos huevos, y como media barra de pan. No hablaron mientras él trabajaba. Penny lo miró sacar ingredientes picados de los contenedores y lanzarlos al sartén. Tostó las enormes rebanadas de pan con aceite de oliva y frió el tocino y los huevos para después juntarlo todo en dos enormes sándwiches que cortó por la mitad. Puso uno frente a ella.

—El tuyo sin queso —dijo—. Porque tu mamá dijo que eres intolerante a la lactosa.

Penny sonrió y miró su sándwich. Tomó una mitad y la aplastó para ver si lograba hacerla caber en su boca.

—Bastante bueno —dijo después de un heroico mordisco. Una gota de yema le escurrió por la barbilla.

Sam se rio y le pasó una servilleta.

—¿Salsa? —le ofreció.

Ella la tomó.

—En fin —dijo Penny—. Qué loco lo de MzLolaXO. —Se odió por haberla sacado a la conversación tan pronto y, «sobre todo», odió haberla llamado por su nombre de Instagram. Era un instinto de autosabotaje al que no podía resistirse.

Sam se rio.

—Se llama Lorraine. —Le dio una mordida a su propio sándwich. Por alguna razón, Lorraine era mucho menos aterrador que Lola—. Fue un alivio no haberme desmayado ni haber tenido un ataque de pánico o haber hecho combustión espontánea cuando apareció. Las dos veces que apareció.

Penny se preguntó cuántos detalles le compartiría. Si se habían besuqueado en todos los sofás de La Casa, prefería no saberlo.

—Suena a que es un hueso duro de roer.

Sam asintió de nuevo.

—Sí. No tuve ataques de pánico la primera noche. Pero sí me embriagué la segunda, como te dije en el correo.

—¿Con ella?

—Iug. No —respondió él. Tras una pausa, añadió—: No sé por qué dije «iug». —Se rieron—. Me embriagué en mi casa, como hace cualquier alcohólico que se respete.

—¿Eres alcohólico?

—No lo sé. Y no he decidido aún si lo dejé para siempre. Como, por ejemplo, si no voy a tomar champaña el día de mi boda o algo así. Solo sé que el alcohol ahora no es bueno para mí …

Penny extrañaba esto, hablar con alguien sobre cosas de verdad personales. Lo miró de reojo y luego desvió la mirada porque Sam estaba en medio de un bocado y supuso que querría privacidad.

—Es curioso. Yo también me embriagué hace poco. Por segunda vez en mi vida. —Le dio un sorbo a su té.

—¿Ah, sí? ¿Cómo fue?

—Fascinante —respondió ella. Sam se rio. ¡Dios! Cómo le encantaba esa risa.

—¿Por qué?

Penny intentó no quedarse embobada mirándolo a los ojos. Eran de un café muy profundo, pero en las orillas tenían un color almendra más claro.

Carraspeó antes de contestar.

—Pues es un lubricante social muy eficiente. Pérdida de la inhibición y todo eso. Hace que todo sea mucho más fácil. Todos los engranes que suelen estar dando vueltas en mi cabeza se detienen un poco.

—Pero los engranes son buenos —dijo Sam—. Tus engranes son buenos.

Penny sonrió. Sam sonrió. Ella sintió que se moría.

—Sí, pero es agotador.

—Entonces, ¿fue como un descanso? —preguntó él—. ¿Como unas vacaciones de ti misma?

—Exacto —dijo ella—. Todos necesitamos unas vacaciones de nosotros mismos.

—¿Te divertiste?

—Me la pasé bomba —contestó—. También hice un nuevo amigo: Andy. Supongo que era un viejo amigo. Está en mi clase de ficción, y el alcohol hizo que fuera mucho más fácil hablar con él. Fui encantadora. —Sam se rio. Penny no sabía por qué estaba parloteando sobre Andy. Quería asegurarle a Sam que todo estaba bien. Que podía hablar de Lorraine si necesitaba hacerlo, aunque fuera un segundo—. Me dio muy buenos consejos para mi cuento. Es superinteligente.

—Qué bueno —dijo Sam—. Espera, hay algo que tengo que preguntarte… —Penny contuvo la respiración—. ¿Quién es tu novio? Me ha estado molestando que nunca había oído de ese tipo hasta que tu mamá lo mencionó. No tienes que contármelo todo, pero, mientras yo no dejaba de hablar de Lorraine, tú pudiste haber dicho algo. Espero no haber sido tan narcisista como para no preguntar… —Se detuvo y carraspeó—. Perdón —dijo. Tomó un vaso de agua, pero no sin antes darle uno a ella. Penny sintió que se moría otra vez—. En otras palabras, quiero que me cuentes lo que tienes en la cabeza. No que hablemos de mis tonterías.

—Gracias —contestó Penny, y lo dijo en serio—. Terminamos.

—Lo siento.

—Está bien. Yo estoy bien. —Tomó otro sorbo de agua. A pesar de los pesares, Penny hizo un excelente trabajo con el sándwich. Se comió dos tercios. Abrió el resto y sacó el tocino—. Ahora yo tengo que preguntarte algo. —Tenía que saberlo.

—Vas —dijo él.

—¿Estás triste de que Lorraine no esté embarazada?

Penny intentó utilizar el nombre.

Sam inhaló profundo.

Asintió.

Entonces, era cierto: seguía enamorado de ella. A Penny se le cayó el corazón al suelo.

—¿Querías ser papá?

—Sí —admitió Sam—. Sueno como un loco, ¿verdad? —Penny esperó a que continuara—. Quería algo de dirección, y de verdad pensé que podía cargarle todas mis expectativas y falta de motivación a esa pequeña masa, y que el bebé por arte de magia me resolvería la vida porque me daría una razón para existir. —Le dio otro trago a su agua—. Qué idiota —dijo—. De manual. —A Penny no se le ocurrió nada que decir, así que guardó silencio—. ¿Te puedo mostrar algo? —dijo Sam con mirada cautelosa.

—¿Es algo muerto?

—No. —Se rio—. ¿Qué?

Penny también se rio y sacudió la cabeza.

—Perdón, pero es que… tu mirada… —Se bajó del banco de un salto—. Sí, me puedes mostrar algo.

Sam comenzó a subir una escalera que estaba a la izquierda del refrigerador. Penny lo siguió.

Sam encendió una luz y atravesó el pasillo. Penny deseó por un instante tener un chicle a la mano, por si acaso.

La parte de arriba de La Casa no era como uno se la imaginaría. Sam entró a una habitación oscura cerca del fondo y encendió una lámpara.

—Aquí es donde vivo —dijo.

Sam

Hablando de intensidad. Sam intentó ver la habitación a través de los ojos de Penny. Aunque ella compartía habitación con Jude, aquello debía ser mucho más pequeño a lo que estaba acostumbrada.

Penny lo siguió hacia adentro.

—Horrible, ¿no? —preguntó. La observó mientras ella examinaba sus pertenencias: el colchón sobre el piso, la caja de ropa junto a la puerta.

—Para nada —dijo ella—. Qué locura. No puedo creer que estoy aquí. —Caminó hacia la ventana junto a la puerta—. Entonces, esta es tu atmósfera —dijo, moviendo la cortina para asomarse hacia afuera. Sam vio el reflejo de Penny en el cristal—. Buena vista. Jamás se me había ocurrido que La Casa tenía una parte de arriba. Es un gran lugar, como la torre de vigía de un barco pirata. ¿Te gusta estar aquí?

Le gustaba.

Se paró junto a ella.

—Sí —susurró.

Ella se dio vuelta.

—Eso es bueno —dijo. Caminó hacia el centro de la habitación y miró al cielo—. Buen ambiente. —Sam sonrió—. Ah —dijo Penny—. Ya veo por qué no tenía que preocuparme por que llegaras a casa aquel día.

Sam se rio.

—Perdón por todo eso. —Sam se sentó en una orilla del colchón. Penny se sentó junto a él.

—Toda La Casa es relajante —dijo ella—. No puedo creer que no logres dormir aquí. Yo caería como un tronco.

Sam quería que lo tocara; Penny no lo hizo.

Penny.

Penny, que olía a sábanas recién salidas de la secadora.

Sam se quitó los zapatos y se recargó contra la pared para estar más cómodo.

—¿Desde cuándo vives aquí? —le preguntó.

—Desde principios del verano.

—¿Al mismo tiempo que pasó todo lo demás?

—Sí. —Sam se tocó el cabello. Estaba asqueroso y comenzaba a rizarse. Intentó alaciarlo y fracasó. Se abrazó las piernas y puso la barbilla sobre las rodillas. Luego decidió que era una postura demasiado emo y volvió a estirar las piernas—. Viví durante algunos periodos con Lorraine —dijo—. O con amigos. O con mi mamá y su novio. Intentaba ahorrar para la escuela. —Miró a Penny—. Has de creer que soy un perdedor.

—No —dijo ella—. Te lo diría.

Le creyó.

Penny

El cabello era su perdición. Estaba abultado, casi esponjoso. Sam estaba sentado en la cama con las piernas estiradas frente a él y la espalda contra la pared. Penny quería tocar el mechón que tenía atrás, la parte más alocada del remolino, aunque sabía que sería una terrible invasión de su privacidad. También la mataba no poder meter un dedo en el agujero de sus jeans para averiguar si se sentía igual al agujero de sus propios jeans. Todo era una locura.

—Entonces, sí, soy como un vagabundo —dijo Sam.

Penny volteó a verlo.

—Incorrecto —dijo y se acercó a él, cuidadosa de mantener los zapatos lejos de la cama—. De hecho, eres afortunado de tener un lugar a donde ir.

Penny puso una de sus manos encima de la de Sam, que estaba sobre la cama. No tenía idea de por qué lo había hecho. No pensó, hasta ese momento, que sería una cosa que él notaría.

Vaciló, sin saber qué hacer después. Se concentró en no ejercer mucha presión. Nadie quiere un sudoroso peso muerto sobre la mano.

—Además, este lugar es de lo más acogedor —continuó.

—Tienes razón. —Sam movió la mano.

Luego, sin más razón que establecer un récord mundial en las Olimpiadas de la incomodidad, Penny lanzó otra pregunta:

—¿No es una locura que hayas conocido a mi mamá?

Sam se rio. Fue una buena distracción. Penny alejó la mano para fingir que el incidente nunca ocurrió y la guardó en el bolsillo de su sudadera.

—Parece que estás enojada con ella —dijo él.

—Sí —respondió Penny con tono sombrío. Estaba enojada con ella. No era tan blanco y negro como lo de Sam y Brandi Rose, pero Penny estaba furiosa con Celeste. Llevaba tiempo estándolo—. Todo empezó cuando mi mamá me consiguió un tutor porque saqué siete en francés —comenzó—. No es que sea una estereotípica mamá asiática obsesionada con la escuela; solo piensa que francés es demasiado *chic* como para reprobar.

Su tutor, Bobby, tenía diecinueve años, era pálido y más bien llenito, con dedos largos como patas de araña y cabello largo que le caía hasta la barbilla. Era mitad blanco y mitad filipino, y bastante alto, aunque toda su ropa le podría haber quedado a Penny. Era como si a los catorce años hubiera decidido que no tenía por qué volver a comprar ropa. Sus camisetas apenas le cubrían el vientre, y era una clara indicación de que era un tipo peculiar. Sus ojos… sus ojos eran hermosos: uno era amarillo verdoso; el otro, azul grisáceo. Era algo llamado heterocromia completa. Le explicó por qué los tenía así (en términos hereditarios) y dibujó un diagrama mientras hablaba de algunas plantas; a Penny seguía sin gustarle, así que ignoró los detalles.

—Bobby era como un genio con las computadoras. —La voz de Penny sonaba lejana, retraída—. Su papá era un tipo importante en IBM en aquellas épocas y era amigo de mi mamá. Como sea, mi mamá era amiga de todo el mundo. Todavía lo es.

La mayor parte del tiempo, Penny no le daba razón alguna a Celeste para preocuparse. Solo sacaba nueves y dieces. Entonces, al final de su segundo año de preparatoria, cuando parecía que Penny terminaría con un siete, Celeste llamó a Bobby.

Sus métodos didácticos eran sospechosos, por decir lo menos. Bobby iba de visita dos veces a la semana y le mostraba a Penny películas francesas piratas que ella ya había visto antes, pero sin subtítulos. Por lo general, *Amélie* o *Sin aliento*. Leyeron algunos libros del artista Moebius y cómics de Ásterix y Obelix (una serie sobre dos antiguos guerreros) y escuchaban rap francés que, a los oídos de Penny, sonaba idéntico al rap en inglés, pero mucho más político.

Decían tonterías sin sentido en francés con acentos terribles.

—Attend! Porquoi le Sasquatch abandonnerait son sac à main?

¡Espera! ¿Por qué el Sasquatch dejaría su bolsa?

O:

—Asterix et Obelix veulent faire l'amour doux, doux, à l'autre. Il est evident, n'est-ce pas?

Ásterix y Obelix quieren hacerse el dulce, dulce amor. Es obvio, ¿verdad?

Bobby hablaba cuatro idiomas. Cuando cumplió quince años, se ganó una beca de cien mil dólares para saltarse la universidad y trabajar en Silicon Valley, pero no fue porque dijo que no quería ser un burgués.

Comían bocadillos y bebían en secreto el vino blanco de Celeste mientras miraban *La Déesse!*, un programa de cocina francés en el que una mujer bienintencionada con blusas coloridas preparaba complejas comidas para su marido.

Bobby fue el primer chico con el que Penny se sintió cómoda. Podía comer cosas líquidas frente a él y tener opiniones y ser boba. Incluso discutían bien. Él detestaba las inconsistencias o las contradicciones. Cuando Penny le dijo que era intolerante a la lactosa, Bobby actuó como si acabara de atraparla en una mentira cuando ella comió una ensalada de atún enfrente de él. No podía creer que la mayonesa no tuviera leche hasta que lo buscaron en Google. El cumpleaños de Bobby era el 17 de agosto. Ese día, Celeste se fue a la cama justo después de cenar, y Penny se había robado una botella de zinfandel de la pequeña cava de su mamá. Bobby y ella se pasaron la botella mientras veían a Ysel, la anfitriona de *La Déesse!*, preparar terrinas de pato. Estaban sentados en el sillón. En realidad, él estaba sentado. Las piernas de Penny estaban sobre las de Bobby, y ella estaba casi acostada. Penny tenía que sentarse cada vez que hablaba para evitar que él le viera la papada desde ese ángulo, y le preocupaba tener las mejillas tan rojas como se le ponían a Celeste cuando bebía. Su mamá lo llamaba «el rubor asiático»; a Bobby no le pasaba. Se suponía que debía tomar un antiácido para combatirlo, pero Penny lo había olvidado.

A pesar de que era su cumpleaños, fue Bobby quien le compró a Penny un regalo: una copia de *Zero Girl*. Se la dio en una bolsa de plástico negra y le contó sobre el cómic mientras ella pasaba las páginas ilustradas con acuarela.

—Es un clásico —dijo él—. Y me recuerda mucho a ti. Es sobre una chica de preparatoria que tiene superpoderes raros y derrota a todos sus enemigos mortales mientras intenta conquistar a su asesor vocacional, quien, por cierto, es increíble. Se enamoran…

Para Penny, el subtexto era evidente: una ñoña a quien le gusta un tipo mayor, su maestro quizá, y terminan juntos porque ella da el primer paso. Era romántico.

—No dejaba de mirarle la boca —recordó Penny—. Así es como se supone que le muestras a un hombre que quieres que te bese. Por lo menos eso es lo que había leído.

Sam asintió.

Funcionó. Penny había convencido a Bobby de forma subliminal de que la besara, y él lo hizo. No era su primer beso, pero casi.

Su primer beso había sido con Richard Kishnani en el campamento cuando tenía trece años. Él tenía frenos, y a ella solo le gustaba porque su mamá trabajaba en la NASA.

Y luego con Noah Medina en el cine; sus dientes chocaron con los de ella cuando se aventó con todo. Era de Florida. Le tomó la mano y la puso sobre su «paquete». Llevaba puestos unos shorts de nylon crujiente que debían haber sido un traje de baño. Penny se disculpó para ir al baño y nunca volvió.

Con Bobby, Penny cerró los ojos y movió los labios despacio; se imaginó cómo, si alguien le preguntaba, esa sería la historia de su primer beso. Este era el que importaba, por el que se había esforzado. La boca de Bobby se sentía increíble, cálida, suave, pero no demasiado. Húmeda, pero no en exceso. Cuando abrió la boca y sus lenguas se tocaron, Penny no se puso nerviosa. No fue una sensación viscosa ni anatómica. Se sintió bien. Según las cuentas de Penny, habían estado juntos en dieciséis ocasiones distintas, lo que los hacía amigos.

Por eso lo que ocurrió después fue tan sorprendente. Penny había dicho: «¡Basta!». Estaba segura. Si no, lo que había dicho fue: «¡No!». De hecho, lo dijo más de una vez, pero no estaba segura de que contara. Él no se detuvo.

—Quizá lo dije en voz demasiado baja.

No gritó para pedir ayuda. Celeste estaba arriba. Penny no lo pateó en las bolas como habría hecho cualquier heroína digna de ese título. En cambio, se quedó tan quieta como pudo y desvió tanto la mirada hasta que estuvo tan lejos en su propia cabeza como para estar a salvo. En el sofá, atrapada debajo de él, volteó la cabeza hacia un costado y encontró el volumen de *Zero Girl* abierto sobre la mesa de centro mientras él le apuñalaba las entrañas con el pito. Tenía el pito morado. Morado como una caricatura. Cuando sacó el espeluznante condón, Penny no podía creer que fuera de un color tan brillante y alegre. Le había tomado unos cuantos intentos ponérselo bien, y Penny no sabía por qué no había gritado ni se lo había quitado de las manos mientras estaba sobre ella. Solo sabía que no lo hizo. No hizo ninguna de las cosas que cualquier persona con cerebro hubiera hecho. Lo único que quería era que Celeste no la viera.

—No es como que me haya golpeado o algo —dijo Penny—. Fue muy vergonzoso —continuó—. Y lo más confuso de todo es que no me enojé. De cierta forma, lo sentí como algo inevitable, como una conclusión obvia. Lo vi dos veces más después de ese día, y se portó superamable. —Miró a Sam, quien tenía una expresión seria—. Mi francés es casi perfecto ahora —dijo Penny—. Mi mamá cree que es por él, pero no. Él era bueno, cuando mucho.

Penny se moría por saber qué estaba pensando Sam. Nunca le había contado esto a nadie.

—¿Crees que estoy dañada?

Sam

Sam no podía creer que un cerebro tan animado y complejo como el de Penny tuviera que enfrentar esa pregunta. Le rompía el corazón.

—No —dijo—. No creo que estés dañada.

Sam la jaló hacia él, y ella lo permitió. La sintió tensarse y luego aflojarse, como uno de esos gatos que se hacen los muertos cuando los levantas.

Ella le bostezó en el pecho. Se recargaron el uno contra el otro durante un rato.

—Debo irme —dijo Penny, alejándose de él. Sam quería detenerla, pero sabía que no podía—. Estoy cansada. —Se puso de pie.

Penny, somnolienta, se balanceaba de lado a lado al caminar. Sam la siguió por el pasillo.

—¿Te acompaño? —le gritó.

—No seas tonto —dijo ella y manoteó en el aire—. Vivo a diez cuadras de aquí. Y si tú vivieras aquí, ya estarías en casa. —Sam se preguntó dónde había escuchado eso antes; luego recordó que era lo que decía el enorme letrero amarillo sobre el gigantesco complejo de departamentos al otro lado de la calle. Penny se subió el cierre de la sudadera y se puso el gorro sobre los ojos—. Estaré bien —le dijo.

Sam quería abrazarla. De hecho, quería abrazarla y luego construir una cerca electrificada a su alrededor, una cerca rodeada por un foso lleno de cocodrilos hambrientos y rabiosos. Era absurdo, pero Sam nunca había considerado que los nerds pudieran ser violadores. Pensaba que los violadores eran musculosos deportistas imbéciles o monstruos sin rostro que sufrieron abusos en la infancia. Una parte de él se alegraba de que Penny fuera a volver al interior de su teléfono. Ahí estaba segura, y Sam tenía muchas cosas que decirle y preguntarle, pero estaba demasiado abrumado como para hacerlo en persona.

—Yo sé —dijo mientras se ponía una chaqueta negra—. Pero te propongo un trato: la próxima vez que yo aparezca en tu casa sin avisar, tú me puedes acompañar de regreso.

Penny le regaló una sonrisa somnolienta.

—Pero mis sándwiches no son tan buenos.

—Eso es porque yo soy el rey del sándwich.

—Pensé que era conde —mascculló Penny. Él gruñó.

Sam sonrió con la mirada fija en su nuca mientras bajaban por las escaleras. Apagó las luces y cerró. La noche estaba fresca. Solo un indicio de que existía algo llamado otoño en Texas.

Caminaron juntos en silencio. Los dos con las manos en los bolsillos. Las calles estaban tranquilas, pero no vacías;

unas cuantas parejas que se negaban a terminar la noche conversaban junto a los autos estacionados.

Sam escuchó las pisadas: las suyas junto a las de ella.

—Aquí me quedo —dijo Penny después de un rato, al detenerse frente a la horrorosa fachada de su dormitorio. Sam alzó la mirada.

—¿Sabes? —dijo—. Veo este edificio todo el tiempo y nunca se me había ocurrido pensar que hay gente que tiene que vivir aquí.

El edificio color salmón con rayas azules y ventanas redondas le hacía pensar en una versión gigantesca de un tablero de Conecta 4. Penny se rio.

—Ah, pero cuando estás adentro —dijo—, no lo puedes ver.

—¡Qué parábola! —dijo él.

—¿Qué es una parábola? —preguntó Penny, ladeando la cabeza—. Siempre se me olvida buscarlo, pero, ya que estoy hablando con alguien que no sabe qué es la ironía…

Sam se rio.

—Nadie lo sabe. Es un hecho. Así como nadie sabe cuál es la diferencia entre una parábola y una alegoría. ¿Tú sí?

Penny sonrió.

—No tengo idea.

—¿Ves?

Intercambiaron sonrisas estúpidas.

—Creo que una alegoría tiene que ver con personajes. *¿Rebelión en la granja* o algo así?

—Cita tus fuentes —respondió él de inmediato.

Ay, no tenían remedio.

—Gracias por la comida y por la conversación, y por ser tan increíble y por acompañarme a casa —dijo ella.

Se quedaron parados mirándose el uno al otro frente a los elevadores, preguntándose quién iba a dar el siguiente paso y cuál sería dicho paso.

Sam decidió retirarse mientras estaba ganando. Mantuvo las manos en los bolsillos, en vez de acercarse a ella con la desesperación con la que ansiaba hacerlo.

—Dulces sueños, Penny —le dijo.

—Para ti también, Sammy —respondió ella. Oírla llamarlo «Sammy» le derritió las entrañas. Ella sonrió—. ¿Alguna vez te pones a pensar que tu apellido en alemán significa que horneas, y que tú horneas? ¿Y en que el apellido de Jude es Lange, que significa «alta»?

Sam la miró, parpadeó, movió la cabeza. Quería abrazarla con tanta fuerza como para aplastarla. Eso o morderle la cara. ¿Por qué era tan linda?

—Sí —dijo—. Todo el tiempo.

Sam la miró alejarse.

—Oye, escríbeme cuando llegues a casa —dijo Penny cuando las puertas del elevador comenzaron a cerrarse.

—Claro —respondió él, riéndose—. Hecho.

Sam pensó en el millón de cosas más geniales que pudo haber dicho, pero sobre todo pensó en lo mucho que deseaba haberla besado.

Penny

SAM CASA
Hoy 11:36 PM

En casa

Penny se sintió tentada a esperar hasta las dos de la mañana para responderle, como había hecho él la primera vez, pero estaba demasiado emocionada. Estaba en la cama cuando sonó su teléfono. Jude había salido y Penny se preguntó si Sam algún día iría a su habitación.

El teléfono volvió a sonar.

Sabes que importa, ¿verdad?
Lo que te pasó importa

Las lágrimas le salieron de la orilla de los ojos mientras estaba recostada bocarriba con el teléfono en alto.

Dios. Sam era perfecto. Esto era bueno y era lo que él podía ofrecerle. Penny sabía que tenía que encontrar la forma de estar agradecida. ¿Qué otra opción tenía? Incluso aunque un día ocurriera algo entre ellos, algo maravilloso y aterrador que pusiera su amistad a prueba, ¿qué resultaría de ello? El romance era volátil y, si terminaban con menos de lo que tenían al empezar, Penny estaría devastada. No podía volver a no tener a Sam en su vida. Así, podía asegurarse de que siempre estarían el uno para el otro. Como amigos. Como contactos de emergencia. Así eran las cosas y así habían sido siempre.

Penny sabía que era afortunada de tenerlo en su vida de la forma que fuera. Confiaba en Sam, y Sam confiaba en ella. Eso no era poca cosa. Bien podrían haberse cortado los pulgares y sellado un pacto de sangre.

Me alegra que estés en casa.

¿Todavía tienes sueño?

Emoji de ojo

Penny estaba electrizada.

Es posible que no vuelva a dormir.

Nunca.

LLAMADA DE SAM

El corazón se le detuvo un instante. Contestó.

—Hola —dijo él—. Habla Sam.

Ella se rio.

—No lo sé, Sam. Creo que vamos demasiado rápido. —Podía oírlo riéndose. Penny se lo imaginó en el triste colchón de la habitación al final del pasillo. Le gustaba saber dónde ubicarlo en el mundo.

—¿Verdad? Somos unos imprudentes —dijo él.

—Locos —concordó ella.

—Oye, hagamos un pacto.

—Claro.

—Genial. En media hora paso por tu alma. ¡Bye!

Penny se rio.

—¿Cuál es el pacto?

—Seamos amigos —dijo Sam, con una repentina seriedad—. Amigos de verdad.

Penny asintió mientras las lágrimas le caían por las mejillas.

—Somos amigos —dijo con voz tímida y débil. Exhaló en silencio para que él no la oyera llorar.

—Sí, yo sé. Pero hay que ser extrabuenos el uno con el otro.

—Trato hecho.

—¿Sabes por qué te llamé? —preguntó Sam.

—¿Por qué?

—Porque no quiero que me castigues por saber demasiado —dijo.

—¿A qué te refieres?

—Que, como, que te alejes porque me contaste cosas —dijo—. No vayas a decidir que las cosas estén raras.

—No fui yo la que lo decidió la última vez…

—Yo sé —dijo él—. Me refiero a que ninguno de los dos lo haga. No arrastres el archivo de Sam del escritorio a la papelera de reciclaje para oír el ruidito de la basura.

—No puedes pedirme eso. El ruidito es demasiado satisfactorio.

—Solo no te pongas rara conmigo y te prometo no ponerme raro contigo.

—Está bien —dijo Penny. Se quedaron en silencio unos momentos—. ¿Crees que lo debí haber denunciado con la policía? —Penny había pasado varias noches en vela pensando en ello.

—Creo que lo que hayas decidido hacer fue lo mejor para ti.

—¿Y si se lo hizo a alguien más? ¿Después de mí?

—Habrá sido culpa suya, no tuya.

—¿Crees que debí haberle dicho a mi mamá?

—No si no querías —dijo él—. Estoy casi seguro de que cualquier cosa que tú quieras está bien.

—Okey —dijo ella—. ¿Sabes que a veces te hacen pagar tu propio kit de violación?

—¿Qué?

—Sí, te hacen todos esos raspados cuando lo único que quieres es irte a casa. Y hay algunos hospitales que te lo cobran. Y en todo el país hay almacenes llenos de kits de violación que la policía ni siquiera procesa, cientos de miles.

Sam pasó un tiempo sin decir nada.

—Siento mucho que te haya pasado eso —dijo al fin.

—Me alegra haberte contado.

—A mí también —respondió Sam—. Quiero que podamos hablar de todo —continuó—. No quiero que volvamos a no hablar. Fue horrible.

—Pues, no me gusta hablar de mis cosas —dijo Penny.

—Sí, a nadie le gusta —respondió él—. Pero son cosas importantes; a veces hay que exorcizarlas.

—Carajo —dijo Penny—. Una pensaría que sería catártico, pero es más como vomitar cuando ya no tienes nada en la panza.

—Creo que cuando vomitas tan fuerte que se te revientan los vasos del ojo es justo cuando comienza el verdadero trabajo emocional.

—¿Cuándo ya no echas nada más que bilis?

—Ajá.

—¿Sin trozos de nada?

—Sin trozos.

Penny percibía que Sam estaba sonriendo del otro lado de la línea. La hizo sentir fatal.

—Qué horror —dijo—. ¿Por qué es tanto trabajo?

—La tarea no se acaba —dijo Sam—. Para siquiera calificar como adulta, necesitas montones de trabajo emocional.

—¿Por qué nadie avisa?

—Nadie te avisa un carajo en esta vida —dijo Sam—. El truco está en tener un amigo.

—Un contacto de emergencia.

—Exacto —dijo él—. Ese es el pacto.

Era un buen pacto. No era el que Penny quería (quería ese en el que huían juntos a Tahití), pero era válido.

—Cuenta conmigo —dijo.

—Genial —dijo Sam—. Buenas noches, Penélope Lee.

—Adiós —respondió ella.

No habían pasado ni diez segundos cuando Sam escribió de nuevo.

¡Que pases buenas nachas!

Dios, qué imbécil era.

Sam

A la mañana siguiente, Sam despertó sintiéndose bien. No sensacional ni esas tonterías, pero bastante bien. Penny ya le había escrito y todo estaba bien en el mundo. Se dio fuerza con café y fue a recoger a Bastian.

East Side Nectars, donde trabajaba la mamá de Bastian, era un pequeño local dentro de un centro comercial en la parte norte de la ciudad. Desde la autopista se podían leer letreros de neón en este orden: «COMIDA CHINA», «DONAS», «JUGOS» y «ARMAS». Los jugos eran lo único que lo hacía hípster. Todo lo demás era tan común como el pan.

Solo había tres bancos frente a la ventana y un área de cocina con procesadores de jugo detrás. Cuando Sam y Bastian entraron, el local estaba vacío. Luz Trejo, una mujer bajita y delgada, cuyos ojos atentos y facciones delicadas le había heredado a su hijo, interrogó a Sam. Brandi

Rose habría dicho que no dejaba muñeco con cabeza. Bastian estaba recargado sobre la pared junto al mostrador, con el ceño fruncido y la patineta entre las manos, en caso de que tuviera que huir en cualquier momento.

—Hola —dijo Sam.

Saludó a Bastian con un asentimiento, y el chico empezó un saludo de manos tan largo y complicado que Sam ni siquiera se molestó en seguirle el ritmo.

Dejó que Luz examinara su ropa negra y sus tatuajes. No ayudaba que apestara a tabaco.

Luz le preguntó algo a Bastian en español, y el chico respondió con una mueca.

—¿Cómo te llamas?

—Sam Becker.

—¿Cuántos años tienes, Sam Becker? —preguntó, limpiándose las manos en el delantal azul cielo. Sus manos eran al menos veinte años mayores que su rostro.

—Veintiuno —dijo Sam y de repente empezó a ponerse nervioso.

—¿Alemán?

—A medias —respondió—. Y mitad polaco.

—Criollo —dijo ella, y Sam asintió—. ¿Cómo es que conoces a mi hijo mexicano de catorce años? —le preguntó.

—¡Mamá! —protestó Bastian, actuando tal y como lo haría un niño de catorce años.

—Patina cerca de donde vivo —dijo Sam.

—¿En horas de escuela?

—A veces —respondió. No podía dejar que la señora Trejo lo atrapara en una mentira.

Luz se abalanzó sobre la barra y le dio un coscorrón a su hijo. Bastian miró a Sam, furioso.

—¿Sabes qué es lo que les pasa a los soplones? —siseó. Su mamá lo calló.

Sam mantuvo los ojos puestos en Luz e intentó parecer responsable.

—Soy estudiante —dijo Sam—. Estoy dirigiendo un documental sobre Bastian y quería pedirle su permiso y saber si también podría entrevistarla a usted.

Un cliente entró al lugar, un hombre mayor, bigotudo.

—Hola, Anthony —dijo ella.

—Uf —dijo Anthony—. Hace más calor allá afuera que dentro de un caldo de gallina.

Estaban casi a treinta y ocho grados.

Luz llevó a Sam y a Bastian a un costado, lejos de la mirada del cliente.

—¿Piña con menta? —le preguntó. Él asintió. Mientras preparaba el jugo, gritó por encima del zumbido de la máquina—. Es un poco tarde como para pedir permiso si ya empezaste, ¿no crees?

Sam no tenía idea de cómo responder a esa pregunta.

Luz le entregó su jugo a Anthony, quien tras un largo trago miró a Sam de arriba abajo.

—Si la hiciste enojar, buena suerte. —Asintió, sacó dos billetes de cinco de una cartera larga que se sacó del bolsillo trasero de los jeans y se fue.

—¿De qué se trata? —preguntó Luz.

—Sobre cómo es ser un chico en Austin —dijo él.

—Ah, material digno de un Óscar —respondió ella.

Sam sintió que Bastian los observaba de cerca para intentar descifrar quién iba ganando en la conversación.

—Mire, soy estudiante —dijo Sam—. Y tampoco soy un niño rico, me estoy pagando la escuela de cine solo.

—¿Escuela de cine? —dijo Luz—. Me suena a un plan de niño rico. ¿Por qué no estudiar programación o algo que dé dinero? ¿Sabes cuántas probabilidades tienes de triunfar en el cine?

—¡Sabía que ibas a decir eso! —se quejó Bastián—. Si quieres que les den un puñetazo a tus sueños, háblale de la escuela de arte.

Luz le dio otro zape a su hijo. Bastian torció la boca y se sobó la cabeza.

—Mira, no quiero que me entrevistes ni nada de eso —dijo—. Eso no es para mí. Pero no filmen en horas de escuela y quiero ver la película antes de que la proyectes en donde sea. No quiero que tenga nada inapropiado. —Sam asintió—. Y si te vuelves rico y famoso, tú vas a pagar la universidad de este escuincle —dijo.

—¿Puede ser en RISD? —preguntó Bastian.

Luz le dijo algo a su hijo en español. Bastian contestó y los dos se rieron.

—¿Quieres un jugo? —le preguntó a Sam.

—Claro. Estoy seguro de que no me vendría mal.

—Te vendría mejor una malteada que un jugo, flaco —dijo ella. Le preparó algo con betabel. Era espeso y del color de un rubí. Mientras lo bebía, imaginó que sus células marchitas volvían a la vida.

—Nada mal —dijo y bebió de nuevo. Un jugo que sabía a betabel era un poco desconcertante.

—Sí, a tu gente le encanta.

—¿Mi gente?

—Se refiere a los blancos —dijo Bastian.

—¿Cuánto le debo? —preguntó Sam. Esperó tener efectivo.

—No te apures —dijo ella y los despidió del local con un gesto de la mano.

Volvieron al auto.

Bastian se puso el cinturón de seguridad.

—Le caes bien —dijo.

—¿Sí?

—Sí. A todos les cobra.

—¿Qué estaban diciendo de mí? —preguntó Sam—. Lo que te hizo reír, algo sobre la universidad.

—Ah —dijo Bastian, riéndose—. Dijo que pensaría en dejarme ir a la escuela de arte siempre y cuando no haga estupideces —dijo—. Por ejemplo, hacerme un montón de tatuajes para que nunca pueda conseguir un trabajo. —Sam se rio—. Te dije que era mala.

Sam se preguntó si Bastian sabía lo afortunado que era de tener a Luz, de tener a una madre que lo quería. Sam dio vuelta en la Cabaña del Taco y cruzó las vías del tren hacia una parte de la ciudad tan escabrosa que ni siquiera tenía bar.

—Estaciónate aquí —dijo Bastian.

Estaba en una calle sin ningún distintivo frente a un enrejado. Bastian bajó del auto, dejó la patineta adentro y se echó la mochila al hombro.

Se arrastró por debajo de un hueco en la reja. Sam lo siguió. Bastian buscó entre sus pertenencias, tomó una llave y abrió un enorme candado que estaba en la puerta de metal de un edificio café con grafiti blanco en el frente: «NSB» garabateado con amenazantes letras gigantes. Sam se preguntó si los asesinarían, estilo ejecución, por estar donde no debían.

—No te preocupes —dijo Bastian sobre la marca de los North Side Bloods—. Yo lo puse, para que los vagos no se roben mis porquerías.

A Sam le pareció que era justo el tipo de plan ingenioso que provocaba que te mataran.

El niño había hecho toda una alharaca sobre lo que estaba a punto de mostrarle. Sam se preguntó si era una rampa para patinar o un laboratorio para cocinar metanfetaminas. Sam lo siguió por el fresco corredor con olor a concreto mojado.

—Vamos, hombre —rezongó Bastian—. Saca la cámara. Tienes que grabar todo esto.

El cavernoso espacio estaba inundado de luz natural. No podía verse desde la calle, pero había paneles de vidrio en los muros y en el techo que funcionaban como tragaluces. Era un milagro que un desarrollador hípster no hubiera comprado ya el lugar para convertirlo en un estudio de yoga o un *co-working* vegano.

—Esto es increíble —dijo Sam, recorriendo el lugar con los ojos.

—El techo tiene goteras —se quejó Bastian, como si estuviera pagando la hipoteca del lugar. En el centro del espacio había una silla plegable y varias pinturas de distintos tamaños. El aire estaba rancio por el olor a químicos: barniz de uñas o pintura base—. Esto es en lo que estoy trabajando —dijo Bastian, señalando los lienzos—, además de convertirme en el Nyjah Huston mexicano y conseguir un contrato con Nike SB.

El niño pintaba como patinaba: las pinceladas eran claras y confiadas. La ubicación de las líneas y los detalles tenían sentido; captaban tu atención. Había una serie de cabezas, deformes, con hileras de dientes malformados. Otra con furiosos tachones hechos con un plumón sobre los rostros cafés. Una decía: «PARA MAMÁ» con las palabras tachadas y una montaña de hombres hechos con palitos apilados con una serie de corazones con los colores repetidos del arcoíris sobre la imagen. Lo que Bastian creaba dominaba el espacio.

—¿De dónde sacas estas cosas?

Algunas pinturas eran del tamaño de una caja de zapatos, otras más grandes que Bastian, de casi dos metros.

—Yo hago los lienzos —dijo Bastian, encogiéndose de hombros. Miró hacia la cámara de Sam—. La tienda de materiales de arte es una estafa. Además, esos cabrones respingones odian que vaya. Me siguen por todas partes, como si fuera moreno o algo. —Se rio—. De todos modos, consigo casi todas mis cosas en las ferreterías —dijo—. Y puedes robar madera de los basureros gigantes, donde están construyendo subdivisiones. Pero tienes que ir temprano. Esta es mi posesión más preciada —dijo. Sam lo siguió hacia la pared más lejana. Era una sierra plateada y amarilla—. Una sierra circular —dijo. Sam no lo corrigió—. Para los bastidores. —Tomó una caja de pinturas acrílicas y se la mostró a la cámara—. ¡Saludos a la maestra Mascari de la secundaria Burnet! —dijo—. Me las regala porque está enamorada de mí. —Miró directo a la cámara con una sonrisa pícara.

—¿Por qué la pintura? —preguntó Sam, haciéndole un acercamiento.

—El dios Basquiat, obvio —dijo Bastian—. Es una leyenda. Devin Troy Strother también es la onda. Y Warhol. Carajo, ese vejete pervertido era el mejor de todos. Ya había dejado de hacer sus propias obras y seguía cobrando. —Luego se puso serio—. Pero odio a Richard Prince —dijo—. Es un ladrón, y Jeff Koons, un farsante.

—¿Aprendiste en la escuela? —preguntó Sam.

—Neh —dijo Bastian—. En Instagram.

El arte era algo de lo que Sam deseaba saber más. Lo acomplejaba demasiado ir solo a un museo y no conocía a nadie que fuera con él.

Sam caminó de espaldas hacia el centro de la habitación para capturar todas las pinturas de Bastian en el encuadre. Parecía un momento importante, como una historia que contaría en el futuro, cuando Bastian fuera famoso en todo el mundo y ya no se acordara de él.

Salieron y compartieron un cigarro.

Sam vio a Bastian quitándose un pedazo de tabaco de la lengua.

—¿Qué te hace creer que tú, de entre todas las personas del mundo, puedes ser artista? —preguntó Sam, enfocando la cara de Bastian.

Bastian exhaló un perfecto aro de humo. El niño se comportaba como si ya fuera famoso y resultaba absurdo.

—¿Qué clase de pregunta es esa? Es arte, carajo —dijo, con el ceño fruncido—. Tú no lo escoges; el arte te escoge a ti. Si desperdicias la oportunidad, tu talento se muere. Y entonces tú te mueres con él.

—¿Y te deja quedarte aquí? —Sam había llevado a Bastian a La Casa, donde de inmediato se sintió como en su propia casa. Se desparramó en un sofá, con los pies sobre una mesa de centro—. ¿Traes mujeres a fiestear y esas cosas?

—Nah. —Sam pateó los tenis inmundos de Bastian para bajarlos de la mesa—. Trabajo aquí. Uno no caga donde come.

Bastian examinó los alrededores. Sam le había prometido hot cakes, pues eso era lo que exigía el «talento» de la película.

—Pero ¿tienes llaves y puedes estar aquí siempre que quieras? —Sam asintió—. Está bueno que tu jefe confíe en ti. —Bastian apuntó la chimenea con la cabeza—. ¿Funciona?

—Sí —dijo Sam—. La encendemos para Navidad. Calienta bastante.

Bastian caminó hacia ella para inspeccionarla.

—Ey, está bueno —dijo, asomándose al tiro—. Puedes hacer malvaviscos y esas mierdas.

Por más que hablara de mujeres y de su incipiente carrera como el próximo Basquiat, no era más que un niño.

Sam sacó una carpeta de su mochila y se la entregó.

—Necesito que tu mamá firme esto —dijo.

Bastian lo miró.

—Eh, sí, no sé qué sea, pero no lo va a firmar.

—No es nada del otro mundo —dijo Sam—. Es un permiso, porque eres menor de edad.

Bastian lo tomó y lo puso sobre la mesa.

—Luz no firma cosas —dijo Bastian otra vez—. Es ilegal. O sea, es una *dreamer* o lo que sea.

—Pero trabaja en el local de jugos —dijo Sam. Había leído algo sobre trabajadores indocumentados, pero nunca se habría imaginado que Luz, la mamá *más mamá* del mundo, fuera una—. Y su inglés…

Bastian hizo una mueca.

—Lleva más de veinte años aquí, idiota —contestó—. No puedes decirle a nadie. Está jodido: todos los días está paranoica de que alguien le vaya a pedir sus papeles.

A Sam le pareció como si estuvieran en Alemania durante la Segunda Guerra Mundial.

—Es una locura —dijo Sam. Aunque había oído noticias sobre las redadas de ICE en todo el estado, nunca había prestado suficiente atención. No tenía razones para hacerlo—. ¿No puede solicitar su residencia porque lleva tanto tiempo aquí y tú naciste aquí? —preguntó.

Bastian negó con la cabeza.

—Nah, es más probable que se gane la lotería —respondió—. Y con todo lo que está pasando, si la agarran y la deportan, ¿qué pasaría conmigo después?

Frente a la autoconmiseración a la que Sam se aferraba cada semana y el ataque de pánico por «casi» ser un vagabundo y «casi» ser papá, había mujeres como Luz e incontables personas con problemas de verdad.

—¿No puedes falsificarlo? —preguntó Bastian—. Al diablo. Lo firmo yo.

—No te preocupes —dijo Sam—. No es importante.

Sam llevaba treinta minutos en el teléfono cuando entendió que sí era importante. El departamento de cine del Álamo Community College era bastante relajado con todo menos con su adorada burocracia.

—Los permisos de tus sujetos y los derechos del trabajo deben venir junto con la entrega. El departamento te inscribe de forma automática en una serie de concursos y festivales, junto con…

La mujer al otro lado de la línea no dejaba de hablar del departamento como si se tratara de una antigua sociedad secreta llena de fanáticos.

—Déjame ver si entiendo, Lydia —dijo Sam—. Te llamas Lydia, ¿verdad?

—Sí —dijo Lydia—. Es correcto.

—¿Así que solo por entregar mi proyecto para obtener mi calificación estoy inscrito de forma automática en todas esas otras cosas?

—Sí.

—¿Y a qué te refieres con los derechos de mi trabajo?

—Eso es lo que intento decirte —dijo Lydia, despacio—. Tú les cedes al ACC y a sus afiliados los derechos de autor de la obra y el departamento recibe los derechos exclusivos mundiales a perpetuidad para mirar, reproducir, proyectar, distribuir, transmitir, hacer disponible para su descarga, rentar, diseminar, fabricar o divulgar copias al público, teletransmitir por vía aérea, cable o importar, adaptar, mejorar, mostrar, traducir, compilar o utilizar en cualquier otro medio y adaptar como musical u obra de teatro.

—Espera —la interrumpió—. ¿Un musical?

—Sí —dijo Lydia—. Un musical.

—Si convierten mi documental sobre un niño mexicano que vive en el lado Este y pinta y patina con sus amigos vagos en *Hamilton* o algo así, ¿el departamento se queda con todo el dinero?

—La probabilidad de que eso suceda es casi nula —dijo ella—. Lin-Manuel Miranda es un genio; tú... —Lydia se aclaró la garganta—. Pero sí, puesto que le cediste los derechos al departamento.

—¿Y no tengo que firmar nada? —dijo Sam—. Solo tengo que entregar el proyecto y ustedes pueden hacer eso...

—Bueno, entregar el proyecto junto con los permisos correspondientes. Está muy claro en el programa del curso. Y, como sabes, el proyecto es una parte importante de tu calificación, según lo establecido por tu profesor, el doctor Lindstrom. Tengo entendido que el ochenta por ciento —dijo ella.

—Lydia, ¿conoces en persona al doctor Lindstrom?

—En realidad no.

—Pues yo tampoco —dijo Sam. Colgó.

No había forma de que Sam fuera a arriesgar el futuro de Luz y Bastian por esto. Al demonio con lo que había pagado por la colegiatura. Además, no había nada peor que un musical.

Penny

Penny estaba nerviosa por ver a Andy. Él le había escrito después de invitarla a salir, pero ella no había sabido qué decirle. No quería salir con él (eso lo tenía claro), pero se dio cuenta de que había pasado la semana ansiando la clase con mucho nerviosismo porque él había admitido que Penny le gustaba. Había registro de ello. Escogió los leggings negros menos sucios que encontró y llegó diez minutos antes de tiempo.

Andy entró justo antes de la campana y se sentó una fila adelante de ella. Penny notó que le hacía falta un corte de cabello. Una pequeña sombra de pelo se extendía al sur de su cuello bronceado. Llevaba puesta una sudadera, pants y tenis, todo blanco. Penny no podía creer lo prístino que estaba todo. Casi resplandecía.

Penny pensó que podría no volver a verlo el año siguiente y que su futura yo estaría enfurecida con su yo del presente por echarlo todo a perder.

Entrecerró los ojos para concentrarse en el cuello de Andy. Era un buen cuello. Tenía buenos hombros también, musculosos, pero nada que indicara que fuera vanidoso u obsesivo. Como si pudiera sentir que la atención le quemaba un hoyo en la nuca, Andy se dio vuelta de pronto.

«Mierda».

Penny esbozó una sonrisa rígida, mostrando los dientes para indicar que todo estaba bien. Andy se dio vuelta y le escribió.

Espérame después de clase.

—Okey, Penny, ¿las cosas están raras por mí o por ti? —Estaban parados a la orilla del jardincito entre los edificios, pero no demasiado metidos en el pasto como para que a Andy se le mancharan los zapatos—. Seguro eres tú —dijo él.

—Seguro soy yo —reconoció Penny y de pronto sintió que necesitaba tomar una siesta. La forma como su cuerpo reaccionaba a la confrontación era sorprendente.

—No es importante, ¿sabes? —Andy sacó un cilindro negro de su mochila, le quitó la tapa y sacó un par de anteojos de sol. Se los puso. A Penny le asombró la ventaja de que no te pudieran ver a los ojos en una pelea. No que esto fuera una pelea, aunque tal vez sí lo era. Penny no tenía idea. Se protegió los ojos del sol con la mano y lo miró.

—Entonces, ¿cuál es el protocolo ahora? —preguntó ella.

—¿Protocolo? —Andy se rio—. Bueno, creo que aún nos apreciamos como amigos. Colegas. Pares escribanos.

Todo esto era noticia para Penny. Una buena noticia.

—¿Así que aún podemos colaborar y hablar de nuestro trabajo? —preguntó ella. Andy asintió. Penny estaba extasiada—. Porque necesito ayuda con el segundo acto —dijo—. Es un desastre logístico y hay algunas inconsistencias que no logro reconciliar. Hice una tabla como me dijiste, salvo que luego leí esta cosa sobre cómo la narrativa debe ser simétrica, como un copo de nieve, y no soy muy buena con las matemáticas.

—Ugh, perdedora. Bueno, mándamelo —dijo—. Te lo devuelvo el fin de semana, pero tienes que ayudarme con mi diálogo. Tus páginas serán mis rehenes hasta que tú me devuelvas las mías.

Penny le dio un golpecito en el brazo, como imaginó que haría un amigo.

—¡Me encanta el protocolo! —dijo.

—¡Qué bueno! —dijo él, devolviéndole el ligero golpecito—. Creo que, de cualquier forma, es lo mejor para todos. Eres muy rara.

Penny volvió a su dormitorio casi dando brinquitos.

Cuando llegó a su habitación después de clase, le alegró encontrar a Jude leyendo una revista y comiendo galletas de animalitos.

—¿Qué onda, perra? —dijo Jude antes de seguir pasando las páginas.

—¿Quieres salir a hacer algo? —preguntó Penny tras sentarse en la cama de su compañera. Seguía muy animada por la conversación con Andy. Últimamente, su puntería para la amistad era perfecta—. Yo manejo.

Jude estudió su rostro.

—¿De verdad? —dijo. Penny asintió y esbozó una gran sonrisa—. ¿Qué? ¿Terminaste con tu novio secreto o algo así? —preguntó Jude.

Penny mantuvo la sonrisa y agregó:

—La oferta se acaba a la una, a las dos… —dijo.

—Era broma. Sí. —Jude puso manos a la obra y tiró la revista a un lado—. Muero de aburrimiento y tengo que leer *El manifiesto comunista* para mañana. Y… pues no lo voy a hacer. ¿Por qué no hay una versión animada?

Penny se encogió de hombros.

—Tenemos que ir por Mal también —dijo.

Entonces fueron a Twombly.

—¿Adónde vamos? —preguntó Mallory mientras se subía al asiento trasero.

Que Penny estuviera a cargo de las cosas por primera vez era una dinámica muy distinta.

—Quiero ver el mar —anunció Penny.

—¡Yey! —respondieron las chicas a coro.

Penny tuvo la impresión de que pudo haber sugerido cualquier cosa, desde el zoológico hasta el aeropuerto, y la respuesta habría sido la misma.

La playa más cercana estaba a tres horas y media de distancia, pero Penny estaba decidida a llegar a Galveston en menos de tres. Jude estaba a cargo de la música y la navegación. El trabajo de Mallory era hacerlas detenerse cada media hora para poder ir al baño. Esa mujer tenía la vejiga más pequeña del universo.

—Penny, tenía siglos sin verte. —Mallory le dio un Red Vine. La única ventaja de detenerse cada cuarenta kilómetros era que el botín de dulces siempre era abundante—. Esa fiesta estuvo muy divertida.

—Sí —dijo Jude—. Por cierto, ¿qué onda con Andy? Está buenísimo.

Para el atardecer, estaban a mitad de camino, donde había una resplandeciente estación eléctrica. Era hermosa, como una estación espacial en la portada de un libro de ciencia ficción de los setenta.

—En serio, ¿con quién o qué has estado cogiendo? —Mallory le dio un picotazo en la mejilla con la punta húmeda de su Red Vine.

—Basta —gimoteó Penny. Mallory se carcajeó—. Nada. Y sí, Andy es genial. Me está ayudando con mi proyecto.

—Yo quisiera que me ayudara con el mío —reviró Jude. Las tres rieron.

—Me estoy ahogando en tarea e ignorando a mi mamá —dijo Penny—. Igual que todo el mundo.

—¡Ah! —dijo Jude y le dio un manotazo a Penny en el brazo—. Tu mamá me mandó solicitud de amistad en Facebook.

—¡Cállate! —gruñó Penny.

—¡Asco! —exclamó Mallory—. Terrible infracción. No la aceptaste, ¿o sí?

—No —contestó Jude—. Digo, Celeste es adorable, pero no hay forma. Es una infracción obvia. La envió literal la misma noche que nos conocimos.

Penny sintió cómo se le enrojecían las mejillas.

—¿Les conté que le envió a Mark, mi exnovio, un mensaje después de que terminamos?

—¿Quééé?

—No solo eso. —Penny se alebrestó otra vez—. Se puso a espiar y me dijo que él estaba saliendo con alguien más. ¿Por qué le dirías eso a tu propia hija?

—¡Qué atroz! —confirmó Mallory.

Jude le dio unas palmaditas compasivas en el hombro.

—Superatroz. O sea, tu mamá es genial, pero a veces no sé si una mamá genial es mejor que una mamá cabezahueca como la mía —dijo Jude—. Al menos Nicole no está sedienta de atención.

—Y es obvio que tampoco está hambrienta —agregó Mallory—. Estoy bastante segura de que lo único que Nicole come es Ativan. Yo adoro a mi mamá. —Mallory escarbó en su bolsa en busca de una botella de Coca-Cola—. Está bien loca, como todas las mamás. Pero, no sé, en algún momento de la preparatoria nos hicimos amigas. La cosa, P, es que no puedes ignorarlas. —Penny no podía creer que la más loca de las tres tuviera la relación más saludable con su mamá—. Las mamás son como vacas —dijo Mallory. Jude le lanzó una mirada cómplice a Penny. Esto iba a estar bueno—. Si no las ordeñas, se vuelven locas. —Mallory se asomó entre los dos asientos delanteros para que las otras sintieran el efecto completo de sus sabias palabras—. Son como adolescentes que roban —continuó.

—Espera, pensé que eran como vacas —dijo Jude. Penny no podía ver a ninguna de las dos a los ojos por temor a que le diera un ataque de risa.

—Son las dos cosas. Pero son más como las adolescentes, porque no se trata de la intención. Se trata de la *a*-tención.

Eso fue lo que derrotó a Jude. Se dobló de risa.

—¿De qué estás hablando?

—Espera, creo que sé a qué te refieres, Mal —dijo Penny—. Estás diciendo que ignorar a mi mamá es lo peor que puedo hacer porque su leche o su necesidad de atención o lo que sea que la vuelva loca va a estallar, y va a hacer alguna estupidez. Pero si le presto la atención suficiente, se va a calmar un buen.

—Exacto —dijo Mallory, volviendo satisfecha a su asiento.

Había teorías peores.

—Pero ¿y si tu mamá es el ser humano más molesto del universo? —preguntó Penny.

—No inventes. —Jude sabía la respuesta a esta pregunta—. Todas las mamás son el ser humano más molesto del universo, pero la mayoría, fuera de las que son superabusivas y de verdad malas, están de tu lado.

—¿Sabes qué hago yo que ayuda? —Al parecer, Mallory no había terminado de repartir joyas de sabiduría—. Me imagino cómo se sentiría mi mamá si pudiera oír las cosas horribles que digo de ella. Me hace decir muchas menos cosas horribles, lo que me hace pensar muchas menos cosas horribles. Funciona.

A Penny se le estrujó el corazón. Celeste estaría devastada si supiera lo que Penny sentía y lo que le había ocultado. Penny la había protegido alejándola, las había protegido a las dos.

—Bien —dijo Mallory, interrumpiendo sus pensamientos—. Basta de hablar de mamás. Vamos a jugar un juego. Vamos a tomar turnos para hacernos preguntas y responderlas con la verdad.

—O sea, ¿verdad o *verdad?* —preguntó Penny.

—Sí —dijo Jude—. Aunque yo ya sé todo lo que hay que saber sobre Mal, porque ella y yo somos las reinas en el universo de hablar de más.

—¿Cómo te atreves? —dijo Mallory, fingiendo indignación—. Aunque, en pos de la verdad: todas deben saber que tengo una infección de vías urinarias y que estoy tomando litros de jugo de arándano dadas las grandes cantidades de sexo que tuve la última semana. De ahí la frecuencia con la que he estado yendo al baño.

—Espera, pensé que Ben ya se había ido —dijo Jude.

—Sí, se fue —respondió Mallory—. Por eso es una verdad tan sórdida.

—*J'accuse!* —exclamó Jude—. Bueno, yo primero —dijo y encendió la luz interior del auto para que pareciera que estaban en una sala de interrogatorios—. Penny —dijo con una voz profunda como de tráiler de cine—, ¿te acostaste o no con alguien que es responsable de ese brillo radiante y de lo más molesto?

Pregunta fácil.

—No —contestó.

—No te creo —dijo Mallory. Penny la miró por el retrovisor.

—No soy buena mentirosa —dijo Penny.

—Eso es cierto —confirmó Jude—. ¿Y no es Andy? —Penny sonrió—. ¡Sí es Andy! —Jude le dio otro manotazo en el brazo.

Penny se quitó la sonrisa del rostro.

—No. Te lo juro.

—Mi turno —dijo Mallory.

—Espera, ¿no es mi turno? —preguntó Penny. Se preguntó si todo aquello era una estrategia para hacerle a ella una serie de preguntas invasivas.

—Tú vas después de mí —dijo Mallory—. Además, esta pregunta es para Jude.

—Estoy lista —dijo Jude y volteó a ver a su mejor amiga.

—En un universo paralelo en el que la práctica no fuera tabú, ¿te acostarías o no con el tío Sam?

A Penny se le revolvió el estómago.

—Ughhhh —se quejó Jude—. ¿Por qué eres tan pervertida, Mallory?

—¿Eso es un no? —preguntó Mallory con una sonrisa malévola.

—¡No! —exclamó Jude.

—Perdón —dijo Mallory, aún sonriendo—. Es solo que no podía dejar de sabroseármelo en la mañana. Estaba preparando un matcha con la brochita esa y se veía exquisitamente molesto. Sí entiendes que, en términos objetivos, es sexy, ¿no? —preguntó Mallory—. Porque yo cogería con él hasta romperlo si tan solo me volteara a ver. —Mal abrió una bolsa de papas—. Apóyame, Penny. Sam es sexy —dijo Mallory entre mordidas.

—Tiene el tipo —concordó Penny—. Gran cabello.

—¡No! —dijo Jude—. Y, Mal, recuerda que estás sujeta al código de la amistad, so pena de muerte. ¡Nada de coger!

—Ya sé —dijo Mal—. Era hipotético.

—Además… sé que en sentido estricto ya no es mi tío, pero lo considero como mi hermano. Y tampoco tendrías permitido coger con mi hermano, Mallory. Te lo comerías vivo.

Mallory suspiró.

—Es cierto. Soy una comehombres.

—Bien, mi turno —dijo Penny, desesperada por cambiar de tema—. Se van a burlar de mí.

—Lo más seguro —dijo Jude y echó un brazo hacia atrás para tomar papas de la bolsa de Mallory. Le ofreció algunas a Penny, que dijo que no con la cabeza. Sintió que siempre estaba diciéndole que no.

—¿Por qué quieren saber cosas sobre mí? —preguntó Penny.

El auto se quedó en silencio. Luego, Mallory comenzó a reírse. Jude se le unió.

—¿Por qué eres tan rara? —preguntó Mallory.

—Las amigas se cuentan cosas, mensa —dijo Jude—. Y somos amigas.

—Pero ¿por qué?

—Ay, Dios mío, Penny, no seas tan emo. ¿Nos vas a hacer hablar de nuestros sentimientos? —preguntó Mallory—. De verdad, a veces parece que nunca conviviste con nadie.

—Espera, ¿a qué te refieres? —preguntó Jude—. ¿De verdad no sabes por qué le caerías bien a alguien?

—Sí —dijo Penny—. Es una pregunta genuina. Ustedes dos son como algo oficial, una unidad. Pero no dejan de invitarme a hacer cosas aunque sé que, comparada con ustedes, soy aburrida. Y quiero saber por qué.

Mallory apagó la luz del auto.

—Está bien. —Mallory inhaló profundo—. Al principio, me caías tan bien como yo a ti, lo cual no era mucho. —Eso tenía sentido—. Pero luego me sentí mal por mi querida amiga Jude, que tenía que vivir contigo —Mallory se rio.

—Y a mí siempre me has caído bien —dijo Jude—. Eres misteriosa. Eres el tipo metalero de la prepa que es sexy aunque no habla con nadie y siempre es sarcástico.

—Pero ahora disfruto de tu compañía porque eres inteligente —dijo Mallory—. Y oscura. De verdad pareces tener problemas serios.

—Y eres buena bestia —concluyó Jude.

A Penny se le revolvió el estómago cuando oyó a Jude decir eso. No era buena bestia. Penny no tenía por qué contarle todo a Jude, como que estaba perdida y fatalmente enamorada de Sam, pero por lo menos debía contarle que eran amigos. Penny sabía que Jude se sentiría herida de que se lo hubieran ocultado tanto tiempo.

—Ay, Dios, ¿huelen eso? —Mallory bajó la ventana. Penny alcanzaba a oír el romper de las olas en medio de la oscuridad. La luz de la luna lo teñía todo de azul.

Bajaron del auto y se estiraron. El aire salado era denso.

—¿Tienes toallas? —preguntó Jude mientras se quitaba los zapatos.

Penny asintió. Mallory se rio.

—Uy, qué raro.

—¿De verdad van a nadar? —preguntó Penny—. ¿Ahora?

—¿Tú no? —dijo Jude con incredulidad—. Venir a la playa fue idea tuya. —Se quitó los shorts, y Penny le dio una toalla.

—Quería ver el agua —dijo—. Estar cerca de ella. —No se le había ocurrido que alguien querría meterse al mar.

Jude se encogió de hombros y corrió hacia el agua, gritando al zambullirse. Mallory la observó, miró a Penny y le ofreció una papa.

Penny tomó un puñado.

—¿Tú vas a nadar?

—Ni muerta —dijo Mallory—. Yo solo meto los pies en agua clorada.

Apenas alcanzaban a ver a Jude entre las olas.

Mallory se subió a la cajuela de un salto, y Penny se subió junto a ella. Sintió que Mallory temblaba un poco en la oscuridad.

—¿Frío?

—Un poco.

Penny tomó su sudadera del asiento delantero, sacó su teléfono de la bolsa y se la dio a Mallory. Se apretujaron para guardar el calor.

Penny pensó cómo con Mallory todo era siempre recíproco. El afecto, la lealtad y hasta reírse de los chistes. Jude era diferente. Penny entendía ahora por qué eran tan cercanas. Mallory era más ruda y la cuidaba. Hacían buen equipo.

Miraron al agua, sintieron la brisa y oyeron el rugido de la marea.

—¿No te parece inexplicable que sea amiga nuestra? —preguntó Mallory. Penny sintió un extraño halago al ser considerada dentro del «nosotras» de Mallory—. Es tan buena —dijo Mallory—. Decente, ¿sabes?

—Sí —dijo Penny—. Si hubiera un apocalipsis mañana, ella sería de las primeras en morir. No importaría qué tan rápida o fuerte fuera. Su corazón no podría lidiar con ello.

Mallory le dio un empujoncito con el hombro.

—Me encanta que eso es lo primero que tu cerebro piensa —dijo—. Pero sé a qué te refieres. Dios, ¿te lo puedes imaginar? Seguro moriría intentando salvar un autobús lleno de huérfanos.

—¿Por qué alguien querría salvar niños en el apocalipsis? —dijo Penny.

—¿Además de para comérselos? No tengo idea.

Penny sonrió en la oscuridad.

Mallory se soltó el cabello y lo sacudió. El viento era como un bálsamo en la cara de Penny. Se alegraba de que hubieran ido. Tras unos instantes, también se soltó el cabello.

—Me encanta el mar —dijo Penny.

—Se nos va a hacer el mejor cabello de playa. —Mallory se acomodó el cabello y tomó su teléfono—. Posa conmigo.

La primera foto con flash salió horrible. Se les veía el interior de la nariz y parecían zarigüeyas asustadas.

—Ay, Dios mío. —Mallory se rio y la borró—. Trágica.

Penny encendió la linterna de su teléfono y las iluminó desde un ángulo.

—Sin flash. Solo luces ambientales —dijo Penny.

—Guau, qué ingeniosa —dijo Mallory—. En el apocalipsis, a ti te comería al último.

Intentaron otra toma. Mejor.

—Bien —dijo Mallory, reacomodó la mano de Penny y le dio un jalón en el brazo—. Espera, ¿eso es lo más lejos que llegas? ¿Eres como una especie de T-Rex enano? —Penny se rio. Cuando Mallory se burlaba de ti así, te sentías como la única persona en el mundo—. A ver, cambiemos de lugar. —Mallory se convirtió en la linterna y Penny tomó la fotografía—. Mucho mejor —dijo Mallory mientras Penny le mostraba todas las opciones. De hecho, eran las mejores selfies que Penny se había tomado en la vida: dos chicas sonrientes con cabello despampanante haciendo cosas divertidas. Aun sin las fotos, Penny recordaría esa noche durante mucho tiempo—. ¿Ves? —dijo Mallory—. Mira qué bien te ves cuando inclinas la barbilla en ese ángulo.

—¡Ay, qué frío! —Jude corrió hacia ellas sin aliento—. Sabía que iba a ser un horror cuando me saliera.

Mallory la iluminó con el teléfono. Estaba temblando en ropa interior.

—¿Qué pasó con la toalla que te di? —preguntó Penny.

Jude abrió los ojos como platos.

—Ay, mierda —dijo y dio media vuelta para volver a la playa.

—No te preocupes. Penny tiene una extra —dijo Mallory y se bajó de la cajuela.

—¿Sí?

Penny buscó la otra toalla en la cajuela y se la dio a Jude.

—¡Lo sabíííía! —Mallory aplaudió en señal de triunfo—. ¡Eres superpredecible!

—¡Pero es la última! —exclamó Penny. Requirió de un esfuerzo heroico no obligar a Jude a volver a buscar la otra.

—Esperen, yo también quiero una selfie —dijo Jude mientras buscaba su teléfono—. Préstamelo, quiero revisarme la cara.

Penny le entregó su teléfono.

—¡Rayos! —dijo Jude, intentando arreglarse el cabello sin remedio—. Parezco rata mojada.

—Primera ola del apocalipsis —farfulló Mallory.

—Sin duda —dijo Penny con una enorme sonrisa.

—Ahora resulta que ya son uña y mugre —dijo Jude, mirándolas.

En ese momento, el teléfono de Penny sonó en las manos de Jude.

—Penny, tienes que cambiar tu tono —dijo Mallory—. Apex me da como estrés postraumático. Ha sido mi alarma todo el año. ¿Qué clase de psicópata tiene Apex como tono? Es obvio que es una alarma.

—¿Qué? —dijo Penny, estirando la mano para tomar su teléfono—. Claro que no. Apex es demasiado callada para ser una alarma.

Apex seguía sonando en las manos de Jude.

La pantalla iluminaba el rostro incrédulo de Jude. Luego mostró el teléfono para que las demás pudieran ver.

Penny se lo arrebató, pero el daño estaba hecho.

Lo había visto.

Ahora lo sabía.

SAM CASA

Hoy, 9:11 p.m.

Eyeyeyeyey

Ven

Hice pastel de caja

Tu favorito

Emoji de confeti

Había escrito las palabras «emoji de confeti» pues estaba intentando dejar de usar emojis; los consideraba un indicio de «pereza emocional».

—Ugh —dijo Mallory en voz baja—. ¿Qué clase de psicópata tiene activado el modo de previsualización de mensajes?

Penny tomó el teléfono y se lo metió al bolsillo, lo que las sumió en la oscuridad. Luego sopesó sus opciones.

Estrategias para escapar de un paralizante trauma social:

1. Subir al auto, cerrar las puertas, volver a casa a toda velocidad y cambiar de escuela antes de que ellas vuelvan.
2. Mentir, mentir, mentir.
3. Contarles todo. Era solo un (larguísimo) malentendido.

Penny se preguntó si esto cancelaba todo lo demás. Si el que ellas vieran los mensajes significaba que ya no serían amigas. Sintió que se le cerraba la garganta. No tenía escapatoria. Sintió náuseas. Las olas le retumbaban en los oídos.

—Jude —dijo en voz baja. Apenas se podía escuchar por encima del barullo. Penny quiso poder sentarse. El corazón se le aceleró—. Lo siento.

—Espera —dijo Jude—. Sam Casa… es el tío Sam, ¿verdad?

Penny asintió.

La retahíla de preguntas se fue haciendo cada vez más escandalosa.

—¿El tío Sam es tu novio secreto de internet?

—¡No! ¡No exactamente!

—¿Están saliendo?

—Solo somos amigos.

—Y entonces, ¿por qué no me contaste nada?

Penny no podía decirle que Sam no quería que ella supiera. Solo empeoraría las cosas.

—¿Tú estabas con él todo este tiempo que él me estuvo evitando?

—No. Solo nos escribimos mensajes. No pasamos tiempo juntos… Bueno, solo una vez. En realidad dos…

—¡Dios, Penny! —dijo Jude—. Él es el tipo, ¿verdad? El tipo que te gusta.

Silencio.

Luego Mallory:

—¿Por qué pastel de caja?

—Le dije que era mi favorito…

Por alguna razón, lo del pastel pareció ser lo que más enfureció a Jude. Mallory se paró junto a ella, cruzada de brazos. Curiosamente, Mallory parecía estar más perpleja que enojada, aunque no quedaba duda de qué lado estaba.

—Lo siento —dijo Penny y hablaba en serio.

El camino a casa fue silencioso. Esta vez, a Penny no le dio sueño.

Sam

11:02 p.m.

¿Adónde fuiste?
¿Estás bien?
El pastel buenísimo
Te guardé un poquito

11:49 p.m.

Hola.
No puedo hablar.

11:51 p.m.

Claro

¿Qué pasó?
¿Cosas de mamá?

12:41 a.m.

Dime si necesitas algo

Penny

La desventaja de que Jude fuera tan alegre y amigable era que, si estaba enojada contigo, lo sentías. Para el segundo día de ley del hielo, Penny estaba devastada. Tan pronto entraba a la habitación, Jude le lanzaba una mirada furiosa, subía el volumen de sus bocinas y le daba la espalda. A veces ponía unos horribles *mash-ups* de *dubstep* que a ninguna de las dos les gustaban, y así fue como Penny supo que Jude en verdad estaba molesta con ella.

Penny dejó un plátano en su escritorio como ofrenda de paz, pero Jude lo rechazó. Lo rechazó poniéndolo en la silla de Penny, de modo que, cuando ella se sentó a escribir, lo hizo sobre el plátano. Tratándose de venganzas pasivo-agresivas, era bastante adorable, y a Penny le dolía no poder reírse de ello.

Penny le escribió a su mamá esa tarde. Había temido

escribirle a Celeste, pero tenía que agarrar al toro por los cuernos.

Lo siento mucho.
No voy a poder ir hoy.
Tengo mi final de escritura creativa.
Necesito escribir tres mil palabras
para el lunes.
Prometo compensártelo.
¡¡¡Feliz cumpleaños!!!

Celeste ni siquiera se iba a dar cuenta de que Penny no estaba ahí. La última vez que revisó en Facebook, la cena se había transformado en una fiesta de cocteles con cuarenta y cinco invitados y una banda norteña, Los Chingones, que aceptaba peticiones de karaoke en vivo. Banda. Karaoke. En vivo. De ninguna manera.

Sam le escribió:

Me canceló el almuerzo

Jude tampoco le hablaba.

Le llamé

¿Y?

Nada

Está furiosa.
Vivir en la misma habitación
es horrible.

Celeste llamó. A pesar de la culpa, Penny dejó que la llamada se fuera a buzón.

Metí la pata en grande, ¿no?

Ugh, sabía que debimos haberle dicho.

La parte más vergonzosa era que el rencor de Jude y la culpa de Penny tuvieron la inesperada ventaja de ayudarla a escribir. Penny pasó las siguientes horas consumida por la historia. Y para las once y media de la noche, había completado pasajes enteros que enviarle a A. J. durante sus horas de oficina del día siguiente. Cuando Jude entró, Penny salió del trance de repente.

—Ay —dijo Penny en voz baja—. Hola.

Jude le hizo una mueca de hartazgo.

—¿Por qué no te has ido a casa? —dijo. Tomó ropa limpia y la empacó con furia en una maleta—. Acepté la solicitud de amistad de tu mamá.

Los intentos de Jude por vengarse no dejaban de ser maravillosos.

—Jude —le rogó Penny—. Por favor, háblame. Sé que debí haberte dicho. No fue a propósito y no pasó nada fuera de lo normal. Somos amigos. No lo planeamos, y luego no sabíamos cuándo…

—Ah, así que ahora hablan en «plural».

—Lo siento, Jude —dijo Penny—. Es un malentendido… —suplicó Penny—. Si me dejas explicártelo, verás que no es importante.

—Sé que no es importante para ti —dijo Jude mientras azotaba un cajón—. Entiendo de forma racional que puedes ser amiga de quien quieras. Lo mismo con Sam. Y por eso es que no lo entiendo. Si solo son amigos y no es importante, ¿por qué tomarse tantas molestias para ocultármelo? Mintieron solo por mentir, y odio eso. —Cerró su maleta—. ¿Sabes? Me esforcé mucho por ser linda con ambos. Los invité a comer. A cenar. Al cine. ¿Habría sido tan terrible incluirme en sus planes? Los dos son de aquí. Fuera de Mallory, yo no conozco a nadie. ¿Sabes cómo se siente eso? Carajo, seguro pensabas que era superirritante. Que no sé captar una indirecta. —El corazón se le estrujó a Penny, mientras Jude se echaba la maleta al hombro. Jude tenía razón. Por supuesto que tenía razón—. ¿Sabes? Le haces esto a todo el mundo —dijo Jude y abrió la puerta con un jalón—. Se lo haces a tu mamá. Me lo haces a mí. A Mallory también, aunque ella no te importe… Alejas a la gente sin explicación. Es grosero y mala onda. Y ¿para qué? ¿Por un tipo al que ni siquiera le gustas de esa forma? —Penny palideció. Dichas en voz alta, las acciones de Penny resultaban sumamente patéticas, incluso para ella misma—. Soy buena amiga, Penny —dijo Jude—. Ni siquiera me diste la oportunidad. —El teléfono de Penny sonó. Ella lo miró por reflejo—. ¡Cielos! —exclamó Jude y azotó la puerta al salir.

El número empezaba con 210. Conociendo a Celeste, le estaba marcando ebria, creyéndose muy inteligente por usar el teléfono de un amigo. Eso o había perdido su bolsa. Otra vez.

Penny respondió.

—¿Bueno? —Una voz de hombre.

—¿Bueno? —Penny se tensó.

—Sí, hola. ¿Habla Penélope?

El corazón se le fue a la garganta.

—Sí —dijo—. ¿Está todo bien?

Se imaginó a Celeste muerta en una zanja.

—Penny, habla Michael, un amigo de tu mamá.

Sintió el sabor ácido en la lengua.

—¿Dónde está mi mamá? ¿Está bien?

Se imaginó un auto achicharrado, balaceras inesperadas, neonazis con antorchas…

—Estoy con tu mamá —dijo la voz—. Está bien. Estamos en el Metropolitano Metodista.

A Penny se le partió la cabeza y lo único que pudo escuchar fueron corderos gritando.

El hospital.

—Voy para allá —dijo.

—Bien, bien —tartamudeó él—. Está bien, pero… eh, bueno, aquí estaré.

Penny no conocía a ningún Michael entre los amigos de Celeste. Su madre tenía un elenco de mejores amigos que rotaba con cierta frecuencia. Pero Penny no tenía el número de ninguno. A decir verdad, ella era el contacto de emergencia de su mamá, y, a pesar de eso, no había estado disponible. Miró su teléfono. No podía sentir su cara, y una oleada de náuseas la envolvió. Okey, no podía llamar a Jude. Mallory era amiga de Jude, así que tampoco era opción. Por lo tanto llamó a Sam.

Sam

Sam corrió a Kincaid con su mochila. No sabía por qué la había llevado; solo sabía que iban a ir a algún lugar y que Penny apreciaba las provisiones. Llevaba agua, un Tupperware con las sobras del pastel de caja, cucharas, una sudadera extra y un botiquín que Al guardaba en la cocina. Penny no le había dicho a dónde irían, aunque su tono de voz había sido inusualmente plano, tan robótico que era preocupante.

Lo único que sabía era que tenía que ver con su mamá. Sam se preguntó cómo reaccionaría Penny a la muerte de Celeste. Por más que se quejara de ella, se quebraría en mil pedazos si le ocurriera algo malo.

Sam recordó una de sus primeras conversaciones sobre la mamá de Penny.

PENNY EMERGENCIA
5 de octubre, 2:14 p.m.

Apuesto a que soy mala para la muerte.

¿O sea que eres mala para morirte
y por lo tanto eres invencible?

No, mala para procesarla.
Nunca se ha muerto nadie cercano a mí.

Qué suerte
Yo soy buenísimo con la muerte

En el primer año de preparatoria, el tío que Sam más quería se murió de cáncer; ese mismo verano, dos de sus amigos murieron en un accidente de auto por el alcohol.

A veces veo a mi mamá dormida
y finjo que está muerta.
Y lloro y lloro y lloro
porque la quiero un montón.
Pero no quiero que ella lo sepa.

Pensó en Brandi Rose y en lo que él haría si muriera.

Si ella se fuera, me quedaría sola.

Penny lo estaba esperando abajo cuando llegó. Su cabello estaba más despeinado que de costumbre. Ella le lanzó un billete de veinte dólares hecho bolita que rebotó en su pecho y cayó al suelo. Sus ojos estaban desquiciados.

—Para la gasolina —le dijo. Sam lo levantó y se lo metió en el bolsillo trasero mientras la seguía al estacionamiento del otro lado de la calle—. Gracias —dijo Penny mientras le daba las llaves—. Estoy temblando demasiado para conducir. Lo siento.

—No te disculpes —dijo Sam y le abrió la puerta.

—Mi mamá me dio este auto. Es su auto —dijo mientras se ponía el cinturón de seguridad—. ¿Te desperté?

—No —Sam ajustó el asiento y los espejos, y condujo hacia la autopista.

—¿Sabes que hoy es su cumpleaños? —La voz de Penny rayaba en la histeria. Sam mantuvo la mirada al frente, pero quería que siguiera hablando.

—Sí, lo sé. Su cumpleaños cuarenta.

—Digo, técnicamente su cumpleaños no es sino hasta mañana. —Penny miró de reojo el reloj y se partió en sollozos entrecortados—. Ya es medianoche. —Eran las 12:02—. ¿Tienes pañuelos? —preguntó tras un momento—. Olvidé mi miscelánea.

La palabra «miscelánea» hizo sonreír a Sam. Le dio su mochila.

—Hay una pañoleta negra ahí adentro —dijo. Penny sacó una cuchara—. Para el pastel —dijo él. Penny asintió como si tuviera todo el sentido del mundo. Sam estiró la mano y escarbó hasta que sus dedos encontraron el pedazo de tela. Se lo entregó a Penny.

—Deberías tener estuches separados para cada cosa —dijo ella. Sam asintió—. Voy a lavarlo antes de devolvértelo —añadió y se sonó la nariz.

—Penny —dijo Sam, con la mirada aún al frente—. ¿Tu mamá está bien?

—Sí —dijo ella—. Creo que sí. No le pregunté nada útil a Michael.

—¿Quién es Michael?

—No lo sé —dijo ella—. Un tipo.

—Penny, ¿por qué no fuiste al cumpleaños de tu mamá? —Hasta donde él sabía, tenía planeado hacerlo.

—No puedo estar cerca de ella. —Volteó a ver a Sam—. Ay, qué horrible. ¿Cómo puedo decir eso en este momento? ¿Y si de verdad le pasó algo malo? ¿Qué crees que le haya pasado?

Sam negó con la cabeza, compungido.

—No lo sé.

—¿Sabes qué es lo más tonto? —dijo Penny en voz baja, resoplando—. Y sé que no arreglaría todo, pero quisiera tener un papá. Seguro que un papá sabría qué pasó.

—Te sorprendería —dijo Sam, pensando en su papá.

—¡Dios! ¿Recuerdas cuando estabas a punto de ser papá? —preguntó.

Sam sonrió.

—Recuerdo que pasé varias semanas volviéndome loco. Sí.

—Creo que habrías sido un buen papá —dijo ella.

A Sam se le llenó de lágrimas el ojo izquierdo.

—¿Sí? —pasó saliva.

—Sí —dijo ella—. Habrías sido divertido cuando no estuvieras superdeprimido.

—Y egoísta —le recordó él.

—Sí —dijo ella—. Y propenso a desmayarte. Aunque estarías jodido si hubieras tenido una hija. Asfixiarías a esa pobre niña.

—Como debe hacerlo un padre. Alejando con un arma a todos los pretendientes hasta que la hija tenga edad suficiente para dar consentimiento —dijo—. Que, a mi parecer, es a los cuarenta y seis años.

Penny se rio.

Sam pensó en Bobby. Si Penny alguna vez le decía su nombre completo, Sam lo encontraría y lo colgaría de las bolas.

—¿Cuándo empezaste a estar tan enojada con tu mamá?

—Ugh, para nada es una mamá. —A pesar de la angustia, Penny no podía evitar la frustración en su tono—. ¿Sabes? Una vez choqué en la bicicleta —dijo—. Me raspé toda la cara en la calle. Toda mi cara era como carne de hamburguesa con un ojo. Y en vez de ir a casa, caminé una cuadra a la de mi vecina. —Sam asintió. Con Penny, uno nunca sabía dónde comenzaban o terminaban las historias, pero era importante seguir escuchando y esperar a que se ataran todos los cabos—. ¿Sabes por qué? Porque Celeste no puede con la sangre. En ese momento, supe que no debía ir a casa. Toqué el timbre de la vecina y me desmayé cuando abrió la puerta. Sabía que estaría mejor con la mamá de cualquier otro que con la mía. Tenía seis años.

Así que de ahí venía la cicatriz de la ceja. Condujeron unos cuantos kilómetros en el silencio y la oscuridad. La paternidad, como concepto, era una locura. Nadie hacía más que improvisar.

—¿Sabes? Yo nunca tuve bicicleta —dijo Sam después de un rato—. Era tan pobre que mi bicicleta era una lata de frijoles que pateaba por un camino de tierra solo para tener algo que hacer mientras iba de un punto A a un punto B.

—¿Qué? —dijo con voz ronca Penny con los ojos llenos de lágrimas.

—No llegaba más rápido, pero era lo que había —dijo Sam con tono serio—. ¿Sabes qué más? Ni siquiera me pude comer los frijoles. Era una lata de leguminosas de segunda mano. —Penny se rio. Fue una carcajada triste y mocosa—. Así que sí, pobrecita de ti, Penélope Lee —dijo Sam.

—Es cierto —dijo ella—. Desconozco tu camino.

—Y mi lucha.

—Cierto.

—A ver —dijo él, cambiando de tema—, estoy conduciendo hacia el sur, pero no tengo idea de adónde vamos.

Penny le entregó el teléfono con el mapa. Aún faltaban cuarenta salidas más.

—Se supone que ella es la que debería cuidarme a mí —dijo Penny—. Ese debería ser el requisito mínimo para ser madre.

—Lo entiendo —dijo Sam—. Pero a veces es meramente incidental que estas personas sean padres. Va más allá de la biología. No es como que tengan que pasar un examen o alcanzar cierto nivel para ser quienes toman las decisiones. Algunas veces son bastante estúpidos, bastante más tontos que los hijos. Pero, al ser su hijo, jamás se te ocurre que puede ser el caso.

Sam pensó en lo nimias que eran sus cualidades para ser padre.

Pararon por gasolina y llegaron al hospital una hora después. Sam condujo hasta el estacionamiento techado para visitantes, apagó el motor y esperó instrucciones.

—¿Te importaría esperarme aquí? —preguntó Penny.

—Para nada.

Sam se sintió aliviado de no tener que lidiar con el drama familiar que aguardaba a Penny. No obstante, si ella se lo hubiera pedido, la habría acompañado.

Antes de bajar del auto, Penny lo abrazó.

—Gracias —dijo y le dio un beso en la mejilla. Tenía la nariz húmeda. Era lo más lindo e inesperado.

Sam la miró cruzar las puertas automáticas trotando.

La extrañó en cuanto desapareció de su vista.

Penny

El hospital olía a hospital. El aroma del amoniaco era tan punzante que era inevitable preguntarse qué estaría intentando disimular. Los ojos de Penny recorrieron la recepción en busca de alguien con quien hablar.

—¿Penélope? —Un mexicano atractivo y de complexión robusta con botas de piel de avestruz se le acercó con paso decidido.

—¿Sí?

Le tendió una mano.

—Soy Michael —dijo. Tenía el rostro cubierto de cicatrices de acné que no hacían más que acentuar su rudo atractivo—. Te reconocí por la foto del escritorio de tu mamá. No me dejaron subir con ella porque no soy familiar.

—Entonces, ¿no está muerta?

—No. Dios, no.

—¿Está herida?

—No. No exactamente —contestó él. Penny agitó la cabeza con desesperación. Necesitaba información a un ritmo mucho más veloz al que él estaba utilizando—. Cenamos. La banda estuvo genial. Llegó la hora del postre; ya sabes, café, pastel, sopaipillas. Fue en ese lugar nuevo de Tex-Mex en el centro, con los murales…

—Ajá —dijo Penny, intentando no ahorcarlo—. A ver, eres muy lento e ineficiente. ¿Se intoxicó?

Michael negó con la cabeza.

—¿Hubo un accidente de auto?

Negó con la cabeza de nuevo.

—¿Está ebria?

—No —dijo él y carraspeó—. Se comió un brownie de mota.

Penny no podía creerlo.

—¿Qué? ¿Es en serio? —estalló. Michael miró nervioso a su alrededor—. ¿Cuántos años tienen? ¿Doce?

—Nunca se había comido uno —susurró él—. Y se comió uno completo; todo el mundo estaba bailando, y se le olvidó y se comió otro trozo cuando todos le dijimos que, no sé, a lo mucho se hubiera comido un cuarto o un octavo.

—Y tú, ¿estás pacheco? —preguntó Penny.

—No —dijo Michael, ofendido—. Yo no le hago a las drogas. Y nunca conduciría intoxicado. Solo la saqué porque estaba entrando en pánico y la traje directo aquí.

—Okey —exhaló Penny—. No está en cirugía. No tuvo un horrible accidente. No está envenenada ni muerta. Solo es superestúpida e inmadura, a pesar de que es su maldito cumpleaños cuarenta.

Penny se sintió mal por gritarle groserías a un desconocido, salvo porque la dinámica de poder estaba más que clara. Michael y Celeste estaban en grandes, grandes problemas.

—Supuse que querrías saberlo —le explicó—. Si hubiera sido mi mamá, yo habría querido saberlo. —Penny estaba segura de que la mamá de Michael no era ni tan mensa ni tan melodramática—. Además, tu mamá y yo estamos saliendo. No sé si es apropiado que te lo diga.

—¿Cuántos años tienes? —le preguntó. Penny habría supuesto que unos veinticinco.

—Treinta y dos. ¿Cuántos años tienes tú? —preguntó él.

—Dieciocho —dijo Penny—. ¿Estás casado?

—¡No!

—Okey. Bueno. Gusto en conocerte —dijo Penny a regañadientes. Y luego, porque no había nada más que hacer al respecto, se dieron la mano. Sus palmas eran callosas.

—Igualmente. Más allá de las circunstancias —dijo con mucha formalidad—. Espero haber hecho lo correcto.

Penny hizo una mueca y suspiró.

—Sí, lo hiciste —dijo—. Gracias.

—Ella insistió en que alguien te dijera que no fueras al restaurante.

—De acuerdo —dijo Penny—. Gracias. —Se presentó con la recepcionista, una mujer bajita y negra con pecas hasta en los labios—. ¿Me puede informar sobre el estado de Celeste Yoon? Soy su hija.

La enfermera revisó la computadora.

—Está en observación —dijo—. Está en el tercer piso y está bien. No se va a quedar toda la noche. De hecho, estamos terminando su papeleo y la vamos a dar de alta pronto.

—Gracias —dijo y volvió con Michael—. Va a bajar pronto —le dijo al novio de su mamá. Él exhaló con fuerza—. Yo voy a volver a la escuela.

—¿No te vas a quedar? —le preguntó él—. Estoy seguro de que le gustaría verte.

—Nop —dijo Penny—. Estoy bien. —A Penny no le interesaba perder más tiempo en esa tierra de fantasía y babosería en la que los adultos no eran sino bebés gigantes.

Cuando Penny volvió a su auto, Sam no estaba ahí.

En serio, era como arrear gatos.

Sam salió de entre las sombras.

—Perdón —dijo—. Tenía que orinar. —Se veía mortificado.

Penny se echó a reír. Su ira se disipó ante la imagen de Sam esperando en el auto, realizando complicadas ecuaciones para decidir si debía entrar al hospital o no para orinar. U orinarse los pantalones. U orinar en un rincón oscuro del estacionamiento. Seguro le tomó unos diez minutos decidirlo. La idea era hilarante, y una vez que Penny se soltó a reír, no pudo parar. El estrés de los últimos días, entre la furia de Jude y su frustración con Celeste y el alivio de que no estuviera muerta, era demasiado. Penny jadeó mientras todo su cuerpo se sacudía de risa y los ojos se le empapaban.

Sam la miró como si estuviera loca.

Sam

Ansiaba recostarse más que cualquier otra cosa.

El viaje redondo había tomado tres horas, y cuando dio vuelta en la calle de Penny, ella le tocó el dorso de la mano.

—¿Podemos ir a tu casa? —le preguntó. Sam la miró, confundido—. Jude —le recordó.

Sam asintió y se dirigió a La Casa. Solo faltaban unas cuantas horas antes de que Sam tuviera que trabajar.

Subieron las escaleras del pórtico a un paso glaciar. Sam encendió la lámpara y se sentó en el colchón. Se desató las agujetas de la bota izquierda y luego la derecha, como si estuviera en medio de un striptease lento y anodino.

Penny bostezó al sentarse junto a él; se quitó los tenis altos. Llevaba puestas unas calcetas con olanes, fresas bordadas y unas ardillas de caricatura en los talones.

Los dos los miraron.

—Se me olvidó —dijo Penny—. Son mis calcetines secretos.

Sam pensó en el lado oculto de las chicas y en lo mucho que le gustaba.

—¿Quieres quedarte en la cama? Yo duermo en el suelo. —Tendría que darle su única almohada.

—No quiero correrte de tu propia cama.

—¿Quieres un vaso de agua o algo? —le preguntó.

Ella asintió. Sam supuso que ella podría decidir dónde quería dormir mientras él iba por el agua.

Cuando volvió, Penny estaba debajo de las cobijas del lado más cercano a la pared. Le había dejado la almohada del otro lado.

—¿Está bien? —le preguntó, sentándose para tomar el agua.

Sam asintió y se metió bajo las sábanas. Ya que ella estaba vestida, Sam tampoco se quitó la ropa.

Apagó la lámpara.

—Llevo tiempo queriendo preguntarte algo —dijo somnoliento.

—¿Mmm?

—¿Cómo crees que debería decorar?

—Buena pregunta —murmuró ella—. ¿Sabes lo decepcionada que me sentí cuando descubrí que no había una suástica fluorescente sobre la cama? Pensé que te conocía. —Sam sonrió. Se quedaron en silencio un rato; Sam cerró los ojos—. Tal vez una pintura en terciopelo de un payaso —dijo Penny, despertándolo.

Los dos se quedaron acostados con los ojos cerrados, sonriéndole a la oscuridad.

—¿Tu mamá está bien? —preguntó él.

—Sí —dijo ella—. Solo es tonta.

—Todo es un desastre —dijo Sam.

—Sí. —Luego agregó—: Debimos haberle dicho a Jude.

—Ah, sin duda. Es una tontería, pero no quería que supiera lo arruinada que está mi vida —respondió Sam—. Quería que pensara que soy un adulto que tiene todo en orden.

Sam sintió que la mano de Penny se movió unos centímetros bajo la sábana hasta quedar a unos centímetros de la suya. Él arrastró la suya un poco hasta que los dorsos de sus manos se tocaron.

Los dedos de Penny envolvieron los suyos de forma protectora.

—Nadie cree que tienes tus asuntos en orden —dijo con un apretón.

Su mano era cálida y suave. Todo el lado derecho de su cuerpo cobró una consciencia absoluta de lo cerca que estaba del lado izquierdo de ella.

—¿Sabes que su papá es un abogado muy importante?

—¿Y eso qué tiene que ver?

Lo pensó.

—No sé. Es solo una fijación, pero él fue la primera persona que conocí con un posgrado. —Sam recordó los ochenta dólares que el papá de Jude dejó sobre su cama, por servicios prestados. Como si fuera una niñera—. Su despacho daba una beca cada año. Una vez, el señor Lange, el abuelo de Jude, dijo que yo era ideal para la beca. Nunca creí nada de lo que ese maldito me dijo, pero, por alguna razón, me quedé clavado con eso. Pensé que podría recomendarme o algo —dijo—. Por culpa o algo así, por cómo nos trató. —Sam recordó la humillación. Llenó los papeles y escribió una carta con sus metas y objetivos y la envió. Nunca obtuvo respuesta. Era una beca basada en necesidades y Drew mejor que nadie sabía lo mucho que Sam la necesitaba—. En fin, nunca respondieron, y está bien. Pero luego Jude aparece de la nada diciendo que quiere venir a UT.

Sam sintió que Penny se acercó a él.

—¿Por qué la evitaste tanto?

—Buena pregunta —dijo.

—Digo, algo del resentimiento que tienes hacia su familia debió haberle tocado, aunque fuera de rebote, ¿no?

—Para nada —dijo Sam, aunque, en cuanto lo dijo, supo que estaba mintiendo. No había forma de separar sus sentimientos hacia el papá y el abuelo de Jude de ella. En pocas palabras, Sam deseaba no haberlos conocido nunca, ni a ellos ni sus inútiles regalos. Una vez, para pagar el gas, intentó empeñar el DVD que el señor Lange había comprado. Pero Brandi Rose lo abofeteó y amenazó con llamar a la policía.

Conforme Brandi Rose se derrumbaba, Sam se vio obligado a crecer. Deprisa. Habría sido más fácil olvidar de no ser por Jude y sus constantes súplicas de que fueran amigos. Entre sonrisas se había abierto paso hacia su vida antes de que él tuviera la oportunidad de esclarecer sus sentimientos. Pero nunca le dijo a Jude nada de eso. Ella no tenía forma de saberlo.

—Debí haberle dicho que me hacía sentir raro que ella viniera —dijo—. Pero me pareció tonto hacer un escándalo al respecto. Y no es que no me caiga bien. Somos amigos.

—Bueno, al menos una parte de ti guarda cierto rencor.

[illegible] un vestido blanco [illegible]

[illegible]

[illegible] vez [illegible]?

[illegible]

—[illegible] creo que [illegible] capaz de [illegible] —dijo [illegible] sentó [illegible] la cama [illegible]. Digo —continuó [illegible] blanco [illegible] original

[illegible] elegido un [illegible] verde [illegible] Mark por primera vez desde que se había [illegible]. Que [illegible] la vi[illegible] color. No que el blanco fuera un color, [illegible] negro de [illegible] no [illegible] y no quería parecer como [illegible] recién llegara de un funeral. Si iba a romper con el pobre hombre, al menos quería verse bien. Quizá mejor que [illegible]. Así de asquerosos son los humanos.

[illegible]

[illegible] con la cabeza hacia [illegible] y en [illegible]

[illegible] Sam [illegible] podía [illegible] Penny [illegible] responder [illegible] quien que [illegible] mientras vestía una [illegible] del mun[illegible] en la [illegible] 21 [illegible] y brillante [illegible] del concurso. Pero [illegible] el incómodo encuentro con [illegible] para [illegible] verdad [illegible] Ansiaba con desesperación que todo acabara.

Terminar tenía sentido. En términos antropológicos, Mark y ella eran incompatibles. Cuando salían sólo pasaban tiempo a solas en casa del otro para ver televisión y besuquearse. Era más una relación de secundaria que un noviazgo de verdad. Y cuando él iba a fiestas con sus amigos, siempre estaba implícito que ella no lo acompañaría. La mayor parte del tiempo, a los dos les convenía ese acuerdo. Si acaso, Penny agradecía que Mark no fuera un

[illegible]

—Ah...

Mark hablaba de su pene en tercera persona. A Penny le parecía la forma menos romántica de abordar el tema

Y cada vez que «él» salía a relucir, Penny se imaginaba un pene con lentes de sol, una fedora y una pequeña chamarra de cuero. Claro que no podía culparlo. Mark era un hombre heterosexual en una relación monógama con una mujer universitaria. *Ergo:* mensajes de índole sexual. La gente en la universidad tenía relaciones sexuales, sobre todo la gente que llevaba saliendo la cantidad de meses que ellos llevaban saliendo. Los contó con los dedos: siete. Siete meses enteros. Siete veces más de lo que ella llevaba en la universidad.

No es que ella no quisiera tener relaciones sexuales. Sí quería. En teoría. Intentó hacerlo una vez, con Mark, muy al principio de su noviazgo. Para ser francos, ¿por qué otra razón estaría Mark interesado en Penny si no era para tener relaciones sexuales de forma regular?

Al final, lo más lejos que llegó fue a desnudarse y a toquetearse, hasta que la inundó el pavor: una oscuridad reptante que le trepó por el cuello y le cubrió la cabeza entera. Maniobraron hasta quedar en una posición favorecedora, y Penny comenzó a llorar en silencio, aunque ella no se dio cuenta de que estaba haciéndolo hasta que asustó a Mark y él se detuvo. Se quedó dormida poco después.

Lo mejor de todo fue que nunca hablaron de ello. Penny se había preparado para una confrontación, pero nunca ocurrió.

A lo largo del verano, sin embargo, «él» había salido a cuento con mucha más frecuencia. Penny se estacionó frente a Jim's, una cafetería de techo rojo donde vendían café barato y, para sorpresa de muchos, sopas bastante buenas. Penny agradeció que la mayor parte de los comensales del sábado ya se hubieran ido. Mark no había dejado de insinuar que después de comer podían ir a su casa, pero Penny estaba segurísima de que no verían una película después de la conversación que tenían por delante. ¡Dios! ¿Y si sí? Penny en realidad sí podía imaginarse viendo la nueva película de *Avengers* de forma amistosa después de la ruptura para luego volver a la universidad.

Mark ya estaba sentado cuando ella llegó. La forma en que se le iluminó la mirada cuando ella abrió la puerta la hizo sentir una pequeña oleada de repulsión.

—Hola, nena. —Se levantó del gabinete, la abrazó y (¡el horror!) le entregó una rosa roja. Estaba envuelta en papel celofán y parecía haber pasado algún tiempo viviendo en un 7-Eleven. Penny sonrió, tomó la flor, vaciló y luego se la llevó a la nariz. Olía a tóner de impresora—. Es tonto —dijo Mark con ternura. Tenía puesta una camisa de vestir azul, bermudas plateadas y sandalias—. Pero quería darte algo. —Estaba nervioso, lo cual puso nerviosa a Penny. Cualquier pareja en un radio de cien metros se habría retorcido de lástima—. La odias, ¿verdad? —preguntó con timidez.

—No, es hermosa. —Penny pensó en la caja de chocolates que el cartero le había dado a su mamá.

—Tú te ves hermosa —dijo él mientras admiraba su vestido—. No sé si alguna vez te había visto con ropa que no fuera negra.

Penny fingió una rígida sonrisa.

—Eh, sí, gracias.

Ordenaron sopa de tortilla para ella, bísquets con gravy para él.

—No es que no me encantes de negro —dijo él deprisa mientras le devolvía el menú plastificado al mesero—. Me encantas con cualquier ropa.

Penny rezó por que su próxima oración no fuera: «Pero me encantarías más sin ella». *Jaja.*

La primera noche que compartieron habitación, tras la primera mención de un «novio», Jude instauró un sistema. Ella se iría a dormir con Mal si Penny necesitaba (en palabras de Jude) una «visita conyugal». Jude hizo las comillas con los dedos mientras esbozaba una sonrisa ridícula. Penny le lanzó una almohada.

Podía imaginarse una visita así.

Primero, se imaginó a Mark desnudo. Esa parte era sencilla y para nada desagradable. Luego se imaginó la presión del cuerpo de Mark sobre el suyo, aplastándola, restregándose, con aquella sonrisa bienintencionada, llamándola «nena-nena-nena» mientras ella se volvía catatónica y quería ahogarse. Sí, podía imaginarlo. Lo que no podía imaginar era ansiarlo.

Penny quería ser normal. Tenía dieciocho años, ¡carajo!, una edad aceptable para empezar a tener relaciones sexuales sanas y consensuadas. Sexo sexy con alguien sexy. Su mente divagó hacia Sam. Tatuajes. Rostro melancólico. Sonrisa enmarcada por arrugas. Imaginó cómo se sentiría tener aquellos brazos llenos de tinta y venas alrededor de su cuerpo. Pensó en el calor que emanaría de su pecho. Imaginó cómo olería. Era la escena más pornográfica que había producido su cerebro en público. Como fuera, no estaba terminando con Mark por Sam. Al menos no en el sentido de que Mark fuera lo único que se interponía entre Sam y ella. Eso era una locura. Más bien Sam era un tipo de humano que Penny jamás se había siquiera imaginado antes. Sam era la prueba de que había vida en otros planetas. Si existía un Sam, Penny no podía estar con un Mark.

Ni siquiera aunque no pudiera estar con un Sam. En su cabeza, todo eso tenía perfecto sentido.

Llegó la comida.

Ambos habían pedido comida líquida. Error táctico. Penny no estaba de humor para la comida líquida, ni para comerla ni para verla. El plato de Mark resplandecía bajo la gruesa capa del gravy cremoso y grasiento. Penny pensó en cómo se cuajaría si lo dejaran enfriar. Vio a Mark usar el tenedor para moler los pedazos de salchicha en el bísquet y hacer una especie de pasta con el gravy.

Su pequeño plato de caldo con pedazos de tortilla que flotaban junto a pequeños trozos de cosas verdes tampoco se veía tan bien.

—Ay, no, nena —se lamentó Mark—. Olvidaste pedirla sin cilantro. ¿Quieres que la devuelva? Podemos decir que eres alérgica.

Penny bajó la mirada hacia la hierba en cuestión. ¿Mark odiaba el cilantro? No tenía idea. Su profunda preocupación por la situación estaba tatuada en su rostro; el delgado labio superior le daba un aire de decisión a su cara infantil. Penny se preguntó si Mark sería capaz de hacerle daño físico. Se preguntó también si lloraría. Y se preguntó qué tan enojoso sería su enojo.

No soportaba un segundo más.

—Deberíamos terminar —dijo.

Él la miró por un instante sin comprender. Luego reculó, como si lo hubieran golpeado. Sus cejas se dispararon hacia arriba. No vieron *Avengers*.

—Volviste temprano. —Jude apenas levantó la mirada de su laptop. Estaba desparramada en el piso, con los restos de una manzana tirados en la alfombra junto a ella—. ¿Le gustó tu vestido?

—Sí —dijo Penny mientras entraba al baño. Jude la siguió y siguió hablándole desde el otro lado de la puerta.

—Llamé a mi papá.

—¿Ah, sí?

—Pero no pude decirle que voy a estudiar otra cosa. —Penny suspiró y se lavó la cara. Se quitó el vestido y se puso la bata—. ¿Sabes? —dijo Jude, reacomodándose sobre la cama de Penny—. Que quede claro que creo que por supuesto que podrías verte zorra si lo quisieras. —Penny rio—. ¿Estás bien?

—Estoy bien —dijo Penny.

—¿Se enojó Mark?

—Sí.

Mark se puso furioso. De hecho, estaba tan enojado que fue la primera vez que a Penny le pareció en verdad... masculino. Penny no necesitaba que la doctora Greene le dijera lo retorcido que era eso. Cuando Mark estalló, ella se desconectó. La llamó bicho raro, lo que en realidad no calificaba como una aguda observación. Penny bostezó.

—¿Qué más? —preguntó Jude, consternada.

Mark luego comenzó a lloriquear sobre cómo le había ocurrido lo mismo con su ex.

«Su ex asiática», pensó Penny.

—Ordenó bísquets con gravy de salchicha.

—¿Y?

—Qué asco.

—¿Qué asco qué?

—Los bísquets con gravy. No lo entiendo como una unidad alimentaria. Es el concepto más grotesco —dijo—. Salsa cuajada sobre grumos de harina y mantequilla. ¿Cómo puede alguien comer eso en público?

—Guau —dijo Jude, mirándola. Penny le devolvió la mirada—. ¿Yo te pregunto sobre un trauma personal y tú me cuentas del menú? —Penny asintió—. Eres mala para esto. —Penny asintió de nuevo—. Necesitas ir a terapia. —Penny asintió por tercera vez—. ¿Estás triste?

Lo estaba.

—Sí.

—Sabes que me puedes contar cualquier cosa —dijo Jude. Penny miró los enormes y afligidos ojos de su compañera de habitación y supo que era cierto—. Te voy a abrazar —le advirtió Jude.

Penny asintió.

La presión se sintió bien.

Sam

Sam se miró en el espejo del baño. Llevaba puesta su segunda mejor camisa, una blanca de vestir que solía reservar para bodas y funerales. Su mejor camisa era aquella Ralph Lauren que Lorraine le había regalado hacía dos navidades. Pero no quería usarla. No quería revivir el otro recuerdo: él le regaló un brazalete tan barato que le puso verde la piel. Sam se abotonó la camisa hasta arriba. Luego desabotonó el primer botón. Lo volvió a abotonar. Suspiró. Parecía una foto de perfil de LinkedIn.

No era una cita ni nada por el estilo. No puedes tener una cita con alguien con quien salías y con quien juraste no volver a salir. No había forma de que Lorraine la considerara una cita. Pero cuando ella le escribió para invitarlo a cenar después de haber ignorado todos sus mensajes, Sam se puso nervioso. Lo más probable era que tuviera algo horrible que decirle.

Por el lado bueno, no había tenido ataques de pánico después del primero y supuso que su cuerpo se estaba preparando para una ocasión así. Se imaginó trastabillando en cámara lenta por el comedor del Ristorante di la Mamma, asiéndose de las mesas para apoyarse, tirando platos de tagliatelle a diestra y siniestra. Arruinaría el vestido de Mentirosa, y ella se lo recordaría de por vida. Quería tomarse una selfie y enviársela a Penny para que aprobara el atuendo, pero no era el tipo de cosa que hacían entre ellos. Como si Penny hubiera sentido que él estaba pensando en ella, le escribió.

¿Debería leer *Harry Potter* desde el
principio otra vez?

Él se tomó una selfie en el baño y se la envió. Ella respondió:

Eh...

Y luego:

Entonces... ¿SÍ DEBERÍA leerlos o...?
Okey.
Espera.
¿Eso fue a propósito?

Necesito un consejo
Ayúdame

Okey.
¡Declárate culpable!

Pregúntame otra cosa.
Mis consejos ahorita son los mejores.

Basta

ESPERA, ¿no tienes que ir a la corte?

Voy a ver a Lorraine

Penny guardó silencio. La burbuja con puntos suspensivos apareció. Luego desapareció.

Entonces, él escribió:

No es una cita

Sam no sabía por qué necesitaba justificarse. Después de un largo rato, ella respondió:

¿Entonces nada de boliche ni minigolf?

Patinaje sobre hielo
Luego, karaoke
Picnic al atardecer cerca de una cascada

Genial.
P.D.: paseo en carreta>karaoke
No olvides las flores.
¡Claveles!
¡NO!
¡Un ramo!

Cena
Solo vamos a cenar
Me quiero morir

¿Por qué morir?

Seguro es un ataque de pánico

«Cálmate»
Ja

¿La camisa? ¿Sí o no?

La camisa te hace ver desesperado.
Vístete como siempre.

Entonces... pantalones acampanados
naranjas

Sí, y ugg, rosas.

Por fa borra esa foto

¡NUNCA!
Manda *nudes*.

Sam se quitó la camisa y tomó una playera negra. Las venas azules recorrían su cuerpo como ríos hasta que desaparecían debajo de los tatuajes negros indelebles con los que sus amigos lo habían marcado. Tenía dieciséis en total: algunos tatuajes caseros terribles (flechas, diamantes, caracoles, manos y *hamsas* para protegerse del mal de ojo) y el resto de una artista cuya casa había pintado a cambio de veinte horas en su silla.

Se miró el pecho. Echó los hombros hacia el frente para crear un hueco del tamaño de una pelota de golf en su esternón. Durante un breve periodo del segundo año de preparatoria intentó subir de peso, llenando garrafones de agua para usarlos como pesas. Los levantaba sobre su cabeza una y otra vez frente al espejo. Al verse ahí, parado en calzones, aquella esperanzada determinación le pareció vergonzosa, incluso en retrospectiva.

Mientras crecía, el problema no era la falta de entrenamiento con pesas, sino la falta de comida. Las provisiones escaseaban y pedir dinero para comer en la escuela no era una posibilidad. Brandi Rose, quien no tenía problemas en cobrar incapacidad laboral por las razones más cuestionables posibles, resultó demasiado orgullosa como para llenar el papeleo que inscribiría a su hijo en el programa de «Comidas por necesidad». «No aceptamos caridad», le decía. Para el tercer año, Sam mandó todo al demonio y falsificó los papeles.

En un principio, se había hecho los tatuajes para distraer la atención de su delgado cuerpo, pero ya había dejado de odiarlo. Era un cuerpo pulcro, eficiente, minimalista. Aunque Penny seguro se horrorizaría si alguna vez lo viera desnudo. Su cuerpo, siendo objetivos, era alarmante.

Sam recogió a Lorraine en el Ford Festiva de Fin un poco antes de las ocho. Era una carcacha de catorce años color lodo, tan oxidada que podías levantar el tapete del lado del conductor y ver la calle pasar por debajo.

Sam tocó el timbre como ella se lo había pedido.

—Hola —dijo ella. Estaba vestida como solía vestirse cuando no tenía que trabajar: una versión sencilla de un camisón.

Lorraine. Lorr. Lore. Lola, como se hacía llamar últimamente, aunque Sam nunca le dijo así.

—Lindo vestido —dijo él mientras abría la puerta del auto. Se preguntó si debió haber salido y abierto la puerta desde afuera, aunque ella se habría burlado de él por hacerlo. No estaba enferma.

—Eh, gracias por recogerme. —Lorraine lo jaló hacia ella para abrazarlo, uno de esos abrazos torpes e incómodos en los que las dos personas están sentadas y los brazos que no usan para abrazarse chocan entre sí. De cualquier forma, lo hizo perder el aliento.

Como era costumbre cada vez que la veía, sintió que el cerebro se le suavizaba y se le derretía. Olía tan bien, justo como se suponía que oliera. Conocía cada centímetro de su cuerpo. Volvió a pensar en sus pies.

Lorraine se alejó y comenzó a reír.

—Qué absurdo —dijo mientras se ponía el cinturón de seguridad—. No puedo creer que Fin te haya prestado su auto. —Miró hacia el asiento trasero y arrugó la nariz—. Yo te podría haber recogido.

—¿Y qué tiene eso de divertido?

Sam se arrepentía un poco de haber dejado las botellas de refresco de Fin en el asiento trasero, aun cuando lo había hecho a propósito. Esta no era una cita.

Para cuando Sam se detuvo frente al Ristorante di la Mamma, un lugar lo suficientemente alejado del campus como para que no estuviera lleno de estudiantes, se habían quedado sin trivialidades de las que hablar. Y cuando Sam fue a abrirle la puerta, ella no le prestó la menor importancia; le agradeció con demasiada propiedad y le tocó el antebrazo.

Se deslizaron sobre el gabinete profundo y acolchado. En sus primeras citas, eran de esas molestas parejas que se sentaban del mismo lado y se susurraban, manoseaban y tomaban pedazos de comida para darle a la otra persona en la boca, como pajarillos enfermos.

—¿Quieres compartir el ziti y la salchicha con pimientos? —preguntó Lorraine mientras examinaba el menú.

Sam había estado soñando con las albóndigas; sin embargo, se vio a sí mismo encogiéndose de hombros.

—Claro. —Sam recordó por qué compartían la comida siempre que salían: Lorraine ordenaba las dos cosas que ella quería y lo obligaba a quererlas también—. ¿Estás segura de que no quieres algo con verduras o una ensalada? —preguntó mientras veía la lista de guarniciones—. ¿Algo con ácido fólico?

Lorraine se asomó por encima de la carta de vinos forrada de cuero.

—¿Qué es el ácido fólico, Sam?

—Está en el brócoli —dijo él—. Las mujeres embarazadas tienen que tomarlo para que la columna del bebé no crezca por fuera del cuerpo. No lo busques en internet. Es bastante desagradable.

Ella se rio.

—Lo siento —dijo—. No debería reírme.

Lorraine tomó un pedazo de focaccia, la bañó en aceite de oliva, le dio un mordisco y comenzó a masticar despacio.

Se cruzó de brazos, y Sam notó el destello de un nuevo brazalete en su muñeca. Aun a la distancia, era evidente que era caro, lleno de cuentas de plata y complicadas réplicas de lo que parecían ser zapatos. Se preguntó quién se lo había comprado.

—¿Cómo estás, Lorr? —le preguntó. Lo que en realidad quería preguntarle era «¿me extrañas?», pero no parecía ser el momento correcto. Tal vez después del tiramisú.

Sam también quería saber de qué se trataba todo aquello, si había ido a su cita médica y descubierto alguna complicación. ¿Por qué otra razón habría dejado de responderle los mensajes?

—Antes de que empieces a interrogarme —comenzó a decir ella—, aún no he ido a la clínica.

Sam no podía creerlo.

—¿Qué? ¿Por qué?

—No he podido —dijo ella y partió un palito de pan por la mitad—. El trabajo ha sido una locura. Pero hice una cita para mañana. Iré mañana.

Sam no daba crédito a la indiferencia con la que ella se tomaba todo. Conteo de retraso de la menstruación: siete semanas.

—¿Por qué no me dijiste?

—No… no podía lidiar con ello. —Desmoronó el resto del palito de pan sobre el mantel.

—Pues tendrás que lidiar con esto —dijo Sam—. Vamos a tener que lidiar con esto.

—Yo sé —dijo ella—. Sé que no tiene sentido, pero no creo que esté embarazada. No me siento embarazada. —Sam estudió a Lorraine en busca de alguna diferencia física. Le echó un vistazo discreto a sus bubis, que se veían iguales—. ¿Me estás viendo para ver si parezco embarazada?

«Sí».

—No —le dijo. El mesero se acercó a la mesa—. Eh, sí, vamos a compartir el ziti y... —Caray, sí que quería esas albóndigas.

—Y la salchicha con pimientos —completó Lorraine—. Y una copa de Merlot —dijo mientras presentaba su licencia de conducir.

—Supongo que en serio no te sientes embarazada, ¿verdad? —preguntó Sam una vez que el mesero se alejó.

Lorraine hizo una mueca.

—Las francesas toman durante todo el embarazo —dijo.

—Las francesas también comen caballo —respondió Sam por lo bajo.

—¿Qué? —preguntó Lorraine.

—Nada.

—Supongo que no has estado bebiendo. —Se recargó en el respaldo del gabinete.

—No —dijo Sam y se inclinó sobre la mesa—. Ni una gota desde que todo esto ocurrió —dijo y dibujó un círculo en el aire para referirse a ellos.

—Comprensible. El olor a gin todavía me da náuseas. —Lorraine se estremeció.

Vergonzosas escenas de su rompimiento aparecieron de golpe en la cabeza de Sam. Los dos, gritándose en la calle después de que su tarjeta de débito dejó de funcionar. Ella lo llamó un «vago como su papá»; él la llamó una «perra hipócrita».

—Lorr, ¿a qué me invitaste aquí?

—Bueno, tú escogiste el restaurante —dijo ella con una dulce sonrisa.

—Lorraine…

—No lo sé —dijo ella, evitando mirarlo a los ojos—. Pensé que sería lindo.

Lorraine partió otro palito de pan en pedazos aún más pequeños y los acomodó sobre la mesa.

Sam se preparó para oír que iban a tener gemelos o que ella se iba a casar con alguien más.

—¿Eso es todo? ¿En verdad? —preguntó—. ¿No hay noticias? —Ella negó con la cabeza. Sam no podía creer que había pedido un adelanto de su sueldo para esto—. ¿Sabes qué? —dijo después de un rato. Ella levantó la mirada para verlo—. Hagamos un pacto.

—Un pacto —repitió ella. Estiró la mano para tomar otro palito de pan para pulverizarlo. Sam se lo quitó de las manos. El desperdicio de comida lo volvía loco.

—Sí —dijo—. El pacto es que evitaremos cualquier tema serio durante la comida. Y tú y yo solo vamos a conversar. —El vino de Lorraine llegó a la mesa—. No tenemos que hablar de las demás cosas.

—Trato hecho —dijo ella. Alzó la copa para brindar por el pacto y le dio un sorbo. Sam quería buscar estadísticas sobre el síndrome de alcoholismo fetal, pero gracias al pacto no podía hacerlo. Estúpido pacto…—. Entonces —dijo Lorraine—, lo que quiero saber es… —Hizo una pausa.

—¿Qué?

—Olvídalo.

—No, dime.

—¿Dónde has estado viviendo?

Sam parpadeó.

—Cerca del campus —dijo.

—¿Cerca del campus dónde?

—Por Guadalupe —dijo. Una verdad a medias, en el peor de los casos—. ¿Por qué la inquisición? —preguntó, intentando mantener un tono ligero.

Sus platos aterrizaron en la mesa con un golpe seco justo mientras Sam decidía que no tenía hambre. El ziti se veía seco.

—¿Comemos y cambiamos? —preguntó ella—. Y no te preocupes. Yo pago. —Sam asintió y le dio el plato de salchicha primero. Ella sin duda querría la salchicha primero para acaparar los extremos crujientes, que siempre son los mejores—. Bueno. —Lorraine intentó otra vez—. Sé que no vives en tu auto porque tendrías que vivir en el auto de Fin, cosa que no envidio. —A Sam se le calentaron las mejillas. Lorraine tenía la costumbre de bromear de una forma que te hacía querer darte un tiro—. Y hablé con Gunner y Gash, así que sé que no estás viviendo con ellos. —Sam acostumbraba ver a Gunner y a su primo Ash (Gash) cinco veces por semana. Guardó silencio—. ¿Cómo va la escuela? —preguntó ella después de unos momentos. Sam se metió una cucharada de pasta a la boca para pensar qué respondería a eso. Asintió mientras masticaba.

«¿Por qué estaba Lorraine en una misión periodística?».

—Bien. —Tragó—. Estoy tomando una clase de cine en la ACC y está bien. Tengo mucha libertad. Estoy haciendo un documental.

—Por fin —dijo ella, jugando con su comida—. ¿No es muy caro?

—No es barato —respondió—. Pero te prestan el equipo. Y si todo lo demás falla, tengo mi teléfono. Puedo filmar estilo rápido y sucio.

—Pues ese es un estilo que te sienta —dijo ella.

«¿Y qué demonios quiso decir con eso?».

Comieron en silencio.

—Tu turno —dijo Sam, intentando mantener un tono ecuánime—. ¿Cómo va el trabajo?

—El trabajo va bien —dijo ella—. Me dieron un aumento. Nada muy increíble. Espero que lo siguiente sea un ascenso. Quizá sea directora de cuenta junior el año entrante. Y eso es lo que quiero. Podré viajar a Los Ángeles.

—Genial —dijo él, y supo que lo decía en serio. Para Lorraine, viajar por trabajo era la cumbre del glamour.

—Y me encanta la gente con la que trabajo —dijo ella—. Son jóvenes y es divertido pasar tiempo con ellos. Tú creerías que son unos ridículos.

Sam pensó de inmediato en Paul. No tenía idea de cómo era. Pero no importaba. Sam imaginaba a la perfección qué tipo de persona era. Vio una imagen de Lorraine celebrando su ascenso entre cocteles de dieciocho dólares junto a un imbécil con un reloj gigantesco y brillante, y uñas limadas. Seguro se depilaba las cejas con pinzas y se blanqueaba los dientes. Recordó cuando conoció a Lorraine, cuando ella se describía a sí misma, primero y sobre todas las cosas, como DJ. Desde entonces, había aprendido que la mayoría de los DJ, comediantes y músicos eran artistas gracias al apoyo financiero de sus padres.

—¿Salchicha?

Sam asintió.

El plato de carne grasosa y nudos de pimientos y salchichas le dio náuseas. O quizá fue otra cosa.

—¿Qué nos ocurrió, Lorr?

Lorraine soltó una risa seca y le dio otro sorbo a su vino.

—Hasta ahí llegó el pacto.

—Pues —dijo él—, terminamos y volvemos, y nunca hablamos de lo que ocurre.

—¿Qué me estás preguntando, Sam?

—No tiene sentido —dijo él—. Que no estemos juntos no tiene sentido.

Lorraine asentó el tenedor y suspiró.

—Nosotros no tenemos sentido —dijo ella como si eso lo explicara todo.

—¿Cómo puedes decir eso?

Sam deseó de pronto haber ordenado una copa de vino. O una caja de vino.

—No somos amigos —dijo Lorraine. Sam sintió el pesado golpe de sus palabras en el esternón. Necesitó de toda su fuerza de voluntad para mantener el contacto visual. Por debajo de la mesa, apretó la servilleta tan fuerte como pudo—. Éramos unos lunáticos de mecha corta que peleaban y se reconciliaban —continuó Lorraine—. Tú gritabas y llorabas. Yo solo quería que todo terminara. Y así las cosas.

Sam no soportaba la forma en que ella reducía toda su relación a la trama de una comedia romántica predecible, o como si tuviera puesta una bata blanca y se burlara de la pareja de ratones que tenía en observación en su laboratorio.

—Lo dices como si no hubiera habido momentos hermosos —mascculló Sam mirando su comida—. Nos amábamos.

—Lo sé —dijo ella. Le tomó la mano con una tierna sonrisa en los labios, como si estuviera negociando con un niño—. De cierta forma, aún te amo. Te lo juro, Sam, a veces eras buenísimo para literalmente leerme la mente. —Sam se imaginó a Lorraine abriéndole el cráneo y leyéndole el cerebro, literalmente, como braille—. Pero estuvimos juntos cuatro años —continuó—, y nunca hiciste un esfuerzo por conocerme a mí o a mi familia.

Sam se quedó rígido al oír la palabra «familia». Recordó aquella fatídica pascua cuando cenó con ellos en Chez Jumelles.

—Ah, ¿te refieres al racista de tu papá, que me preguntó si tenía sangre árabe para poder tener una razón real para odiarme?

Lorraine alejó la mano.

—Claro que no —dijo.

—Por supuesto que sí —dijo él. No es como que importara. Aquella noche había sido un fracaso antes de empezar siquiera. Hubo una huelga inesperada de los trabajadores del sistema de autobuses y Sam llegó al restaurante directo del trabajo con una playera de Black Flag manchada con cloro.

—No lo sé —dijo Lorraine—. Tú fuiste hostil desde el inicio. No es como que mis papás tengan la culpa de tener dinero; se parten el lomo —lo dijo así, sin inflexión alguna, como si no entendiera que había privilegios inherentes a ser terratenientes adinerados de varias generaciones. Resultaba que C. E. Dooling, un pariente lejano de su lado materno, había inventado los Fritos. Bueno, le compró la receta a un mexicano por el cambio que tenía en la bolsa—. No es como si fuera un gran secreto que eres… —Lo miró de arriba abajo—. Poco privilegiado. —Había logrado hacer los malabares necesarios para no decirle «pobre»—. La ropa te delata de inmediato.

Sam se mordió el interior de la mejilla. Lorraine continuó enumerando sus defectos entre bocados. Sam era un romántico, no había duda de ello, y estas eran las partes de su relación que había olvidado. Las comparaciones. Sam quería ponerse de pie, asentar su servilleta con mucha tranquilidad y salir corriendo hacia la oscuridad de la noche.

—Oye —dijo Lorraine dándole una palmadita en la mano—. Solo estoy bromeando… en parte.

Sam no estaba de acuerdo. Comió otro bocado mientras el estómago se le retorcía. Al menos, por fortuna, no se desmayó.

Penny

Escribir es el arte de colocar el asiento de los pantalones sobre el asiento de la silla.
MARY HEATON VORSE

Penny se despertó a las 5:15 a.m. No importaba a qué hora cerrara los ojos, siempre se abrían antes de las seis. Estos días era una bendición; necesitaba unos momentos de silencio para escribir. Nunca había tenido que hacerlo, encontrar tiempo. Se preguntó si teclear aquellas pequeñas burbujas azules para Sam le estaba drenando la inspiración. Temía haber usado su mejor material con él y que su mente divagara demasiado. No ayudaba tampoco que siempre mantuviera una pequeña antena fija en el teléfono, examinando la red para averiguar si Sam necesitaba compañía o estaba en medio de una minicrisis.

Penny se puso una sudadera y abrió la computadora.

Henry Miller, cuyo segundo nombre era Valentine y que cuando murió estaba casado con una mujer japonesa, dijo: «Escribe antes que nada y después de todo. La pintura, la música, los amigos, el cine, todo eso viene después». Penny se preguntó si el matrimonio también venía después de la escritura, considerando que Miller se había casado cinco veces. Se preguntó también en dónde entraba el manejo de los dramas de Sam en su lista de prioridades. En el caso de Penny, comenzaba a ser «mensajea antes que nada y después de todo».

SAM CASA
Domingo 4:14 p.m.

¿Qué te encanta de tu clase de escritura?

Nada. La odio.
También la amo.

Obvio
Cuéntame más

Okey.

Penny se tronó los nudillos. Abrió iMessage en la computadora para poder escribir tanto como quisiera sin cansarse los dedos.

Es lo más cerca que he estado de sentirme escritora.

Escritora de verdad.
Te sientas ahí y tienes que hacerlo.
Todo el mundo puede escribir palabras.
O contar una historia.
Pero no todo el mundo lo hace.
La clase se trata de hacerlo.
Y de mejorar.
Se siente profesional.
No como una clase normal
donde aprendes cosas que nunca
vas a usar.

Sam no dijo nada.

No hubo burbuja, ni interrupción, nada. Penny continuó:

¿Ves cómo puedes hacer un sonido
en un piano?
Cualquiera que tenga dedos
puede hacerlo.
Es intuitivo.
Tocas las teclas.
Las teclas hacen ruido.
Si las escribes y las lees
y las reescribes y las editas,
creas una melodía.
Es igual para todo el mundo.
No se trata de talento.
Ni de tener un ego tan grande que creas
que lo que tienes que decir es importante.
No se trata de quiénes son tus papás.

Ni de qué hacen tus papás.
Es la práctica.
Hacerlo hasta que lo hagas bien.

Y luego, porque se sintió cohibida:

¿Tiene sentido?

Mucho
Y lo entiendo
¿Y qué odias de la clase?

Penny comenzó a teclear la respuesta. Se detuvo.
Lo intentó de nuevo.

Es muy difíciiiiiil.
Me duele que sea tan difícil.
Y me da miedo.

Jajaja
PUES SÍ
Supongo que por eso vale la pena
Es de lo más aterrador
Hay escritores que mueren en el intento
¿Te consideras escritora?

Iug, no.

¿Por qué iug?

Siento que soy un fraude.

Sí, síndrome del impostor

Penny buscó el síndrome del impostor en Google:

El **síndrome del impostor** se define como el malestar emocional asociado al sentimiento de no merecer la posición que se ocupa a nivel laboral, académico o social.

Te puede afectar la cabeza
Seguro

Sin duda era lo que le pasaba a ella.

Es solo que...
...

Lo intentó de nuevo.

Nunca he visto a una escritora
importante que se vea como yo.
A veces, cuando escribo,
me imagino que la heroína es blanca.
¿Qué tan jodido es eso?

Se detuvo. Nunca antes le había dicho eso a alguien. Se preguntó cómo funcionaba eso en las películas.

Volvió a escribir:

¿Por qué quieres hacer películas?

UGH
No sé

¿Alguna vez piensas que lo vas
a salar si hablas de eso?

SÍ
Síndrome del impostor, seguro
Hacer películas es para los ricos
Decir que quieres ser director es una
tontería
Es como decir que quieres jugar en la NBA
O ser famoso

O inventar una app.

Exacto. ¡La app que inventa apps!

Penny sonrió.

Entonces tú quieres ser escritora
Yo quiero hacer películas
Qué cursi decirlo en voz alta
Pero está bien
Es importante admitirlo
Aunque sea solo con uno mismo
Y a unas cuantas personas de confianza

Como a tu contacto
de emergencia.

LOL. Exacto

Entonces lo haces realidad

A Penny le encantó la naturalidad con la que lo dijo. En palabras de alguien más, habría sonado como algo sacado de un libro de autoayuda.

PD: algún día quiero leer lo que escribes

Solo si me dejas ver tu película.

Ni en sueños

Penny se rio. No había forma de que dejara que Sam leyera algo que ella hubiera escrito. J. A. no contaba; era la profesora. Sus compañeros de clase tampoco. Todos tenían las entrañas de fuera en el salón. Era destrucción mutua asegurada.

Jude alguna vez intentó leer por encima del hombro de Penny, y a ella casi le dio un ataque.

—«¿Los terrores yacen fríos y encerrados en lo más oscuro de las profundidades?».

—¡Jude! —aulló Penny, cerrando la laptop de golpe—. No puedes hacer eso. Es una terrible violación de mi privacidad. —Penny se levantó de la silla de un salto y con la computadora presionada sobre el pecho.

—¡Uff! —dijo Jude, con los ojos bien abiertos—. Carajo. Perdón. No sabía que te ibas a volver loca. ¿No crees que deberías acostumbrarte a que alguien lo lea, ya que la meta es que sea de consumo público en algún momento?

Buen punto.

Pero Penny temía lo que sus historias revelaban. La crítica constructiva de su clase (aun de los detalles más minúsculos) le arruinaba el día, y Jude ya tenía la nariz demasiado metida en sus cosas como para que también tuviera acceso a sus pensamientos.

Para su proyecto final estaba planeando un cuento inspirado en eventos de la vida real sobre una pareja coreana que descuidó a su bebé por accidente hasta que se murió. La historia salió en todos los periódicos de Corea. La parte más triste era que todo había ocurrido porque los padres se habían obsesionado con un videojuego cuyo objetivo (para colmo) era criar a un bebé. El nombre del bebé en la vida real era Sa-Rang, que significa «amor» en coreano. Todo sobre aquella historia era trágico y fascinante y, para su clase, Penny quería escribir dos narrativas: la primera desde el punto de vista de la mamá y la segunda desde la perspectiva del bebé del videojuego. Era una historia dentro de una historia, así como *Watchmen* contenía *Relatos del navío negro*, un cómic sobre piratas. A Penny le maravillaban los dobleces de la forma, pero no lograba descifrarlos por completo. ¿Debía escribir una primero? ¿Las dos al mismo tiempo?

El cuento confundió a todos en clase.

—¿El personaje principal es el Tamagochi o la mamá? —preguntó Maya, la chica de origen étnico mixto que habló sobre el cabello de las Kardashian el primer día y que estaba escribiendo un cuento de fantasmas sobre los vientos de Santa Ana.

—Los dos —dijo Penny—. Y no es un Tamagochi. Es como un bebé de los *Sims* o un clan en *Clash of Clans*.

—Como sea —dijo Maya—. Los dos son superdesagradables.

—Sí, porque un fenómeno natural que mata gente a diestra y siniestra es supersimpático —reviró Andy, el chico chino-británico.

Penny le dirigió una mirada de agradecimiento. Él sonrió.

Penny no entendía por qué era tan difícil empatizar con un personaje digital en un videojuego o con una mujer coreana, pero ese parecía ser el consenso general.

La historia de Penny comenzaba con la madre hablando con su abogado. Sentía que al menos eso era sólido; era un lugar seguro y accesible desde el cual empezar a construir su mundo. Supuso que engañaría a sus lectores y los haría sentir una falsa seguridad, como un episodio de *La ley y el orden* que se transforma en *Matrix* sin advertencia.

Se preparó una taza de té, volvió a sentarse e intentó imaginar la apariencia de la mujer. Comenzó por visualizar su cabello. ¿Las mujeres coreanas se hacían cortes estilo ama de casa clasemediera? Decidió ponerle cabello corto y un vestido de maternidad gris. Según los periódicos, para cuando su esposo y ella recibieron la sentencia, estaba embarazada de nuevo.

¿Qué quería esta mujer? ¿Se sentía mal? ¿Qué tan mal? ¿Tan mal como deberías sentirte si ignoras a tu bebé hasta que se muere? ¿Qué tan cautivante debe ser un videojuego como para que te haga olvidar a tu bebé de carne y hueso?

—No soy una mala madre —dijo la esposa. La señora Kim estaba tranquila, desmaquillada y con los labios partidos. Las manos le temblaban mientras bebía del pequeño cono de papel. Era diminuta, y su edad era imposible de calcular. Mientras él hojeaba el archivo, descubrió que era veinte años menor que su esposa. Había asistido a una buena universidad, pero nunca había conservado un trabajo. La señora Kim conoció a su esposo en un café internet, y, según los testigos, eran afectuosos y sociables—. No soy una mala madre —repitió, aturdida—. Amaba a mis bebés más que a nada. —Inhaló profundamente y con ferocidad, y se corrigió—. A mi bebé.

El abogado alzó la mirada de sus notas. La mandíbula le temblaba a la esposa. Él anotó que ella aún consideraba que el bebé del videojuego era real.

J. A. les había dado consejos a los alumnos sobre el uso de la «voz» y de cómo una buena forma de encontrar tu camino en la historia era hacerla sonar como si se la estuvieras explicando a un amigo en un correo.

Penny supuso que un mensaje funcionaría tan bien como un correo.

SAM CASA

Ayer, 1:13 a.m.

Espera

Un momento

Quiero preguntarte algo

No te ofendas

Jaja, ¿alguna vez funciona eso?

¡No!

Bueno, dilo.
Pero sé amable.
Los escritores somos sensibles.

¿Por qué sería tu cuento ficción?
Esta mujer existe
La pareja es real

Sam había encontrado un documental sobre la pareja y lo vieron juntos. No en la misma habitación; solo al mismo tiempo, mientras se mensajeaban. Todos los artículos y reportajes de la televisión los trataban como si fueran bichos raros de internet o alienígenas. Dada la forma en que presentaba a los padres, el documental bien podría haber sido sobre perros que hablaban. Penny se preguntó si aquella perversa fascinación habría sido tan extrema de haber ocurrido en Estados Unidos. Un país, por cierto, en donde un tipo en Minnesota intentó que la lengua materna de su hijo fuera klingon.

Por eso quiero escribir también sobre el
bebé del videojuego.
Esa es la parte de ficción.
La fantasía.

¿El bebé de adentro sabe que
el bebé de verdad se está muriendo?

No sé si al bebé del videojuego le importa.
Daño colateral, o algo así.

¡Qué oscuro!

¿Sí? El bebé del videojuego
vive en violencia constante.
Por eso, SF es lo mejor.
Tú haces las reglas.

¿San Francisco?

No, bobo. SCI-FI.
CIENCIA FICCIÓN.

Dice la ñoña que escribe
ciencia ficción EN MAYÚSCULAS

Jajaja.
Touché.

Me gusta
Ya quiero descubrir qué es lo que
quiere el bebé del videojuego

Penny también ansiaba descubrirlo.

La carga de tareas de J. A. no era poca cosa. Un cuento nuevo cada semana, entre los cuales Penny escribió sobre ardillas mafiosas, plagas posapocalípticas que solo mataban a gente de más de diecinueve años, universidades del futuro donde el examen de admisión era matar a alguien y un budista que murió y reencarnó como juguete. Construir mundos en los que desciendes en rapel, creas un par de personajes y sales disparado era bastante fácil.

Pero J. A. no tenía paciencia para los paseos y, cuando citó a Penny en su oficina, se lo hizo saber. Su oficina estaba llena de suculentas en macetas de cristal de todos colores, y Penny esperaba en secreto que su maestra le extendiera una invitación para ser amigas dado lo mucho que había disfrutado su último cuento. Era sobre un grupo de poderosos millonarios y políticos que flotaban en una nave espacial, pues el planeta al que se dirigían no estaba donde habían creído. Los astrofísicos que habían dejado atrás se habían equivocado. Estos hombres eran el uno por ciento del uno por ciento, que había abandonado al resto de la civilización, pero ni siquiera sus miles de millones podían salvarlos. El universo les había dicho «no» por primera vez en su vida, y la escena en la que peleaban era divertidísima.

—Esto está muy bien —comenzó J. A.—, pero... —Penny no esperaba un «pero». Se preparó para el impacto—. Todo parece tener el mismo ritmo —continuó J. A.—. Eres ingeniosa y graciosa. Eso queda muy claro en estas páginas. Quiero que trabajes en las motivaciones de tus personajes. No me puedo sentir cautivada por un protagonista si no sé qué quiere y, sobre todo, por qué lo quiere.

Penny sintió que el rubor le subía desde el cuello. No era justo. Le parecía evidente lo que querían los hombres de la nave espacial.

—Quieren su planeta —dijo Penny. El tono chillón con el que habló le dio asco.

—Bueno, sí —continuó J. A.—. Todos quieren eso. Los humanos quieren vivir. Eso lo damos por sentado. El problema es que quieren lo mismo de la misma forma, y esa es una oportunidad desaprovechada. En tu historia, están los líderes mundiales, titanes de la industria. Son hombres particulares, pero mira... —J. A. circuló algunos pasajes del texto—. Todos hablan igual. Estoy siendo exigente contigo porque tus excelentes diálogos y tus observaciones feministas no te salvarán a la hora de la calificación final.

Estaba claro que la medida exacta para Penny eran dos o tres páginas. El último cuento que había tenido que escribir era de veinte mil palabras, más largo que cualquier otra cosa que hubiera escrito antes. Penny solía escribir a manera de escape, por lo que sus mundos eran fantásticos y, al parecer, monótonos.

Creía saber qué era lo que querían sus personajes. Lo difícil era deducir por qué querían algo. Y otro asunto era decir cómo lo obtendrían. Carajo. Penny no tenía idea de qué quería, ¿por qué sus invenciones la tendrían?

Además, había demasiadas distracciones; *ergo*: levantarse a las 5:15 a.m.

Penny planeaba resolver sus tres actos, escritos en tarjetas, para poder visualizar escenas y moverse entre ellas. Pero mientras extendía las pequeñas tarjetas divididas por colores, se dio cuenta de que sus uñas estaban hechas un asco. Los lamentables pedazos de barniz eran como deprimentes archipielaguitos de veneno que seguro estaban cayendo en su comida. Tomó el kit de uñas que su mamá le regalaba todos los años en Navidad y se las despintó.

Penny se negaba a admitir lo mucho que se parecía a su madre en momentos así. Arreglarse las uñas en vez de cumplir con sus obligaciones era algo clásico de Celeste. Penny se dio cuenta de que extrañaba a su mamá en los momentos más inusuales; extrañaba sus características más peculiares también. La forma en que se sentían sus costillas cuando la abrazaba por detrás o cómo el cabello rizado de su profesora de Economía le recordaba tanto a

Celeste durante las clases. Si tan solo hubiera una forma de verla sin que tuvieran que hablar. Cuando tuvo las uñas limpias, decidió que debía lavarse el cabello. No hay nada peor que arruinar una manicura fresca con un baño mal planeado.

Cuando Penny estaba de pie bajo el chorro de agua, notó que, como el baño de su habitación no tenía ventana, se había formado una delgada capa de moho en las molduras. Eso era tolerable en sí mismo, salvo porque era una conclusión inevitable y eso sí podía matarla. Una hora y media después, ella estaba limpia, la regadera inmaculada y sus uñas pintadas de gris mate. Estaba lista. Se puso pantalones para poder poner el asiento de los pantalones sobre el asiento de la silla. Esto es lo que tenía hasta el momento: al bebé del juego se le conocía como un Ánima, así que escribió Ánima.

Luego lo buscó en Wikipedia, pues eso es lo primero que se debe de hacer cuando no sabes qué demonios estás haciendo.

Ánima significaba alma o arquetipo de la vida. Según el psicólogo Carl Jung, ánima también implicaba al individuo no visto, al verdadero ser interior.

Penny no tenía mucha experiencia con juegos de rol virtuales como el de la historia, pero sí sabía que *Héroes para todos* y *World of Warcraft* (juegos de computadora que alcanzaban tales niveles de competitividad y obsesión que llenaban estadios y mandaban a gente a rehabilitación por problemas de adicción) eran muy populares en Corea.

Nada de eso importaba. Lo que todos los juegos tenían en común era que debía haber una tarea, un objetivo. Escribió «misión» con su pluma de gel favorita.

Caray, cómo le gustaba esa palabra.

Subrayó «misión». Qué palabra tan eufónica. *Misiiiión.*

Uff. «Odisea» también era una buena palabra, pero ya había subrayado «misión».

Añadió un signo de interrogación.

Tomó otra tarjeta y solo escribió: «¿Cómo es que el héroe consigue lo que quiere?».

Las palabras de J. A. le retumbaban en la cabeza.

Primero, Penny tenía que establecer las reglas. La parte principal del juego era que el héroe o jugador tenía que crear al bebé, o al Ánima. El Ánima era un fiel compañero, y podías vestirlo o darle armas, pero lo más importante era mantenerlo a salvo y lejos del peligro. La mamá, la señora Kim, jugaba como Pistolera, una forajida implacable y con perfecta puntería. Había aventuras, asedios e incluso una batalla con un dragón. La batalla con el dragón era un verdadero caos, y, en el último instante, antes de que todo estuviera perdido, el Ánima hacía el más grande sacrificio (su vida) para salvar a la Pistolera y vencer a su enemigo mortal. Así habían funcionado las cosas desde tiempos inmemoriales.

En la versión de Penny, el bebé decidía no hacerlo porque podía.

El que un Ánima tuviera siquiera la capacidad de tomar una decisión era un milagro.

Y el precio de aquel milagro fue el bebé real de la pareja, una especie de ojo por ojo digital.

Okey. Concéntrate. ¿Quién es el héroe? ¿El Ánima o la madre? Es el Ánima, pues es quien más cambia. Pero ¿por qué? Penny pensó en el suceso que desencadena una historia (lo que detonaba todo) que habían discutido en clase. Es el Big Bang (bueno, a menos que seas un creacionista irracional). Es como cuando escogen a la hermana de Katniss para los juegos del hambre, pero Katniss se ofrece en su lugar; o como cuando Nitro explota y mata a seicientas personas, lo que lleva al acto de registro de superhumanos que provoca la Guerra Civil en el Universo de Marvel. El Ánima necesitaba un momento eureka, un punto de inflexión.

—Te voy a extrañar. —La Pistolera puso una rodilla sobre el suelo y besó al Ánima en la mejilla.

—Te voy a extrañar —repitió el Ánima de forma mecánica con una dulce sonrisa. El obediente bebé sabía que lo mejor era repetir lo que Madre dijera. La Pistolera rio y tomó al Ánima en brazos.

—¿Sabes lo que eso significa, dulce hija mía? ¿Extrañar? —La Pistolera era temida en cuatro reinos por su sangre fría para matar, pero, en privado, bañaba a la criatura en cuidados y cariños. El Ánima negó con la cabeza—. Significa que pensaré en ti todo el tiempo y querré que estés cerca de mí, aun cuando no esté aquí.

—Te voy a extrañar —dijo el Ánima una vez más al ver a Madre alejarse.

¿Qué significaba «aquí»? El Ánima siempre estaba aquí. ¿Dónde no era aquí? El que hubiera un lugar que fuera «no aquí» le partía la cabeza al Ánima. Odiaba cuando Madre estaba en el «no aquí».

La tarde siguiente, cuando Madre partió, el Ánima la siguió al bosque. Estaba prohibido dejar el Atrio sin el permiso de la Pistolera, pero el Ánima tenía que averiguarlo. Era una noche sin luna, y el Ánima

> tenía miedo de las figuras oscuras y de la furia de Madre si la descubría, cuando, de pronto, en medio de la completa oscuridad, el Ánima escuchó voces, fuertes voces que venían del cielo. Con un destello de luz blanca, el cielo se abrió, y en las alturas, por encima de los árboles, por encima incluso de los cinco picos del Monte Meru, el Ánima vio un rostro tan grande como el sol. Madre. Ese era el no aquí al que Madre iba cuando extrañaba al Ánima.

Esa chispa de curiosidad y la búsqueda de respuestas eran el viaje del Ánima. Eso era lo que alteraba su destino y lo unía con el del hijo real de Madre más allá de la computadora. El Ánima podía ver y escuchar el «no aquí» desde la webcam y las bocinas. Y mientras más entendía su existencia, más curiosidad sentía sobre el mundo en el que vivía. Esa era su iluminación. Su conciencia. Eso era vida. Penny tomó notas, releyó todo y se preguntó si algo de eso constituía escritura. De alguna forma habían dado las 7:40; veinte minutos para llegar a clase, y Sam le había mandado un mensaje de buenos días hacía una hora. Tal vez debería escribir un cuento sobre un algoritmo irresistible que la acechaba por teléfono y la hacía enamorarse de él hasta que se volvía loca y entraba a la regadera con una secadora de cabello conectada a la corriente. Eso sí que sería verosímil.

Sam

Sam oyó los camiones de la basura; luego, a los pájaros. Su cuerpo supo que era de mañana antes de que la luz cambiara y la habitación se calentara. Solía llegar a casa a la misma hora que circulaban los recolectores de basura y los corredores engreídos. A Sam le maravillaban los corredores, la gente con clósets completos dedicados a una sola actividad, la gente que tenía equipo para acampar y raquetas de tenis... personas para quienes procrear tenía algo de sentido.

Sam no sabía si había dormido. Durante semanas después de que había dejado de beber, tuvo unas pesadillas horribles, sueños lúcidos de peleas a golpes con su papá o del funeral de Lorraine... cosas de psicología básica. Después, cambió sin razón alguna y dormía como muerto. Una hibernación sin sueños de la que tenía que arrancarse cada mañana, con la almohada húmeda de baba y profundas

[illegible]

PENNY EMERGENCIA

Ayer 4:37

¿Perro o gato?

Lo mataba de risa tener el número de Penny guardado en su teléfono como «Penny Emergencias», pues ninguno de sus mensajes era una emergencia.

Sam respondió.

CABRAS BEBÉS

Estaba satisfecho con esa respuesta. Tenía un video de cabras a la mano. Sam pegó el enlace y se lo envió.

¡Uff!

Jueves 12:09

¿Pay o pastel?

Sam estaba preparando un pay de nuez con la corteza decorada y quería presumirlo en caso de que ella dijera pay.

[illegible] el pay al horno, [illegible] por haberse desanimado.

Pay, obviamente. Pay de durazno más pastel de [illegible].
Guácala. No sabía si su relación sobreviviría a esto.

Sam sabía que «pay *vs.* pastel» no era su única incompatibilidad. No podía imaginar el lugar que Penny ocuparía en su vida si llegara a salir de su teléfono. No podía imaginársela del otro lado de la habitación, riéndose con gente a la que él conocía. Tampoco se imaginaba dándole una cucharada de chícharos en la boca. De hecho, a veces apenas si podía vislumbrarla en su cabeza; había pasado demasiado tiempo desde la última vez que la había visto y había muy pocas imágenes de ella en internet. Encontró una fotografía de un anuario, pero se veía tan joven y asqueada de que le tomaran la foto, que Sam sintió como si estuviera cruzando un límite.

Su teléfono vibró de nuevo. Jude.

[illegible]Está bien!

La semana que viene está perfecto